NF文庫
ノンフィクション

新装解説版

先任将校

軍艦名取短艇隊帰投せり

松永市郎

潮書房光人新社

本書では、昭和十九年八月、敵の魚雷攻撃によって撃沈された軽巡洋艦「名取」乗員たちの過酷な闘いを描きます。

航海長の小林英一大尉を先任将校としてカッターボート三隻で軍艦名取短艇隊を編成、彼らは約二週間、短艇を漕ぎ続け、ついにフィリピン・ミンダナオ島にたどり着き、生還を果たします。

現代にも通ずる、リーダーのあるべき姿を綴った感動作です。

序に代えて

漂流譚、漂流記の類たぐいは日本にも少なくないけれど、ほとんどが偶然救助された人々の記録である。名取短艇隊漂流記のいちじるしい特色は、運を天に委せて流されて行くのでなく、皆が力を合わせ、出来るだけ科学的合理的な手段で、極限の状況を克服しようとしている点にあるだろう。

科学的といっても、比島沖三百浬の太平洋上で巡洋艦名取が沈没し、三隻のカッターの中へ百数十名の生存者が鮨詰めで取り残された時、コンパス、六分儀をはじめ、航海要具らしき物を彼らは何一つ持っていなかった。各自の腕時計すら、潮に濡れていてすぐ動かなくなる。食い物、飲み水は、むろん乏しかった。昼は肌を灼く炎暑、夜はスコールに濡れて南洋とは思えぬ寒さ。そういうひどい条件のもとで、著者の松永大尉をふくむ数名の青年士官たちが、生き残るためにあらん限りの知恵を出しつくす。江田島で習った航海術、天文学の知識、ポリネシア民族が持っている海洋を渡る技術、ちょっとした漁師の格言や祖母から聞いた古い言い伝えなど、役に立ちそうな手持ちの情報が一つ一つ念入りに分析検討され、もっとも合理的と考えられる方法で、西へ、フィリピンの陸岸さして、二週間にわたる苦難の帆走橈走が始まる。

何日か後には、不安と不信の念にかられた部下の、反乱の気配が出て来るが、それに対しても、二十代の若いオフィサーたちが、実にすぐれた知恵を出して人心を収攬し、賢明な言動によって希望を持たせつづける。その結果、漂流中衰弱死した何名かを除いて、全員無事救出されるのだが、救出されるまでの過程がまことに感動的なのである。それは、私どもの同世代に、これだけ沈着勇敢、毅然として死の運命を切り拓いて行った若者の集団がいたという誇りに通じる。名取短艇隊員百数十名が生還したこの記録を読めば、負けいくさの中にも、美しく立派な、後世に誇るべき場面があったことを、誰しも納得するだろう。

著者の松永さんは、七年前「思い出のネイビーブルー」と題する海軍物語を出版された。読んで、こまかな観察眼と、素人ばなれした描写力に驚き、「ネイビーブルー」に書かれていない名取短艇隊のことも、是非、お書きになるといいと、私は思っていたし、すすめもした。それがようやく出来上がった。序文なぞ必要ないのだけれど、求められるまま感想を誌して、読者と共に貴重な記録の上梓を喜びたい。

昭和五十九年四月

阿川弘之

まえがき

昭和十九年八月、軍艦「名取」は、フィリピン群島マニラからカロリン諸島パラオ島へ、緊急戦備物件の輸送中、敵潜水艦から魚雷攻撃を受けて撃沈された。場所は、フィリピン群島サマール島の東方三百マイル（約六百キロ）の海域だった。味方の中型攻撃機一機が飛んできて、駆逐艦二隻が救助に向かっている旨の、通信筒を落とした。

航海長小林英一大尉（当時二十七歳）は、先任将校として、カッター三隻および生存者百九十五名をもって、軍艦名取短艇隊を編成した。しかし、食糧（乾パン少々はあった）も真水（まみず）もなく、また磁石とか六分儀などの航海要具も何一つ持たなかった。先任将校は、カッターが洋上で発見される機会はきわめて少ないからと、十五日間も櫂（かい）を漕（こ）いで、独力でフィリピンに向かうと宣言した。総員が救助艦を待つようにとことぞって提言したが、先任将校は所信を変えなかった。

そして十三日目の早朝、短艇隊はついにミンダナオ島の東北端スリガオにたどり着いた。食事も休養も十分とらずに毎日十時間カッターを漕いでいたので、接岸したときは体力の限界点だった。短艇隊の成功は、先任将校の早期決断と、隊員一同がいったんは反対したものの、断行と決定するや身命をかけて漕ぎつづけたからである。

私は次席将校として、先任将校の近くにいて、フィリピン行きを隊員にどうして納得させたか、時化（しけ）との格闘、そして反乱防止の事情等を、つぶさに観察していた。先任将校の指揮統率は、計画を立てて情に溺れず、寛厳よろしきをえて、理想的になされていたと思っていた。

しかし、戦後の戦友会で、隊員たちが先任将校の殺害を、密ひそかに企てていたことを知り、いまさらながら驚いた。食べ物も水もない、狭いカッターの中で、大勢の人が押し合いへし合いしている。前途に、明るい見通しはまったくない。命令を出す指揮官に、前後の見境もなく凶行に及ぼうとしていたことは、当時の状況がいかに切迫していたかを物語っている。

戦後の私は、海難を調査、研究してみた。戦時、平時を問わず、毎年、世界各地で、大勢の人たち（ある調査では年間二十万人）が海難事故に出会い、相当数の人たちが死亡していることを知った。そしてその死因が、海難事故そのものによることもあるが、前途を悲観しての自殺とか、仲間内の争いによるものが相当数にのぼっている。人間は、ビタミン・カロリー等の不足による肉体的条件では、世間の常識を上回って生きつづけることができる。その反面、自信を失ったり、失望をしたりの精神的ショックには、きわめてもろいことを、体験を通じて知った。

名取短艇隊が、食糧も真水もなく、航海要具も持たず、三百マイルを漕いで接岸を目指すことは、海軍常識ではまず不可能だった。しかし、先任将校の断固たる決心と、隊員の渾身の努力により、ついに不可能を可能にした。諦めずに努力して運命を切り開き、「神は自ら助くる者を助く」という言葉を、身をもって体験することができた。平時でも戦時でも、団体行動をする人たちにとって、とくに生命の危険にさらされたときに、なんらかのご参考になれば、筆者望外の喜びである。

本書の独断や偏見に遠慮のない御叱正と、読者諸賢の海難体験など御教示たまわれば幸いです。

松永市郎

「先任将校」——目次

第二章　漂流

第三章　決断

第四章　橈漕

写真提供／名取関係者・雑誌「丸」編集部

先任将校

軍艦名取短艇隊帰投せり

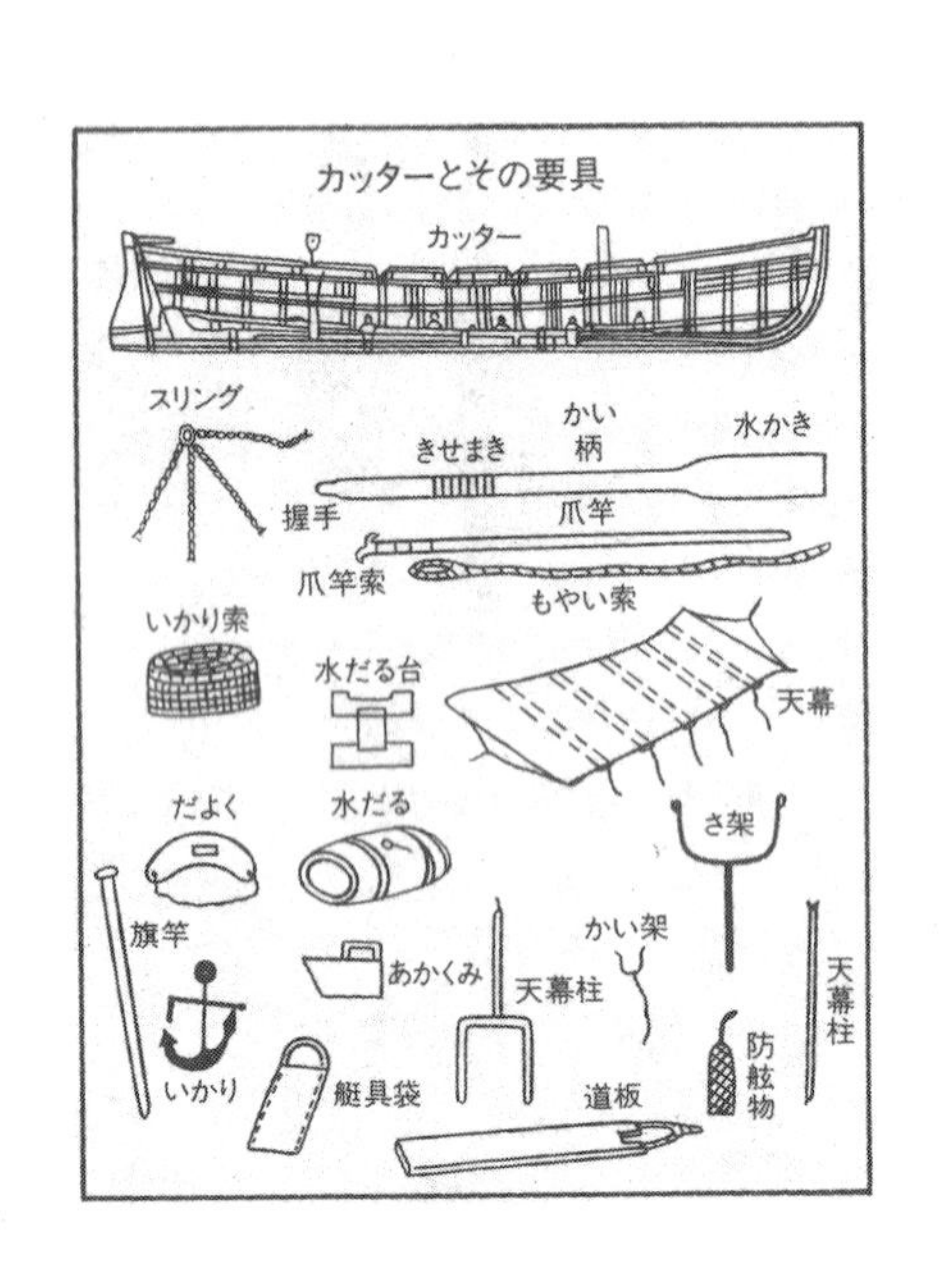
カッターとその要具
カッター
スリング
かい
きせまき
柄
水かき
握手
爪竿
爪竿索
もやい索
いかり索
水だる台
天幕
だよく
水だる
さ架
旗竿
かい架
あかくみ
天幕柱
天幕柱
いかり
艇具袋
道板
防舷物

第一章　撃沈

輸送任務を負って

「両舷前進微速。両舷停止」

「宜候（よーそろ）」

静まりかえった艦橋（ブリッジ）に、艦長の凛（りん）とした号令が響き渡る。昭和十九年七月、軍艦「名取」は、カロリン諸島パラオ岸壁に向かって、静かに進んでいる。測鉛手（そくえんて）は、前甲板の投鉛台（とうえん）から、身を乗りだすようにして、ハンドレッドを投げた。ハンドレッドというのは、艦艇が停泊するさい、底質などを知るために海底に投下する鉛棒のことである。

「しずかーに、すすみまーす」

ぴーんと張りつめた艦橋に、場違いと感じさせるような間延びした調子で、測鉛手が前進の行脚(ゆきあし)を知らせてきた。

「両舷後進微速。両舷停止」

五千五百トンの巨体は、岩壁の目指す場所にぴたりと止まった。未熟者が操艦すると、ジャジャ馬のように跳ねまわる軍艦「名取」も、駆逐艦育ちで操艦のうまい、艦長久保田智大佐の手にかかると、名手に御された乗馬のように、従順そのものだった。

当直将校は号令した。

「見張り、対空関係員そのまま。手空(てあ)き総員、輸送物件陸揚げ方。急げ」

横付け中に空襲を受けると、まったくのお手上げである。被弾回避運動ができないので、せっかくの輸送物件を燃やしてしまうことになる。横付け時間は、できるだけ、短くしなければならない。このため、三日がかりで積みこんだ物件を、わずか二時間あまりで陸揚げしようと、副長宮本績少佐は、すでに作業部署を定めている。甲板士官中島健太郎中尉は、あわてふためいたあげくの怪我人が出ないようにと、甲板棒片手に上甲板を見回っている。

戦局は極度に逼迫して、船足の遅い輸送船での輸送は期待できなくなった。そこで「名取」は、この二ヵ月間に三回もパラオに輸送した。

乗員が『「名取」丸通』と自負するだけあって、その荷さばきは、まさに本職はだしである。ぶじに輸送された物件を、空襲で燃やすことがないようにと、陸上部隊はトラックを総動員して運び出している。陸揚げする側と受け取る側との呼吸もぴったり合い、作業はとんとん拍子に進んでゆく。

第三十根拠地隊司令官伊藤賢三中将が、例によって律りち儀ぎに岸壁で出迎えている。艦長は艦橋から顔をだして、司令官に挨拶した。

「空襲の恐れもあり、ここから失礼します。司令官、わざわざのお出迎え恐縮に存じます」

「艦長、たびたびの決死輸送ご苦労さまです。お陰で、戦力もだいぶ上がってきました。ところで、敵潜水艦の攻撃はありませんでしたか」

「お心遣い、ありがとうございます。今回はありませんでした」

「それはよろしうございました。貴艦の武運長久を祈ります」

「貴隊のご武運をお祈りします。空襲の恐れもあり、これで失礼します」

伊藤中将が第十四戦隊司令官として在職中、私は旗艦「那珂」通信長として仕えて

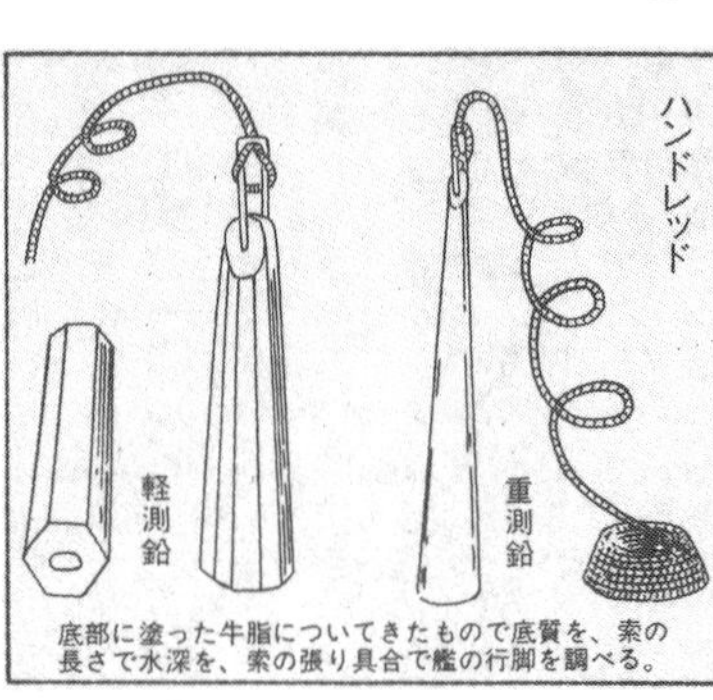

底部に塗った牛脂についてきたもので底質を、索の長さで水深を、索の張り具合で艦の行脚を調べる。

いた。そこで司令官に挨拶するため、航海長小林英一大尉に断わって艦橋を下りた。

「司令官、通信長松永大尉です。その節は大変お世話になりました」

「何度もご苦労だね。相変わらず元気か」

「ハイッ、元気です。司令官、リュウマチはその後、いかがですか」

「ありがとう。ここは暖かいし、陸上勤務だと痛まないよ。ところで、『名取』はマニラに入港することもあるだろう。私の娘婿（むこ）・高木広一書記官がマニラ大使館に勤務している。暇があったら訪ねて、伊藤は元気だと伝えてくれ」

「承知しました。機会があれば訪ねます。司令官、これで失礼します」

司令官と別れて、上甲板を艦尾まで見回った。後甲板では、肉身の泣き別れが、あちらこちらで行なわれていた。婦女子は「名取」で引き揚げるが、成年男子は現地義勇軍として、パラオに留まることになっていた。

「お父さん、お元気で」

「子供たちを頼んだぞ」

「ハイッ……」

あとの言葉は、ハンカチの中に消えた。

男の子は、軍艦に乗った喜びで、甲板をはしゃぎ回っている。それがまた親たちに、新たな涙を誘っていた。

開戦当初、ハワイ空襲に、マレー沖海戦に、海軍が輝かしい戦果を挙げたとき、国民はこぞって海軍に感謝していた。いま、一家離散の悲哀を味わっているこの人たちは、現在の海軍をどう思っているだろうか。これらの人たちに、これ以上の悲しい思いをさせないためにも、便乗者をダバオまで安全に運ばなければならないと思った。

この日の便乗者には、婦女子のほかに、フィリピン戦線に移動する航空機搭乗員や陸軍将兵もいて、艦内は足の踏み場もない状態だった。

艦橋にもどってみると、艦長はすでに操艦の態勢だった。

「横付け離し方用意。舫索(もやい)解け。離せ」

「取舵(とーりかじ)。左舷後進微速」

「名取」は、「その場回頭」をして、新しい針路に入った。それにしても、横付け中に空襲がなかったのは幸いだった。

＊

パラオ島は、広大なサンゴ礁の環礁の中にある。パラオのコロール岸壁から、環礁の北方入口のコッソル水道までは、片道二時間もかかる。この海域にも暗礁があるから、夜間航行はできない。このためパラオ輸送は、早朝にコッソル水道から入り、日没までには水道を抜けなければならなかった。敵潜水艦もそのあたりの事情は十分に承知していて、手ぐすね引いて待ちかまえている。

九五式水上偵察機一機が、「名取」の前路警戒のために飛んできた。安全のためには三機は欲しいが、現在の戦局では、そのような贅沢(ぜいたく)も言えまい。幸いこの日は、敵潜の攻撃もなく、敵潜の伏在海面をぶじ乗り切ることができた。任務を終えた水偵は、ぶじを喜び合うようにバンク（飛行中に左右の翼を交互に上下に動かす）しながら、「名取」の艦上を飛んだ。「名取」の乗員も便乗者も、感謝をこめて思いっきり手を振った。水偵はやがてパラオ島の方角に姿を消した。

「名取」は日没後も敵潜を警戒して、二十六ノットの高速で「之の字運動」（敵潜に針路や速力を見破られないために計画的に変針する運動）をつづけ、フィリピン群島ミンダナオ島のダバオ港に向かった。

軍艦の便乗者たち

　軍艦で便乗者を輸送する場合、まず苦労するのが甲板士官である。戦時中は乗員も増えていて、居住区はすでに彼らでいっぱいである。そこで勢い、便乗者を、倉庫や通路に休ませることになる。だが、そのような場所には、突起物や歯車があって、子供が怪我（けが）する恐れもあるので、甲板士官は気が休まらない。

　便乗者輸送で、不眠不休の労働を余儀なくされるのが主計科の烹炊員（ほうすいいん）（調理員）である。千名以上の便乗者があると、一回の食事に三度も炊事をすることになる。航海中はほとんど閉めきってあるので、蒸気や熱の逃げ場がない。そのような焦熱地獄の中で、立ちづくめの炊事作業をすると、だれでも疲れきってしまう。だが、交代要員もいないので、烹炊員は励まし合って、作業の完遂につとめていた。

　つぎに神経をとがらすのが医務科である。居住区でもないところに、大勢の人たちを詰めこんでいる。そのうえ暑い南方海域で通風も十分でないから、蒸されるように暑苦しい。熱をだす人もあれば、船酔いもでてくる。伝染病でも持ちこまれると、それこそ始末が悪い。せまっ苦しい艦内のこと、たちまち艦内全般に伝染する。一艦の

昭和19年春、軽巡「名取」艦上の乗員。前列右から６番目が艦長久保田智大佐、右から２番目著者。(高橋万六氏提供)

戦闘力を失うだけでなく、付近の艦艇や部隊にも迷惑をかける。だから医務科は、この日も当直員をおいて便乗者の健康状態を見守っていた。

だが、医務科の願いも空しく、この日も、病人がでた。軍医長吉村利貞大尉は、すわ一大事と、便乗者の収容場所に駆けつけた。婦人の人垣の中で、若い婦人が苦しんでいる。聞けばお産とのこと。軍医としては経験豊かでも、お産はお門違いである。ひとまず妊婦を担架(たんか)で病室に運ばせた。便乗者の中に本職の産婆がいて、赤ちゃんの取り上げ役を買って出た。幸いにも安産だった。

便乗者を乗せるに当たっては、現地の根拠地隊を介して、病人や妊婦を乗艦させないことに打ち合わせてあった。しかし、あのあわただしい乗艦作業では、妊婦の見分けはできなかったし、どさくさでお産の早まることだってあるだろう。いまとなっては、そのような詮索(せんさく)よりも、生まれた赤ちゃんを守らなければならない。午後十時ごろ、中島甲板士官が艦橋にやってきた。

「艦長。男の赤ちゃんが生まれました。東京出身の豆腐屋さんですが、御主人は義勇軍として、パラオに留まっています。産婦は、艦長に名付け親になっていただきたいと申しています」

「名取」は暗夜を警戒航行中で、艦長は前方を見つめながら言った。

「そりゃ、よかった。よい名前ねえ。軍艦『名取』は、太平洋を航行中である。太平洋の洋に横一をつけて、洋一と命名する。甲板士官、産婦に艦長名で、葡萄酒一本を届けておけ」

「洋一と命名されたことを伝えます。産婦に艦長名で、葡萄酒一本、届けておきます」

　艦長は、いつになく砕けた調子で、航海長に話しかけた。

「航海長。商船の船長だって、名付け親にはめったになれないぞ。まして艦長に、そんな機会はまずない。八十年の日本海軍の歴史でも、名付け親になったのは、恐らく二人とはいないぞ。それも男の子が生まれたとは、私の生まれ代わりだよ」

「艦長。日本の軍艦で赤ちゃんが生まれた話は、私もはじめて聞きます」

　久保田艦長は、長野県出身で、気むずかし屋というわけではなかったが、平生は口数の少ない方だった。とくに艦橋では、近寄りがたい雰囲気を持っておられた。それでも洋一君が生まれたことがよほど嬉しかったのだろう。この夜ばかりは、艦長は艦橋で、いつになくはしゃいでおられた。

翌日の朝食は、主計長今井大六大尉の計らいで赤飯を炊いた。中島甲板士官は、拡声器で艦内に伝えた。

「昨夜、本艦で、男の赤ちゃんが生まれた。母親の希望で、艦長が名付け親になられた。赤ちゃんは、太平洋の洋に横一をつけて、洋一と命名された。洋一君の誕生をお祝いして、本日の朝食は赤飯を準備した。みんなで洋一君の誕生をお祝いしよう」

艦内がどっと沸いているようすが、艦橋でも手にとるように感じられた。疲れている乗員も、便乗者も、この明るいニュースに救われた気持になった。

「名取」は、ダバオ湾口の敵潜伏在海面を、ぶじ突破して、翌日午後一時、ダバオ港に投錨した。こうして「名取」は、ひとまず大任を果たすことができた。待ちかまえていた大発（上陸用舟艇）数隻が、便乗者を桟橋までピストン輸送した。危険海域を一緒に行動し、赤ちゃん誕生を共に祝福したという連帯感があるからだろうか、便乗者と「名取」乗員は、手を振り合いながら、尽きぬ名残りを惜しんでいた。その光景を眺めながら、私は「南進男児の歌」を思いだした。

君が剣の戦士なら
　われは南の開拓士……

昭和十二年、私が兵学校に進んだとき、中学の友人中村君は餞にこの歌を歌ってくれた。そして彼は、伯父さんを頼って南洋に旅立っていった。この便乗者の中には、中村君のようにこの歌を歌って、明るい希望と大きな使命感を持って、日本を後にした人もいるだろう。が、夢破れ、一家離散の悲運に泣いているこの人たちに、私は同情を禁じえなかった。私が生まれたのは、父が第一次大戦で地中海に出征していたその留守中だったと聞いている。洋一君も、父親のいないところで生まれた。そこで私は、洋一君に格別の関心を持った。

ここダバオは、ミンダナオ島東南部の一都市である。日本人のマニラ麻（アパカ）栽培で発展した町で、最盛期には、二万五千人の在留邦人が住んでいたと聞いている。しかし、現在では、大した数の在留邦人は残っていない。また、陸海軍の防備態勢も万全とは思えない。物量を誇るアメリカ軍が、大挙して上陸してくる場合、果たしてこれを阻止できるだろうか。洋一君の前途に幸あれと祈りながら、私は便乗者の退艦を最後まで見送っていた。（注、ダバオ海軍警備隊参謀佐治慎介中佐、同じく石原康之大尉、および陸軍部隊副官岩崎開一少佐より、次のように聴取した。『敵がダバオに上陸したので、在留邦人は、付近の山中をさまよっていました。嬰児の生存は、きわめて困難と思われます』)

*

前回、ダバオからマニラまで便乗者を輸送したときには、こんなこともあった。生後三ヵ月ほどの幼児が熱をだし、吉村軍医長はじめ医務科全員の看護も空しく死亡した。うら若い母親は、マニラ市で火葬を希望した。情においては忍びないが、狭い艦内に二日も三日も、死体を置くわけにはゆかない。

またマニラの火葬場も、平時ならまだしも、この時局では使えるかどうか分からない。

艦側としては、翌朝、水葬を提案した。宮本副長が熱心に説得したので、母親もようやく水葬を納得した。

軍艦で水葬を行なう場合、木工兵がまず寝棺をつくる。この寝棺が陸上の棺と違うのは、ところどころに穴をあけてある点である。海水がこの穴から入り、ある時間がたつと、寝棺は海中に沈むように作られている。航海中に海軍軍人が死ぬと、戦時、平時を問わず、この寝棺を軍艦旗でおおって、艦尾から投下する。が、この場合は民

上空から見た「名取」――開戦以後、第５水雷戦隊の旗艦として奔走した。昭和18年１月、雷爆撃により損傷してからは、輸送任務に従事していた。

間人だから、軍艦旗の代わりに、日の丸の国旗を使うことになった。

水葬は副長の立ち合いの上で、ラッパ「国の鎮め」吹奏裡に行なわれる。海図に、水葬の艦位が記入され、その軍艦がその海域を通過するたびに、花環を投下して水葬者の霊を慰める。だから水葬は、艦側として、死者に対する最高の儀式である。しかし、遺骨も灰も残らないので、水葬は母親にとっては、やはり残酷な仕種に思えただろう。

翌朝八時、ラッパ「気をつけ」につづいて、「国の鎮め」が荘重になり響く。多数の便乗者と手空きの乗員が威儀を正して静かに見まもっている。やがて寝棺は、海面に投下された。思わず身を乗り出す母親を、近くにいた便乗者が引き止める。「名取」は高速で突っ走っているので、艦尾の白波は勢いよくせり上がっている。気のせいだろうか、寝棺が「名取」を追っかけてくるように感じられた。

平時の水葬では、名残りを惜しんで、軍艦は寝棺のまわりを三周する。その間、ぼーっぼーっと汽笛をならして、哀悼の意を表わす。しかし、戦時中のことで、周回も汽笛も見合わせた。

やがて寝棺は、白い波間に消えていった。半旗（弔意をあらわすため旗竿の半分の高さに掲げる）に掲げた軍艦旗が、悲しくはためいていた。

薬指の白い細紐

「名取」はかねてから、前部弾火薬庫付近に水もれがあり、七月上旬には急に漏水が激しくなった。そこでマニラ湾の浮きドックで入渠修理をすることになった。この浮きドックは、アメリカ海軍がホンコンで造らせたもので、当時としては東洋最大と言われ、日本海軍が接収していた。入渠中の一日、私は副長の許しを得て日本大使館に高木広一書記官を訪ねた。

マニラ湾を見渡すと、北西部はバターン半島で保護され、コレヒドール島により南北二つの水道に区分されている。南北四十八キロ、東西四十キロで、水深は、湾口で五十五メートル、中央で二十七メートルの世界有数の雄大な良湾である。東岸にはマニラ港とキャビテ軍港がある。湾内には荷揚げ中の輸送船も数多く、この方面における戦備増強を急いでいた。

マニラ市は、フィリピンの政治・経済の中心地で、バシグ川の川口に位置している。この川は、内航航路となり、中部ルソン平原や南タガログ地方の農業地帯が、その後背地になっている。一五七一年、スペイン遠征軍のミゲル・レガスピが、ここにサンチャゴ要塞を築いて以来、スペイン、つづいてアメリカの植民地支配の拠点になっていた。十六世紀から十九世紀にかけて、メキシコのアカプルコ港との間に、貿易風を利用してのガレオン船が、しきりに往復していたと言われている。

マニラ市は中央を流れるバシグ川をはさんで、欧米風な旧市街の南岸と、東洋風な新市街の北岸に分かれている。南岸のサンチャゴ要塞に接しては、旧城壁都市イントラムロスがある。その南のリサール（ルネタ）公園、さらにその南にある旧アメリカ人居住区には、ホテルやデパートなどの高層建築も数多い。このあたりの南岸地区は治安もいいし、旅行者でも行こうと思えば、気軽に行ける。そこで高木書記官は、旅行者がおいそれとは近寄れない、北岸地区の中華飯店に案内してくれることになった。その心遣いは有難かったが、次の言葉は肝にこたえた。

「最近は、マニラ市内でも、ゲリラが出没して、日本人が殺されています。私は前方を注意しますから、松永さんは後方を見張っていて下さい」

　マニラ市には、陸軍比島方面軍司令部、さらに海軍第三南遣艦隊司令部がある。そのお膝元（ひざもと）のマニラ市で、治安が保たれていないようでは、フィリピン各地の軍政事情が思いやられる。高木書記官は、多くを語らなかったが、フィリピンの日本軍票は、日増しに交換価値が下がっているとも聞いた。

　高木書記官との夕食では、戦局とか軍政などの堅苦しい話はさけて、無難な個人的なことを話題とした。高木夫人は先頃、東京で男の赤ちゃんを生んだとのことで、高木さんは別れぎわに次のように言った。

「この赤ちゃんは、伊藤司令官にとって初孫に当たります。おじいさんが南方に出征しているので、南海男（なみお）と名前をつけました。パラオへの郵便が跡絶えたので、写真を届けることができません。松永さんにお願いできましょうか」

「本艦の行動予定は分かりません。司令官に会えたら、お渡しします。そのような条件でよろしければ、お預かりしましょう」

　夜遅くなればなるほど帰りが物騒に感じられたので、適当に飯店を引き揚げることにした。名物のカルマタ（馬車）もあったが、明るい大通りを歩いた方が安全に思えたので、私は桟橋まで歩いた。二ヵ月前、はじめてマニラ市を歩いたとき、カルマタはとてものんびり走っていた。気のせいだろうか、この日はきぜわしく走っている。また、あちらこちらに土嚢を築いてあり、遅ればせながら市街戦に備えていた。

歩きながら、私は「名取」に着任してから、今日までのことを回想した。

「名取」は、昨十八年一月、チモール島アンボン沖で、敵潜水艦の雷撃を受け、艦尾付近を中破した。さらにアンボン港内で、B24の爆撃による至近弾で、被害を増大した。そして、シンガポールのセレター大ドックで応急修理をし、十八ノットで日本内地に回航できる程度に回復した。

舞鶴工廠で、本格的な大修理をすることになり、「名取」はいったん予備艦に編入された。このため「名取」に長年勤務していた乗員は、総員退艦して新しい任務についた。去る四月、私が舞鶴で着任したときには、その数ヵ月前に着任した乗員による新陣容で、瀬戸内海の訓練海面に向かう直前だった。艦側としては、出渠後の試験・検査を終わってから、あと二、三ヵ月の慣熟訓練を希望した。

しかし、マニラ海軍司令部からは、一日も早くマニラに進出するようにとの、強い催促を受けていた。このため「名取」は、天長節（四月二十九日・天皇誕生日）の休日を返上して、舞鶴から瀬戸内海に回航することになった。乗員たちは、楽しみにしていた母港での休日が、急にふいになったので、大変がっかりしていた。とくに家族持ちは、訓練地の休日はいらないから、母港での休日が欲しかったと、ぶつぶつ言っていた。

軍艦には同じ配置に四年も五年もつづけて勤務する人がいて、いわゆる「生き字引」の尊称を受けていた。各配置に、こうした生き字引がいればこそ、相当数の乗員交代があっても、すぐ元の戦力を取りもどすことができた。軍艦が軍艦として機能するためには、戦闘訓練の錬成ができていることはもちろんだが、そのほかに甲板作業が、てきぱきできることも必要である。

たとえば、短艇の揚げ下ろしとか生鮮食料品の積み込み作業である。とくに荒天時の短艇揚げ下ろしでは、身の危険をもかえりみず、勇敢、機敏に活動しなければならない場合がある。こんなときには、服延（服役延期の略語）の一水（一等水兵の略称）が、目のさめるような働きをしていた。無章（専門課程教育を受けていない）で戦闘訓練ではパッとしないが、甲板作業ではきわだった働きをする服延の一水が、軍艦には十人くらいはいたものである。

しかし、現在の「名取」には、生き字引もいなければ、目立つ服延の一水もいなかった。はっきり言えば、どんぐりの背比べで、抜きんでた者は見当たらなかった。

　私の配置である電信室には、三割近い若い電信員がいたので、すぐ横にいた若い水兵に声をかけてみた。すると、彼はかしこまって、次のように答えた。

「渡辺寅雄二等水兵です。二ヵ月前に通信学校普通科電信練習生課程を卒業し、ただちに本艦に着任しました。十七歳です」

「名取」は連合艦隊所属の軍艦として、なるほど定員の充足はできている。しかし、乗員の年齢も若いし、「名取」での勤務期間も短い。「名取」が戦力を発揮するためには、前線に出撃するまでに、瀬戸内海の第十一戦隊で、少なくとも三ヵ月の訓練を受ける必要があると思われた。だが、マニラ海軍司令部から矢の催促があったので、訓練を一ヵ月あまりで打ち切って、急遽、内地を出撃することになった。

　マニラに着いてみると、差し当たりの任務もないまま無為に一ヵ月を過ごした。そして、あげくの果てにはダバオで待機することになった。こんなことなら、あと二ヵ月、瀬戸内海でみっちり基礎訓練を積めば、乗員の練度も上がったのにと残念だった。

　それはまだしも、「名取」がマニラに進出した六月上旬には、ここでは灯火管制を実施していなかった。日本内地ではどこでも、灯火管制をしているのに、前線のマニラでは実施していない。

矢の催促に、勢い込んで駆けつけた「名取」乗員は、正直のところ、肩透かしをくった感じを受けた。「名取」の甲板から、不夜城のマニラ市を眺めては、マニラ司令部の戦況認識とその対応に、こんなことでいいのかと疑問を持った。

あれから二ヵ月、現在のマニラは灯火管制も実施し、市内のあちらこちらに土嚢を積んである。とはいってもどう贔屓目に見ても、泥縄式の戦備態勢としか思えなかった。幸い、この日は、暴漢に襲われることもなく、ぶじ帰艦することができた。

ところで、パラオにいつ行くか分からないし、入港しても接岸時間はわずか二時間たらずだろう。そのわずかの時間内に、伊藤司令官に、写真を渡さなければならない。高木書記官との約束を忘れないようにと、私はおまじないとして、左手の薬指に白い細紐を巻いた。

厳しい条件の下で

去る六月、アメリカ軍はマリアナ諸島（サイパン島、テニアン島、グアム島）にきわめて優勢な兵力をもって上陸を敢行した。わが守備隊の勇戦敢闘はあっても、十分な増援、補給は期待できないので、一、二ヵ月後には戡定作戦（武力で平定すること）も終了すると思われた。そこで日本海軍としては、マリアナ諸島への増援をあきらめ、アメリカの次の予想上陸地点・比島の増強に切り換えた。そしてその前哨戦となるパラオ島を、まず増強することになった。そこで「名取」は、六月から七月にかけて、すでに三回、パラオへの緊急輸送を行なった。

八月上旬、「名取」が浮きドックから出渠するのを待ちかねたように、第三南遣艦隊司令長官岡新中将から、次の命令があった。

「『名取』および第三号輸送艦は、八月十日九時マニラ発、十三日十時半パラオのコッソル水道着の予定を以て緊急防備物件の輸送に任ず。帰途、パラオ引揚邦人可能限度を搭載し、『名取』はマニラに帰投せよ。第三号輸送艦の爾後の行動に関しては別令す」

この命令により、パラオ向け人員、物件の搭載がはじまった。予備学生出身の少尉八名も便乗してきたが、その中には二分隊長久保保久中尉の館山砲術学校での教え子三名もいた。思いがけない前線での奇遇を、お互いに大変、喜び合っていた。そのほかに、魚雷艇隊隊員六十名も乗ってきた。戦況の推移と月明の関係上、これが最後の輸送と目されたので、乗員にも便乗者にも、厳しさがひしひしと感じられた。

司令部から、「名取」に対して、輸送量増大のため、短艇を陸揚げされたいとの勧告があった。乗員救難用の短艇陸揚げは、艦長が決定することで、司令部の指示は受けないと、艦長はこの勧告を突っぱねた。しかし、司令部の意向も分かるからと、艦長は短艇の代わりに予備魚雷を陸揚げすることにした。艦長のこの決定には、水雷長村野長次大尉が猛然と反対した。

それは、水雷長が職を賭しての反対だった。大砲の砲弾には調整箇所はないから（高角砲では爆発秒時を調定する）、どの砲弾を使ってもかまわない。魚形水雷は調整箇所が多く、平生から我が子のように育ててきたものを発射する。だから、艦長の決定事項とはいえ、水雷長が反対するのも、見方によれば当然のことである。

「駆逐艦育ちの艦長には、予備魚雷の陸揚げに反対する水雷長の気持は、分かりすぎるくらいによく分かる。しかし、戦況ここに至っては、大局的見地から、水雷屋の私情を捨てなければならない。いろいろ言いたいこともあろうが、ここは艦長の決定に従ってくれ」

艦長の熱誠こめた説得で、水雷長もようやく折れた。こうして、最終的に予備魚雷を陸揚げした。艦長は便乗者も多いからと、さらに木材を積みこませ、本艦沈没のさいに木材が浮き上がるように、上甲板にマニラ索で固縛させた。

「名取」は艦齢二十三歳の老齢艦だが、日米雌雄を決する艦隊決戦にさいしては、ところをえて乗員一同、生死をかえりみず勇戦敢闘する誇りと覚悟を持っていた。輸送はそれまでの臨時の役割と心得て、これまでは全兵装・全装備で出撃していた。今回、予備魚雷を陸揚げすることは、今後は輸送を主任務とすることを意味する。それは「名取」乗員にとって、プロ野球選手の二軍落ちのように感じられた。しかも「名取」乗員の生命は、従前に比べて、かえって危険にさらされることになった。

久保田艦長は、浜本渉第三号輸送艦艦長と、マニラ出撃に当たり、次のような打ち合わせをしていた。

「いずれが被害を受けても、無傷の艦は、被害艦とその乗員を見捨てて、パラオへの輸送任務を完遂すること」

外見上は二隻の編隊航行だが、僚艦を救助艦として期待できない、きわめて厳しい条件下の輸送となった。仕事の馴れを上回って戦局が悪化するので、乗員の顔からは次第に笑いが消えていった。

＊

軍艦「名取」は、フィリピンからパラオへの緊急輸送を、すでに三回も成功させていた。これまでの輸送では緊張つづきの決死輸送といっても乗員の間にはまだ心の余裕があった。

フィリピン群島は、南北一千八百五十キロ、東西一千六十二キロの間に七千百以上の島が点在している。熱帯性気候だが、四月から十月までの雨期と、十一月から翌年三月までの乾期に分かれている。「名取」の輸送は雨期に当たっていたので、ときどきスコールに出くわす。スコールが近づくと、

「手空き総員、スコール浴び方用意」の号令がかかる。真水の少ない軍艦が歌の文句そのままに、「天から貰い水」をしようというわけである。

あちらこちらの出入口から、すっ裸の男がつぎつぎに上甲板へ上ってくる。みんなあわてて、体に石鹸をぬりつける。ところが、スコールはいたずら小僧で、急に向きを変えたり、さっと引き揚げたりする。そのため、天ぷら粉をまぶされた魚のように、石鹸だらけの体を持てあまして、甲板士官から少量の真水を貰う羽目になる。その格好がおかしいと、同僚たちが笑いこける。スコールはこのように、真水の節約になるばかりでなく、ときに笑いも運んでくる。

ルソン島南東部のレガスピ町近くには、標高三千メートルあまりのマヨン火山がある。火口は小さく、裾野の広い典型的なコニーデ型火山である。見る方角によっては、日本の富士山にとても良く似ている。それでマヨン富士を眺めては、しばし日本に思

いをはせる者もいた。

　軍艦は火薬やガソリンを搭載していて、場所によっては、引火しやすい蒸気もある。だから、所かまわず、勝手に煙草をすうわけにはいかない。そこで、安全な場所数ヵ所を喫煙所に指定してあり、「煙草盆（たばこぼん）」と称した。ここは兵員の息抜き場所でもあり、娑婆（しゃば）の理髪店にも相当した。ここはまた、デマの震源地でもあった。各艦にはその道の名人、達人もいて、ときにはもっともらしいデマが流れていた。この頃の「名取」には、次のようなデマがあった。

「今回のパラオ輸送を成功させると、『名取』はシンガポールに物資を積み込みに行く。そこで半月ほどの休養期間が与えられるらしい」

沈没のさい艦と運命を共にした「名取」艦長久保田智大佐。

　このデマは乗員に明るい希望を与えていた。マニラは工業生産地ではないからシンガポールかホンコンからか、工業製品を運んでこなければならなかった。したがって、このデマは理屈の上からも実現性を含んでいた。このような明るいデマは、沈みがちな乗員の気持を時に引きたてる。だから一概にデマは悪いものと決めつけるわけにもゆかなかった。

魚雷攻撃を受ける

「名取」と第三号輸送艦の両艦は、予定通り八月十日、マニラを出港し、翌十一日、すでにスリガオ海峡東口にさしかかっていた。そのとき、「敵機動部隊、比島東方海面にある算大なり。引き返せ」の長官指令があり、セブ島に引き返した。十三日八時、セブ島を出撃したが、またまた敵機動部隊出現の情報によって、再度セブ島で待機することになった。保健と気分転換のため、乗員には半舷交代で、二時間の散歩上陸が許された。

人類ではじめて世界一周の航海をしたのは、マゼランである。そのマゼランは、約四百年前の一五二一年、時化(しけ)のつづく南米大陸南端の海峡を、苦心惨憺(さんたん)の末に東から西に抜け、マゼラン海峡と命名した。この通峡後、三ヵ月かかって太平洋を航海し、はじめて上陸したのが、ここセブ島である。

さらに一五六五年から六年間、スペイン遠征軍のミゲル・レガスピは、このセブ島を、スペイン植民地政策の根拠地とした。このためセブ島には、マゼランの建てた十字架や堡塁、教会等の遺跡も多く古い大学もあった。またヴィサヤ地方の経済の中心地で、ココ椰子、マニラ麻、とうもろこしの集散地になっていた。日本からは、日本油脂株式会社が進出していて、ニトログリセリンの原料として、コプラを採取していた。

大勢の比島人の婦人労務者が、葉巻をくわえたり、おしゃべりしたりしながら、のんびりとドラム罐を転がしていた。セブ島はさして大きな島でもないのに、港には七千トン級の船舶が横付けできる栈橋があり、海岸線には幅十メートルの舗装道路があった。日本では、大都市でも舗装道路の珍しい当時、この小さな島にりっぱな道路があったので、私はたまげてしまった。

「アメリカは、まず栈橋と道路をつくる」という、アメリカ植民地政策の一端を垣間見た感じだった。今井主計長は警備隊と交渉して、生鮮食糧品を調達してきたが、夢や希望を持てなかった当時の乗員にとって、それはとても有難いものだった。お陰で乗員総員に、果物の女王マンゴーが三個ずつ配給された。私はさっそく三個とも食べてしまったが、ほとんどの人たちは一個食べて、二個はあとの楽しみに残していた。

本艦が沈没して、カッターに一応、落ち着いたころ、九分隊長山下収一大尉は妙な具合に私をほめた。

「私は食べずに残しておいたマンゴーが、いまになって惜しくてなりません。通信長は三個ともすぐ食べてしまいましたが、乗艦沈没の経験者は、やはりどこか違いますねえ」

＊

敵情もさることながら、月明の都合もあり、これ以上の日延べはできなかった。十六日午前七時、セブから第三回目の出撃をし、同日夕刻に、サンベルナルジノ海峡西側の泊地に仮泊した。翌十七日午前七時に抜錨し、同海峡を高速で東方に向けて突破した。

通峡後しばらくすると、敵大型機一機が早くも、高角砲の射程距離外で触接をはじめた。基地に連絡しているだろうが、当隊にはこの敵機を撃退する方法がない。マリアナ諸島を基地としていれば、ここから七百マイルくらいだろう。空襲があれば、午後おそくか夕方になる。目的地を察知されないようにと、当隊は、北方または東方に偽装航路をとった。幸いにこの日は、空襲を受けないまま日没となった。

味方哨戒機は、八月十五日午前十一時、マニラの九十六度、四百六十六マイルの地点に、敵の浮上潜水艦を発見していた。

「名取」部隊は、この敵潜を回避するため、十八日零時に同地点の南百十マイルを通過するよう、予定航路を変更した。

同夜、敵潜水艦の夜間電波を傍受してみると、高い感度で、じゃんじゃん入ってくる。暗号解読はできなくても、付近海面に数隻の敵潜が行動中と推察できた。艦橋にはその旨を、通信諜報として届けた。昼間は敵機に触接されたし、夜間は敵潜の電波が高感度で傍受できたので、いっそう警戒を厳しくして航行した。

十八日午前二時すぎの真夜中、スコールを出て間もなく、後続の第三号輸送艦から、青色の信号拳銃一発が発射された。それは、右舷に雷跡見ゆとの両艦の規約信号だった。当直将校は、

「右見張り、雷跡は見えないか」と叫んだ。ややしばらくして、見張員の、

「右百二十度、雷跡」との声に、当直将校はとっさに、

「面舵一杯（おもかじいっぱい）、急げ。両舷前進全速」と下令したが、回頭惰力がつく前に、魚形水雷が命中した。大音響と共に、船体は大きな衝撃を受けた。当直将校は、

「配置につけ」と号令した。艦橋後部に火災が発生し、マストの高さをこえる火柱が瞬時に吹き上がった。雷撃によって主（もと）発電機がやられたのか、一切の電気装置は、一瞬にしてその機能を失った。

接岸中の「名取」。昭和19年８月18日、米潜水艦の雷撃をうけて沈没、著者たちの600キロに及ぶ橈漕がはじまった。

「火災！　火災現場は前下部電信室」

「防水！　損所は第二罐室」と艦橋から下令された。手動ポンプ、消火器、防火要具がすべて前部に持ちこまれた。しかし、懐中電灯の淡い光を頼りにしての原始的な応急作業だから、なかなかはかどらない。前部中甲板で応急現場指揮に当たっていると、宮本副長から、艦橋に報告があった。つづいて、掌砲長鈴木貞治中尉からも報告があった。

「前部後部とも、弾火薬庫の注水準備完了」

やれやれと一安心した。艦に被害のあった場合、もっとも怖いのは弾火薬庫の誘爆だが、どうやら誘爆はまぬがれたようだ。艦橋の伝令に、伝声管で前下部電信室を呼ばせた。伝声管からはきな臭い白い煙がのぼってくるだけで、何度呼んでも応答はなかった。当直をしていた電信員四、五名は、全員戦死したと思われた。

艦長はマニラ海軍司令部宛、まず第一報を発信した。

「十八日二時四十分、敵潜の雷撃を受け一本命中。北緯十二度五分、東経百二十九度二十六分。損害大なるも、今のところ沈没の恐れなし。航行不能」

石黒進機関長以下、機関員の必死の応急修理で、半速の速力がでる蒸気圧となったので、さらに第二電を発信した。

「西方に向け航行中、速力六ノット」

宮本副長が、久保田艦長に応急作業の報告のため、艦橋に上ってきた。二台の手動ポンプと、配食鍋を使ってのバケツリレーで排水しているが、浸水量に追いつかない。前部下甲板は膝まで浸水してきたので、やむなく防水扉で閉鎖した。第二罐室も満水したらしい、との報告だった。

「名取」は応急修理をおこない、西方に向けて航行中、魚雷命中から約五十分の午前三時三十分、敵潜の二回目の雷撃を受けた。白波を蹴立てて突っ走ってくる魚雷ははっきり見えているが、わずか六ノットの速力では、敏速有効な回避運動はできない。一本が後檣（こうしょう）（後部マスト）付近に命中し、これが最後かと観念したが、幸いこれは不発だった。深手を負い、半身不随になっている「名取」に、最後の止めを刺そうと、敵潜はなおも執拗に追い回してくる。

憎ッくき敵とは思うが、風波の強い暗夜の外洋で、潜望鏡を発見することはまず不可能である。神業か偶然ならまだしも、一般の人間業では不可能である。不利な状況で、巻き添えの二次被害を防止するためだろう、第三号輸送艦は、ひとまず北方の視界外に退避した。

浸水遮防の現場指揮に当たっていた第六分隊長村野長次大尉と、掌内務長丸山喜代治少尉が、全身ビショ濡れで顔面に負傷し、血を流しながら、相ついで上甲板に現われた。艦橋での報告では、もはやこれ以上、人力では如何ともなしがたいという。そこで最後の手段として、重量物を捨てて艦の浮力を保持することにした。艦首左右の主錨（一個の重量四トン）二個を、まず投下した。

つぎは、パラオ向けの搭載物件である。上甲板中部から後甲板にかけて、航空魚雷十六本のほか、対空兵器とその弾薬、さらには糧食や軍需品六百トンが積み込んであった。これらの物資がつぎつぎに投下された。それでも「名取」は、人が首（こうべ）をうなだれるように艦首を次第に下げてゆく。浸水は今でも止まっていないので、浸水量は刻々、増えてゆく。最後の最後の手段として、主砲十四センチの砲弾も一部を残して投下することになった。

一番砲の一番砲手、山本水兵長は涙を浮かべて、砲弾との別れを惜しんでいた。装（そう）

填秒時短縮のため、日夜、苦楽をともにしてきた砲弾に、砲員が愛惜の念を持っていることは理解できる。しかし、「名取」を守るためには、砲弾投棄もいたしかたなかった。「名取」を守る悲願をこめて、砲弾もつぎつぎに投下された。

星野秋朗航海士が日出時の天測をして、艦位を出したころ、第三号輸送艦が次第に接近してきた。艦長は輸送艦あて、発光信号を送った。

「本艦にかまわず、予定どおり行動されたし。貴艦の輸送任務達成と、武運長久を祈る」

輸送艦は去りがたい風情で、本艦の周囲を二回あまり回った。やがて、「我、予定どおりパラオに向かう」の発光信号を残して視界の外に消えていった。

「名取」乗員はだれでも、輸送艦を救助艦に見立てていたわけではなかった。しかし、それが現実になったとき、だれ一人として口には出さなかったが、なにか鬼気迫るものを感じた。

輸送艦からの最後の返信が、なんだか素っ気ない感じもする。しかし、事前の打ち合わせはあったにしても、陸岸から三百マイルも離れたこの洋上で、沈没直前の「名取」を見捨てて行動を起こすに当たって、ほかに適当な言葉が思い浮かばなかったのだろう。

＊

「潜望鏡。左九十度、二〇（ふたまる）（距離二千メートル）」

突如、見張員がかん高い声で叫んだ。一切の感傷はふっ飛んだ。

「打ち方始め」のラッパにつづいて、「左九十度、潜水艦、打ち方はじめ」の号令が下された。十二・七センチ高角砲と二十五ミリ機銃が猛然と火を吹いた。手負いの獣（けもの）が、渾身の力をこめて吼えるように。

白波を切って進む潜望鏡の近くに、砲弾が落下して、次々に白い水柱が上がる。機銃の曳痕弾（えいこんだん）（弾丸が弾道を示すように、赤または緑の着色した煙の尾をひいて飛ぶように造られたもの）も、赤い尾をひいて目標を追っかける。

潜望鏡はやがて見えなくなったが、戦果のほどは分からない。電源故障で、水中測的兵器の使えない「名取」は、見張りだけが頼りである。全神経を集中して、その後も見張りをつづけた。

待ちに待った日の出も、やっと近づいてきた。東の空も、次第に明るくなってきた。潜水艦が、我が物顔に横暴をきわめる時間帯も、どうにか過ぎた。どの顔にも、やれやれという安堵の表情が現われた。それにしても、最後の射撃は、制圧射撃としての効果はあった。

最後の止めを刺そうと、あれほど執拗に「名取」を追い回していた敵潜も、その後、二度と潜望鏡を出さなかった。傷ついた軍艦でも、やはり攻撃は最良の防御か。いずれにしても夜の戦いはどうやら終わった。

海征かば水漬く屍

懸命な排水作業、上甲板の重量物投棄など、あらゆる手段を尽くしてみたが、東の空が白む午前五時ごろには前甲板は海水に洗われるようになった。それでも機関員の努力を代弁するように、六時ごろにはまだ六ノットの後進による航行能力を持っていた。艦長は、上甲板に上がってきた機関長を目ざとく見つけて、「機関長と話し合ってくる」と言い残して階段(ラッタル)を下りた。

二人の対話は遠くて聞きとれなかったが、おそらく排水作業の見通しについてだろう。機関長は固い表情で、しきりに首を横に振った。念をおす艦長に対して、機関長はやはり、首を横に振りつづけた。

艦長がつぎに艦橋に現われたとき、純白の第二種軍装に着替え、白手袋をはめた右手には軍刀を携えていた。艦橋には磁気羅針儀(コンパス)があるので、軍刀などの鉄類を持ちこむことはご法度である。艦長みずからこの禁を犯すことは、これから軍艦として行動することを、艦長はすでに断念したことを意味している。

それにしても、艦長が機関長と別れたあと、艦尾の艦長室に行って着替えたとは、時間的にそう思えない。だとすると艦長は、最後の服装を、いつも艦橋下の艦長休憩室においていたことになる。艦長の覚悟のほどが偲ばれた。

艦長の見通しを裏書きするかのように、「名取」の速度は次第に落ちて、ついに行(ゆき)脚(あし)（機械を止めても艦が進むこと）はなくなった。百方手を尽くしてはみたが、沈没は時間の問題となった。艦長は沈着に、乗員救出の号令をつぎつぎに下した。

「手空(てあき)、筏(いかだ)作り方、上甲板中部」

マニラ出撃に当たり、艦長が積みこませた角材が、筏作りに役立った。角材や道板を組み合わせて十個あまりの筏ができ上がった。横井猛主計少尉候補生は、部下を督励して、短艇に握り飯を配って回った。艦長は、艦橋からこのようすを見ていて、

「短艇には、乾麺麭(かんめんぽう)（乾パン）と水筒とを積んでゆけ」と指示した。

「総短艇下(お)ろし方。筏を海に投げこめ」

砲術科倉庫長池田兵曹は、付近にいる水兵たちを指揮して第一カッターを下ろして

いる。他のカッターと機動艇も、つぎつぎに下ろされている。「名取」は首を右前にちょっと曲げたような格好で、いくらか右舷に傾いている。傾きが小さい間に作業を終わらないと、短艇下ろしはますます困難になる。艦橋後部の水雷砲台付近には重油が噴出しているので、作業員は足をとられて苦労していた。

「短艇も筏も、急いで本艦から離せ」

早く離しておかないと、本艦の沈没のさいに巻き添えを食う。この作業も、どうやら終わった。作業が一段落したところで、艦長は煙草を取り出した。

「これから、最後の贅沢(ぜいたく)をするぞ」と言って、一度に二本ずつの煙草を、つづけざまに悠然とのんでおられた。言葉の調子といい、態度といい、平生と少しも変わらなかった。艦長としては、やるべきことはすべてやった。後は、神の思召(おぼしめ)しを待とう、との心境だったのだろう。

「総員上へ」

軍艦の乗員は、この号令ではじめて戦闘配置を離れることができる。魚雷命中のショックで、罐室の防水扉は開閉できなくなっていた。このため罐室員は、通風の金網(かなあみ)を破って上甲板に出てきた。上甲板のあちらこちらでは、仲間同士、煙草の回しのみをしている。「名取」の巨体は、次第に右舷の方に傾いてきた。

上甲板中部に、大勢の乗員と便乗者が集まっているが四百人あまりはいるだろう。宮本副長は、艦橋の久保田艦長に向かって、その旨を報告した。

久保田艦長は、艦橋後部の旗甲板まで進み出ると、上甲板に集まっている部下一同を見回して、ただいまから「万歳三唱をする」と告げた。

「軍艦『名取』万歳」つづいて「天皇陛下万歳」を、それぞれ三唱した。吉村軍医長の指示で負傷者と病人を、まず機動艇に移そうと、その準備が進められていた。

*

艦橋では航海士が、機密書類が散逸しないようにと、部下を督励して、鍵のかかるところに格納していた。艦長は静かに、

「航海士。雨衣（あまぎ）を着ていては、泳ぎにくいぞ。雨衣はぬいだ方がいい」と注意をあたえた。それは父親が、息子をさとす風情だった。

艦長の長男、久保田勇中尉は、航海士とほぼ同年で、現在は宇佐航空隊（大分県）で、艦上爆撃機操縦員として訓練中である。

去る五月、軍艦「名取」は前線への出撃をひかえて、別府の料亭鳴海で准士官以上の懇親会を開いた。艦長はここで、宇佐から別府に外出中の息子、勇中尉に、偶然出

会った。数日後、「名取」は、フィリピンに進出のため、周防灘を西方に向け航行していた。そのとき艦爆が一機バンクしながら近寄り、「名取」の周りを回って別れを惜しむ風情だった。艦長はあのとき、息子が別れに来たぞと、大喜びだった。艦長の脳裏には、あのときの思い出が浮かんでいることだろう。

やがて艦長は、我に返って厳しい表情で、航海長を呼び寄せた。

「航海長。艦長は、これから貴官に、戦訓所見を伝える。これは艦長の、最後の言葉である。現在の日本軍は、優勢な敵の作戦に引きずり回されている。この状態をくり返すならば、いたずらに兵力を消耗するだけである。日本としては最後の防衛線を定め、自主的に作戦をすべきである。そして寡兵よく衆敵を破り、死中に活を求めなければならない」

「艦長。艦長もここはひとまず引き揚げられ、再起を計っていただきたいと思います」

このような意味合いの会話が、何度かくり返された。そして艦長は、声の調子を一段と下げて、さとすような口振りでつけ加えた。

「航海長。若い者をできるだけたくさん、連れて行けよ」

感きわまった航海長は、言葉が出なかった。言葉の代わりに、大きくうなずいた。

二種軍装の艦長は、艦橋後部に進み出ると、軍刀をもった右手を高く揚げ、上甲板中部に集まった部下を見やりながら、凛（りん）とした声で最後の号令を下した。

「総員退去」

上甲板中部に集まっていた者は、つぎつぎに海に飛びこんだ。艦長はそのようすを自分の目で確かめ、艦橋勤務者の挙手の礼に答礼しながら、悠然と歩を運ばれた。そして艦長休憩室に入られ内側から留金（ケッチ）をかけられた。

ぐずぐずしている場合ではない。艦橋勤務者は、相ついで艦橋を下りて海に入った。本艦の沈没に巻き込まれないようにと急いで艦側から五十メートルほど離れた。「名取」は艦尾を左に振って、逆立（さかだ）ちするような格好で沈んでいった。泳げない者たちだろうか、後甲板に集まっていた二十人あまりは、足場を失って転がり落ちていった。いまは回らなくなった四つの推進器が、無残な姿をさらしている。

第二内火艇は海面に下ろした後、いったんは艦側から離しておいたが、風波のため艦側に押しやられてきた。同艇に乗っていた安藤弘候補生ほか二、三人が、爪竿を使って艦側から突き離そうとしていたが、思いどおりにはかどらなかった。

そうこうしているうち、本艦が沈没するとき、艦外に突き出ている推進器が、アッと言う間もなく第二内火艇をひっかけた。同艇には宮本副長、吉村軍医長、安藤候補生ら五十人ほど乗っていたが、本艦沈没の渦に巻き込まれ、一人も浮かんでこなかった。

開戦以来、つねに第一線にあって勇戦敢闘していた軍艦「名取」は、ついにフィリピン群島東側の海底に沈んだ。「名取」が姿を消した直後、遣り場のない不安が脳裏をかすめた。時間にすれば、ほんの数分間だろうが、とても長く感じられた。

後甲板には、潜水艦攻撃用の爆雷十個あまりが装備してあった。この爆雷は、海面下の調定深度に達すると、水圧によって弁が作動し、自動的に爆発する機構になっていた。爆雷が爆発すると、千メートル範囲に泳いでいる者は、総員、腹部破裂で死亡する。これを防止するには、本艦が沈没する前に、爆雷の信管を抜き取っておかなければならない。あのどさくさの最中に、この抜き取り作業が行なわれただろうか。

不安な数分間が、どうやら過ぎた。爆発は起こらなかった。この作業をやったとすれば、掌水雷長だろうと思った。

心配していたあいだは気がつかなかったが、安心すると急に時化が気になりだした。うねりは北からだが、波風は西から来ている。重油のべっとり浮かんだ海水が、情け容赦もなく顔や目をなぶる。目がしみ、目に気を取られていると、うっかり重油を呑みこむ。着衣のまま泳いでいるので、思うようには泳げない。

はじめて乗艦沈没の災難に遭った人たちだろう。軍歌「海征かば」を歌いはじめた。

海征かば　水漬く屍
　山行かば　草むす屍

うねりは大きいし、風波も強い。このような外洋では泳ぐだけで精一杯である。歌は歌にならなかった。途中で止めてしまった。そんな感傷にひたっている場合ではない。これから苦労がはじまるぞと、私は自分に言い聞かせて、近くの第二カッターに泳ぎついた。つづいて、航海長もこのカッターに上がってきた。ほっと一息いれている私に、航海長はいきなり命令した。

「通信長。手旗信号を送れ。副長健在なりや」

その旨を発信したが、何の返事もなかった。

「通信長。宮本副長は戦死されたものと認められる。航海長が第二カッターで、先任将校として指揮をとる旨、発信しろ」

そこで、次の手旗信号を送った。

「航海長小林大尉、第二カッターにあり。ただ今より、先任将校としての指揮をとる」

こうして、指揮権は確立された。視界内にあるもの——内火艇二隻、カッター三隻、筏多数、遊泳中の者若干、合わせて三百名あまりだろう。午前八時すぎ、ワッという驚いた叫び声が起こった。それは第三内火艇だった。急に右に傾いたと思う間もなく沈んでしまった。後で分かったことだが、本艦から海面に下ろそうとしたとき、艦の突起物にぶっつけて、艇底を傷めていたとのことだった。

この艇には、石黒機関長以下、五十名ほどが乗っていた。この日は海が時化ていて、カッターを漕いで救助作業はできなかった。水泳のつもりで、上衣を脱いで泳いでいる者もいる。そんな者を見つけては、

「筏か板につかまれ。泳げば疲れるぞ」と、注意をあたえた。

＊

一段落したところで、私は艇底に腰を下ろして今日一日をふりかえった。魚雷一本が命中して、一瞬にして真っ暗闇となった。あの状況で、前部後部の弾火薬庫注水準備が即刻できたので、弾火薬庫の誘爆をまぬがれた。

掌砲長鈴木貞治中尉は、口癖のように言っていた。

「私は寝るときも、用便のときも、懐中電灯だけは決して放しません。懐中電灯のついた紐を、いつも首からかけています」

平生から、そのような心掛けがあったればこそ、いざというとき、真っ暗闇の中で機敏な行動ができた。

掌通信長の山口七郎少尉は、本艦が被害を受けてからの電波発信について、かねてから研究していた。具体的には、送信機の電力増幅管を分散格納し、夜間の空中線展張訓練を行なっていた。この日も、夜間に空中線を張り替えて発信できた。使用電波の波長に応じて空中線の長さを定めておき、その長さの空中線を夜間、どこに展張するかは、平生の心構えがあって、はじめてできることである。

「名取」は、魚雷が命中してから航行不能になるまで、最後の止めを刺そうと「名取」を執拗に追い回す敵潜を相手に、食うか食われるかの戦闘をしていた。だから爆雷の安全針は、当然、抜いてあった。そのままで本艦が沈没すると、調定深度に沈んだとき、爆雷は自動的に爆発する状態だった。

爆雷の爆発を防止するには、安全針を元にもどすか信管をはずすか、いずれかの方法が必要であった。あのどさくさで、安全針はなくなっているかも分からないし、信管をはずすのがもっとも確実な方法だった。

掌水雷長加藤政太少尉が、冷静、沈着に十数個の信管取りはずしを完遂していた。

ところで、山本銀治一等主計兵曹は、第二カッターに泳ぎ着いた時の状況を、後日、私に次のように語った。

「総員退去の際、私は総員名簿を持ち出す任務を持っていました。カッターに泳ぎ着いた時には、すでに鈴なりの状態で、だれひとり救いの手を差し延べてくれませんでした。幸い同じ分隊の者が私を見つけて、引き揚げてくれました。お陰で私は、一命を拾いました」

あの場合、あとひとり助け上げると、カッターが転覆するかも分からない状態だった。あのような状況で、カッターに乗っている者が、見知らない者を助けようとしなかったのも、人間の自己保存本能の一面だろう。一艦沈没で、戦友同士の間でさえこうである。船団で被害を受けた場合は、もっと悲惨だろうと思った。

三隻の短艇隊

「右前、左後」

艇長のせっぱ詰まった甲高い号令がひびく。右舷の艇員は、カッターを前進させようと漕ぎ、左舷の艇員は後進させようと漕いだ。時化の中で、カッターがやっと首を左に振りはじめたとき、

「右後、左前」と、今度は逆の回頭を命じる号令が飛びだした。艇員たちは、あわて
て逆に漕ぎはじめたが、どの顔も苦痛のためにゆがんでいた。

　この日は朝からどんよりと曇っていたが、本艦（乗員は自分が乗っている軍艦を本艦と言った）に乗っていた間は、波もうねりも、さして気にならなかった。

　いざカッターに乗り移ってみると、すっかり、ようすが違っていた。強い西風が吹いていて高さ五メートルもある波が、カッターを高く持ち上げたかと思うと、次の瞬間には、急に谷底へ突き落とした。カッターは木の葉のように、波にもてあそばれた。

　さらにまた、波長の長いスローテンポのうねりは、北にある日本内地の方角から押し寄せていた。カッターはワルツとタンゴのごちゃまぜの音楽に、むりやり踊らされているようなものだった。カッターは波風を横腹に受けると、ひとたまりもなくひっくり返りそうになる。そこで艇長は、カッターを、波にもうねりにも、横向けにしないようにと、必死に叫びつづけていた。

　このようすを見ていて、今しばらくすると、カッターを漕いでいる者は、全員くたばってしまうだろう、と私は思った。それはまだしも、日が暮れて白い波頭が見えなくなると、カッターが横波をくって、転覆するのではないかと案ぜられた。

　私はそのとき、兵学校で教わった運用教範の「シーアンカー」（注、浮きの浮力と

重りの重力とをつり合わせた浮き錨のこと）の挿絵を思いだした。

「先任将校、シーアンカーを造ります」

「よーし、掛かれ」

「シーアンカーの分かる者、手を挙げろ」と、艇員に呼びかけてみたが、運用兵（内務科員）はいないのだろうか、だれも手を挙げなかった。私は荒海に飛びこんで、角材と道板それぞれ一本ずつをカッターに引き揚げた。

これらの木材は、マニラ出撃に当たり、艦長がわざわざ積み込ませ、本艦沈没の際には浮き上がるようにと、上甲板にマニラ索で固縛させていたものだった。これらの材木を浮きとし、スリング（カッターを吊り上げる金具）を重りにし、シーアンカーを造って海に投げ込んだ。

その働きで、カッターは風に立ち、横波をくわなくなった。とはいっても、シーアンカーは錨のように着底していないので、風に立ったまま風下に流された。

それでもカッターは、波もうねりも難なくやり過ごすようになった。艇長は橈を艇内に収めさせ、艇員を艇底に休ませた。一同お互いに顔を見合わせ、やれやれという表情をした。付近のカッター、機動艇に向けて、シーアンカーをつくって漂泊するようにと、手旗信号を送った。機動艇から、折り返し返信があった。

「風下に流されつつあり、曳航お願いす」

機動艇は燃料を積んでいないから、機械をかけて走るわけにはいかない。だからといって時化の中で、カッターが重量のある機動艇を引っぱることなどできる相談ではない。機動艇あてに、シーアンカーを入れるよう再度信号を送った。だが、シーアンカーの要具を持たないのだろうか、機動艇はみるみるうちに風下に流されていった。そして昼過ぎには、とうとう見失ってしまった。

「名取」はもともと、機動艇とカッターを、それぞれ三隻ずつ搭載していた。司令部からは短艇を陸揚げするよう勧告を受けたが、艦長の意向でこれらを全部、積んでいた。カッター三隻は見えている。しかし、機動艇三隻のうちの二隻は、「名取」の道連れになり、残る一隻も見失った。時化よ、早くおさまってくれと祈る以外に方法はなかった。

筏の戦友は、見ていてもかわいそうだった。本艦で組み立てた大型筏は、強い波風のため次第に解体されていった。それはまた、積んである食糧を失うことにもなっていた。激しい波風にあおられて、筏の動きについてゆけず、何度も海に落ちる者もい

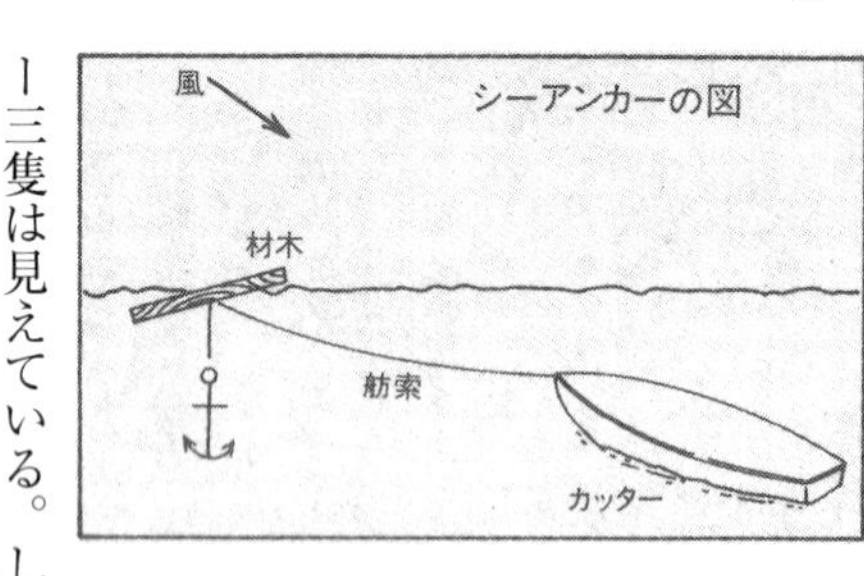

た。南洋の海で、海水が思ったより温かかったことは、不幸中の幸いだった。付近にやって来た筏に向かって、

「海が凪いだら、収容する。それまで頑張れ」と激励する。中には筏の方から、

「元気です。罐切りはありませんか」と話しかけてくるが、カッターにも、罐切りはなかった。本艦から浮き上がった材木に、一人でつかまっている者もあった。

「体力を消耗しないようにしろ」と怒鳴る。

日が暮れたのだろう、もともと暗い一日だったが、あたりは急に暗くなってきた。海はやはり時化ている。治まったようすはまったくない。本艦の夜間の艦橋は、いつも灯火のない真っ暗闇である。だから、つねに艦橋で勤務していた、航海長、通信長、航海士は、カッターに灯火のないことを、さして苦痛には感じていなかった。

しかし、いつも電灯の下で勤務していた者は、カッターに灯火のないことを苦痛に思い、不安にかられているようすだった。

＊

その晩は、差し当たりの仕事もないので、私はぼんやりと、カッターの底で横になっていた。落ちるところまで落ちたということで、開き直りの気持も出てきた。本艦

に乗っていたときよりも、かえって落ち着いて、次のような回想をした。

人間が、生命の危険にさらされ、はっとすると、冷静な判断はなかなかできない。知識として持っていることも、まず頭に浮かばない。そんな場合でも頭に浮かんでくるのは、幼いおりに何度も何度も言い聞かされたことか、そうでなければ、みずから体を動かして体験し、知恵として持っていることである。

あの場面で、私が最初に思い出したのは、近所の文学青年が話してくれた「底のないひしゃく」の話だった。

「海が時化ると、舟が難破して、死人も出る。その死人は、次の時化では幽霊となって出てきて、時化の中を走っている舟に向かって、底のないひしゃくで海水を注ぎこむ。その舟が、いつの間にやら沈んでしまう」

幼い私は、底のないひしゃくで海水をすくえる道理はないと、素朴(そぼく)な疑問を持っていた。「名取」のカッターに乗ったいま、私は二十五歳の青年になっていて、これまでの八年間を海軍軍人として海で暮らしていた。そこで私は、この話を、次のように拡大解釈した。

「この話は、時化のときには、鋲(びょう)がはずれたり、釘が抜けたりして、思いがけないところから、海水が入り込むという寓話ではなかろうか」

このように思い当たった私は、時化のたびに淦水（外から舟の中に洩れて来た水を、船乗りはこういう）はどうかと、細心の注意を払うことにした。

次に思い出したのは、中学時代に山に登っていた体験だった。私は中学一年の夏休みに、家から五十キロほど離れた背振山に登った。中学三年生の大川貢さんをリーダーとして、中学校から飯盒とテントを借り出して、自転車で出かけた。ご飯はかまどの上でできると思っていた私は、かまどがなくてご飯ができたので、まずびっくりした。お腹のすいていたこともあろうが、そのご飯のおいしかったことは、何十年たっても忘れられない。

食後の寛ぎの時間に、若いリーダーは私に、見知らぬところで、方角はどうして知るかと質問した。

私が、「磁石で知る」と答えたところ、次のように教えてくれた。

「磁石は壊れることもあるし、紛失することもある。磁石を当てにしていると、そんなときには、さっそく困ってしまう。そんな知識でなく、知恵を持ちなさい。山に登ったならば、日没前に、大きな木の周りをぐるーっと回ってみる。苔の多い方が北である。苔のない平野部では、学校の校舎を見なさい。学校の校舎は、東西方向に立ててある。だから太陽が南の空を移動するにしたがって、どの部屋にも太陽光線がさしこむ。学校の校舎は、そういう風に建ててあるよ」

私はびっくりした。大川さんと私は、年齢は二つしか違わないのに、人間的には、大きな格差ができている。それも結局、山を知っているかどうかによって、格差ができていると気づいた。そこで私は、大川先輩を見習って、さっそく中学の登山部に入部した。

佐賀県立三養基(みやき)中学校の、指導教諭岡村政一先生は、専門(国語、漢文)の授業時間は、さしてやかましくなかったが、登山では厳しい躾(しつけ)教育をなさった。

指示された携行物件を、一つでも忘れると、その日の登山に連れていってもらえなかった。携行物件を忘れても、日帰り登山では生命に別状はない。しかし、そのような心構えだと、他日、大事故を起こしかねない。団体行動をする資格がないとのことだった。また、山を汚すと、次の登山から除外された。山は造物主である。すなわち神である。神を汚すような者は、登山の資格がないということだった。

中学四年の夏休みには、岡村先生に引率された十名のパーティーで久住山(大分県)に、つづいて阿蘇山(熊本県)に登った。

当時(昭和十年)は、ラジオ・テレビの天気予報のなかったころだが、今日で言う低気圧の前線通過だったのだろう、久住山の頂上で、雄大な眺めに見とれていたとき、厚い真っ白な雲が、急に一面に現われて、二メートル先も見えなくなった。凄い雷もなった。浮き足だった私たちは、麓めがけて駆け下りようとした。そのとき先生が、

「止まれ。山でリーダーの指示に従わないと、命を落とすぞ」と叫んだ。

私たちは、あのとき恐慌状態の入口にいた。先生の指示に従って、身につけていた一切の金物を放りだし、各人が離れ離れになって山の斜面に伏せていた。先生は間もなく晴れると予想していたが、予想通り晴れてきた。先生の適切な指示があったればこそ、大事に至らなかった。私はここでパニック状態の群集は止められない。パニックの入口で止めなければならないことを体験した。

兵学校二年生の短艇巡航で、カッターが大那沙美島（広島近くの宮島の隣の島）に乗り揚げ、カッターをこわしたことがある。責任者の短艇係は、処罰されるだろうと、恐る恐る兵学校に帰ってきた。当直監事は、次のように言った。

「カッターをこわしたことは遺憾だが、その後の処置は満点である。備品を一品も流さなかったし、電話連絡も迅速だった。事故を起こすと、人間だれしも冷静、沈着な判断、処置ができないものである。短艇係名越生徒の指揮統率は、みごとだった」

カッターがのしあげたとき、みんな浮き足だった。短艇係名越有幸生徒は、仁王立ちになって叫んだ。

「みんな落ち着け。カッターの物は、一品も流さないようにする。陸揚げ順序、まず、カッターの備品、巡航用の借用品、最後に各人の毛布とする」

このようにして私は、事故における指揮官（指導者）の判断、処置が、いかに大事かということを、幸か不幸か生徒時代に体験した。

カッターの中で、現在、私の目の前にいる小野二水と安井二水は、二人ともあどけない顔に、つぶらな目をぎょろつかせている。心の不安をのぞかせているわけだが無理もない。軍人といっても、十七歳の少年である。私が久住山の頂上で、はじめて生命の危険にさらされ、恐怖におののいたときと同じ年齢である。

これまでの私は、いろんな人に助けられてきた。現在の私は、「名取」短艇隊の次席将校である。私を助けてくれた人たちへの報恩のためにも、今度はよい指導者にならなければならないと、決意を新たにした。

苛酷なる試練

「いま、何時だろうか」

だれかが、ぽつーんと言った。本艦では何気なく使っていたこの言葉も、太平洋の洋上に取り残された、真っ暗なカッターの中で聞くと、それは何だか異様な響きを持っていた。

「二十三時だ」

「通信長は、夜光時計をお持ちですか。有難うございました」

暗くて顔は分からないが、感謝をこめた言葉が返ってきた。ちくたくと懸命に時を刻んでいる夜光時計を見つめながら、私は軍艦「榛名（はるな）」艦長高間完大佐を偲んだ。

昭和十六年四月、同期生神崎国雄、有満美義、それに私は、新少尉として「榛名」に着任した。格別の才能もない私は、艦長の第一印象をよくしておこうと、着任挨拶では、特別いんぎんに敬礼した。

「松永少尉、海軍士官は敬礼は下手でもかまわない。上官不在の時とか、いざという時に役立つ人物になれ。そのためには、平常の実地勉強が大切だ。分かったか」

「ハイッ。平常の実地勉強に励みます」

こちらのさもしい気持を見透かした、核心にふれた艦長の言葉は肝にこたえた。高圧の電流が体内を駆け巡ったような心地だった。

軍艦「榛名」は、やがて入渠修理を終わり、連合艦隊第三戦隊に編入され、僚艦「比叡」「霧島」「金剛」の仲間入りをすることになった。佐世保から横須賀に回航の途中、四日市港に寄港した。乗員は交代で、伊勢神宮参拝、さらには名古屋の見学に出かけた。

私は、神崎、有満の両少尉と一緒に、名古屋市に向かい、まず東山動物園に行った。ライオン、虎などの猛獣は、鉄格子の向こう側にいるものと思っていたが、ここでは開放式というのか、猛獣類もむき出しだった。猛獣の飛距離を上回る壕を前面に掘ってあるから、安全ではあろうが、何なに分ぶんともはじめてのことで薄気味悪かった。

栄町の繁華街では、海軍士官の門出にふさわしい記念品として、この夜光時計を買い求めた。この時計は、本日、カッターに泳ぎつくまで海水にひたしている。完全防水でないから、時を刻むのも長いことではあるまい。あと二、三日、もつだろうか。それまでの時間を、真剣に生き抜いているこの夜光時計は、高間艦長になり代わって、「海軍士官はいざというときに働かなければならない」と、私に話しかけているように思えた。神崎は戦闘機乗りになったし、有満は駆逐艦乗りになっている。あの二人は、この激しい戦局で、いまごろ、どこでどのような戦さをしているだろうか。そんなことを考えながら、私はなおも夜光時計を見つめていた。

*

ダッ、ダッ、ダッ……夜のしじまを破って、突然、エンジン音が聞こえてきた。とたんに艇内は、強い波風、すなわち自然と戦う場合とは、まったく違う雰囲気となった。みんながいっせいに、先任将校の顔を見つめている。固唾をのんで、先任将校を見まもっている。

圧迫感を持ったこの音は、飛行機のガソリンエンジンではない。潜水艦のディーゼルエンジンである。こちらに金属類はないから、敵潜のレーダーにつかまってはいない。こちらに灯りはないから、敵の見張りに見つかっているわけでもない。艇首員二名はさっそく機銃の射撃準備にとりかかった。だが、機銃では、潜水艦に向かって効果はない。誤射でもすれば、やぶへびになりかねない。そこで私は、機銃員に向かって叫んだ。

「相手は潜水艦だ。機銃を発射しても、効果はない。特令あるまで操作するな」

全身を耳にしてエンジン音を聞いてみる。気のせいだろうか、エンジン音は次第に遠ざかってゆく。聞こえなくなってからも、なおしばらく注意していた。やはり聞こえなかった。

本艦では、方角は羅針儀で、風向、風速は風速計で知ることができた。何ひとつ機械、器具を持たないカッターの中では、状況で判断する以外に方法はない。このエン

「榛名」艦長高間完大佐。実地勉強の大切さを教えられた。

ジン音は、最初に大きく聞こえて、だんだん小さくなって、とうとう聞こえなくなった。潜水艦は風下に浮上して、風下の方向に走ったに相違ない。

潜水艦はレーダーを使って、「名取」が沈んだことはすでに知っているだろう。だとすると、浮上してきたのはバッテリー充電のためだろうか、それとも捕虜をつかまえるためだろうか。今日は一日中、朝から晩まで西風が吹きつづけていた。夜中も西風が吹いている。この気圧配置が、急に変わることもあるまい。だとすると、明日も同じ西風が吹くだろう。明朝、西風に向かって走れば、今夜の敵潜から一応、遠ざかることになる、と考えた。それにしても、捕虜をつかまえにやってくるとすれば、おそらく明朝だろう。

真夜中すぎ、風波が強くなってきたと思うまもなく、激しいスコールがたたきつけるように降ってきた。二十分も降りつづいて、スコールはさっと走り抜けた。やれやれと一安心したが、被服が体にまつわりついて、何とも気持が悪い。それにもまして、寒さのため体がふるえてきた。

真夏の南洋の海だから、気温が低い道理はない。十メートル以上の風が吹いているから、風が体温を奪っている。風速一メートルで温度が一度下がるとしても、体感温度は気温より十度以上も低くなっている。男と男が抱き合い、お互いの体温を確かめながら夜明けを待った。長い長い夜だった。

カッターに乗っていてこの有様だから、筏に乗っている者、筏につかまって泳いでいる者の苦労が思いやられる。海は時化ているので、筏同士がぶつからないよう、適当に離しておかなければならない。離れると心細くなるので、お互いに「オーイ」「オーイ」と呼び合っている。その呼び声も、夜が更けるにしたがって次第に少なくなってきた。いずれにしても、夜明けが待ち遠しい。

筏の人たちは、カッターに収容されたあと、本艦が撃沈された晩のようすを、次のように報告した。

「風が強かったので、筏に乗っていると、とても寒くなってきました。寒くなると海に飛びこんで、温まりました。海水につかっていると疲れるので、体が温まると、筏の上に上がりました。夜明けまで、こんなことをくり返していました」

私たち軍人は、体感温度について、知識を持っていたわけではない。ましてその対策については、何も知らなかった。それでも、カッターの者はお互いに抱き合い、筏の者はときに海水につかって、寒さをしのいだ。それは自然の苛酷な試練に、突然たたされて、必要が生んだ生活の知恵である。

第二章　漂流

長い一夜は明けて

長い一夜も、ようやく明けた。明けて十九日、待ち望んでいた太陽は、この日もとうとう姿を見せなかった。朝から雨が降ったばかりでなく、風速十メートル余りの強い西風が、やはり吹きつづけている。一面の白波は、濡れて震えている私たちを、嘲笑う悪魔の白い牙のようだった。

熱帯性低気圧が、まだ付近に居座っているらしい。朝食は自由に食べろと言ったが、だれも食べなかった。濡れた被服が体にまつわりついて気持悪いし、風で冷えきった体には食欲は出なかった。せめて水でも飲んで体力を保とうと、水樽の栓(せん)をとってみたが、水は一滴も残っていなかった。水樽には本艦で、真水を一杯つめていたが、真水は洩れてなくなっていた。最悪の事態に、追いこまれていくような気がした。

沈んだ気持で時を過ごしていた午前十時半頃、低く垂れこめた暗雲の上から、航空機のリズミカルなエンジン音が聞こえてきた。味方だろうか。それとも、敵だろうか。無気味さは、音と共に次第に大きくなってきた。吉と出るか、凶と出るか、一同、固唾(かたず)をのんで見上げていた。それは、中型攻撃機だった。

しかし、味方と喜んだのも束の間、中攻はすぐに暗雲の中に消えてしまった。雲高わずか五百メートルで、それ以下の低空飛行だから、飛行機の視界は極めて狭い。飛行機は私たちを見つけただろうかと、不安になってきた。

不安が焦りに変わろうとしたとき、中攻はバンクしながら、ふたたび近寄ってきた。こちらから中攻に、通信方法がないのが、なんとももどかしい。日の丸のマークがはっきり見えて、とてもたのもしかった。このような悪条件の中で、よくぞ見つけてくれたと感謝した。感謝の気持を表わそうと、大声を出す者もあれば、力まかせに上衣を振る者もあった。中攻は大きく旋回しながら、三回目通過のときに通信筒を落とした。

「味方駆逐艦二隻、救助に向かいつつあり。安心されたし。七六一空、山田一飛曹」

　通信筒の近くに投下された救難用のゴムボートには、握り飯が添えてあった。それは搭乗員が、自分たちの中食を、進呈してくれたものだった。貧しきを分かち合う前線将兵の気持を、言葉以上に強く物語っていた。通信文に救助艦が来航中とあったので、艇員の中には、あたかも救助艦が目の前に現われたかのように、小躍りして喜んだ者もいた。

　中攻を見送って、しばらくしたら、クロールで泳いでカッターに近づいてきた者があった。本艦が沈没してから、もう三十時間も過ぎている。その間、泳ぎっ放しというわけでもあるまいが、彼はきれいなフォームで、上衣もつけずに泳いでいた。よほど水泳に自信があるのだろう、とにかく泳ぐつもりで泳いでいた。

　カッターに上がるようにと、しきりに勧めたが、彼はこの勧めを断わった。彼の同年兵の話によると、前回、乗艦が撃沈されて短艇に乗っていて、酷（ひど）い目にあったとのことだった。しかし、後日、陸に着いた者の中に、彼の姿はなかった。

　このように陸地から数百マイル離れていなくても、わずか十マイル沖で撃沈された場合でも、被服を脱いで泳ぐつもりで泳いだ人は、助かっていないことが多い。泳ぎが下手で、陸岸に着くまで浮く物につかまって泳いだ者か、浮く物につかまって救助を待っていた者が助かっている。

一つの筏(いかだ)が近づいてきた。航海士星野秋郎少尉（現姓、浜田）が、兵員五名と一緒に乗っていた。航海士は海面の重油で目をやられて、目が見えなくなっていた。目も見えずに荒海と戦ったので、航海士は疲れ果てていた。カッターに乗っていたのは、三十人あまりだったから、筏の全員を収容しても、定員四十五名にはまだ余裕があった。

先任将校（航海長）は航海士の直属上官だから、先任将校から航海士を収容しようとは言いづらい。先任将校の意中を察して、私の口から言うべきかも分からない。しかし、これが前例となって、近づいてきた筏の者をつぎつぎに収容していたら、とても収容しきれない。士官の乗っていた筏の者だけを収容したと、あとで非難されても困る。そこで私は、この六人を収容する代案として叫んだ。

「航海士が弱っている。だれか代わってやれ」

しかし、立ち上がる者は、一人もいなかった。あの極限の状態で、ある個人を指名して交代させるわけにもいかなかった。

そのとき、見張士のP少尉候補生が自発的に交代を申し出た。見張士は、十日ほど前から下痢（疑似赤痢）で艦内休養していたが、四日前から勤務についていた。病後の身で、泳いだときに重油を飲んだと言っていた。それでも責任感強く、第二カッターの艇指揮をしていた。先輩の苦境を見かねて交代を申し出たわけだが、航海士は辞退して、ともに譲らなかった。

二人の直属上官である航海長が、二人を交代させることにした。P候補生の健気な心情に報いるため、中攻が投下したゴムボートに握り飯を添えて贈った。六名は筏からゴムボートに乗り換え、そのゴムボートをカッターの艇尾に繋（つな）いでおいた。

昨日、風下に流されていた第一内火艇は、この日、とうとう姿を見せなかった。この時化では、捜索はとてもおぼつかない。時化のおさまるのを待って、カッター三隻で捜索列をつくり、組織的に捜索することにした。

その晩おそく、時化はいっそうはげしくなってきた。カッターとゴムボートでは、風波の抵抗が違う。舫索（もやいづな）はゆるんでいるかと思うと、急にぴーんと張ってくる。このままではゴムボートがひっくり返るか、舫索が切れるかである。そこで明日、収容することを約束して、ゴムボートの舫索を解いた。これが六人の運命を狂わせるとは、知る由もなかった。昨日の敵潜が、いつ来るかいつ来るかと案じていたが、この日はとうとう来なかった。

各カッターには食糧として、握り飯の弁当数十個と、乾パン入りの大罐二罐が積んであった。私は少年の頃、付近に住む文学青年、松枝正人さんから、船の反乱の多くは、食糧問題から起こると聞いていた。分量の多い少ないということよりも、配分の不公平に対する不満から反乱が起こるとの話だった。

そこで遭難の翌日からさっそく、厳重な配給制とし、士官も兵員も同一分量とした。食糧保管者には、次席将校の私みずからが当たった。そして盗難防止をしていることを、艇員にも納得させるため、私が眠るときには、大罐の上におおいかぶさるようにして眠っていた。

海軍常識への挑戦

救助艦がやってくると、艇員たちが有頂天になって喜んでいたこの日の午後、先任将校は私を艇尾に呼びつけた。何気なく艇首を眺めると、ほとんどの艇員が深刻な顔つきで、先任将校と私とを見つめていた。

「変事にさいしては、部下はだれでも指揮官の顔を見る」との、兵学校教官の言葉を思い出した。話の内容を聞かれないように、顔色を観られないようにと気づかって、みんなに背を向け、後方の海面を見ながら話した。

「通信長、君の状況判断は」

「結論的に申しますと、この地に留まるべきでないと思います」の前置きで、私は次のように話した。

重巡「古鷹」。サボ島沖海戦のさい沈没した。このとき著者は暗夜の海上で軍艦を捜索することの困難さを体験した。

昭和十七年十月十一日、乗艦「古鷹」はサボ島沖海戦で、敵艦隊の集中砲火を受けて、航行不能となった。

九〇式隊内無線電話機で、司令部宛救助艦の派遣方を要請した。駆逐艦四隻が派遣されたことは分かったが、「古鷹」の救助にやってきたのは「初雪」一隻だけだった。わずか二時間前まで一緒に行動していたのに、四隻の中で一隻しか「古鷹」を捜し当てることはできなかった。しかもその「初雪」は、「古鷹」が味方識別信号で誘導していた。暗夜の海上で軍艦を捜索することが、いかに困難かの一つの証左である。

中攻が知らせた駆逐艦は、パラオに輸送に向かうもので、やはり輸送を優先させるだろう。「名取」と一緒に行動していた第三号輸送艦にしても、中攻が知らせた駆逐艦にしても、この地に到着するのは、順調にいって、四、五日後になる。当隊は、救助艦を誘導するための、昼間の発煙筒も夜間の信号灯も持たない。救助艦が首尾よくここにやって来ても、当隊が救助艦に発見される確率は極めて少ない。だから、この地に留まるべきではない。

私の話を聞いていて、先任将校は言った。

「俺も、この地に留まるべきではないと思う。フィリピン群島に向かう計画を、すぐ立てろ」

私は驚いた。留まるべきでないと考えてはいたが、だからといって私は、フィリピンに行くとは考えていなかった。とっさに返答ができずに口をつぐんでいたが、そんなことはできないとの顔つきをしていたのだろう。先任将校は、厳しい口調で私をたしなめた。

「ここにいる者は烏合の衆ではないぞ。軍艦『名取』の生き残りばかりだ。ということは、日本海軍の精鋭じゃないか。またカッターの構造はもとより、櫂一本一本に至るまで、日本海軍の伝統によってできあがっている。だから俺たちの背後には、数多くの海軍先輩が見まもってくれている。計画してできないことが、あるものか」

「ハイッ、フィリピン群島に向かう計画を立てます。しばらく時間を貸していただきます」

ところで、サボ島沖海戦の際、第六戦隊（「青葉」「古鷹」「衣笠」）は、ガダルカナル島の敵飛行場を夜間砲撃するため、「吹雪（ふぶき）」「初雪」を帯同して、ショートランドを出撃した。

サボ島付近に待ちかまえていたスコット隊（重巡二隻、軽巡二隻、駆逐艦五隻）は、午後九時四十五分、いっせいに射撃を始め、初弾命中により「青葉」は中破し、つづいて「古鷹」は撃沈され、「吹雪」は轟沈した。幸いにも「衣笠」の活躍により、敵重巡一隻を撃沈し、一隻を大破したので、敵の追撃を断念させ、味方の危急を救うことができた。

アメリカ海軍は、この夜戦で電探（レーダー）射撃をはじめて実戦に採用し、赫々たる戦果を挙げた。日本海軍は、伝統的に夜戦を得意とし、第二次大戦の夜戦でも、これまでは相当な戦果を挙げていた。だが、アメリカ側の電探射撃採用により、夜戦の優劣が逆転し、その後は日本側の敗戦が多くなった。

「初雪」に救助されて艦橋に行ったとき、航海長雷（らい）正博は、期友（クラス）の気安さで私に語りかけた。

「『古鷹』は知らせた位置より、うんと西に流されていたぞ。俺が西にひねって操艦して来たから、沈没する前に『古鷹』を見つけることができた」

夜間の隠密救助作業は、なかなか思い通りに進まなかった。夜明け後の敵機の空襲を考慮して、救助作業は二時に打ち切られ、現場に短艇二隻、および円材を残して、「初雪」は帰路についた。このとき、雷らいと私は、「吹雪」の轟沈で戦死したと思われる期友返田克己（そりた かつみ）の冥福を、人知れず祈った。

さて、フィリピンへ向かう計画であるが、兵学校の短艇競技は、短距離競技と遠漕競技と二種類あった。前者では二千メートルを二十分足らずで漕いだし、後者では十二マイルを二時間あまりで漕いだ。汗が出ると疲れが激しいので、いずれの競技も晩秋から冬季を選んで行なわれていた。

ここからフィリピンまでは三百マイルで、距離は遠漕の二十五倍もある。しかも、真夏の南洋の海域である。それはまだしも、食糧も飲料水もないのに、十日以上も漕ぎつづけなければならない。六分儀や羅針儀、海図などの航海要具は何一つ持たない。

フィリピン行きはできないとのマイナス要因なら、五十、六十項目はおろか、百項目でもすぐ見つかる。プラス要因は、さっき先任将校が言ったところの一つ、二つしかない。海軍常識から考えるならば、フィリピン行きはとうてい不可能と言える。

＊

航海要具も持たずに、途中目標のない太平洋三百マイルを、どうして航海するかと考えをめぐらしながら、私は歴史上の航海民族を回想してみた。航海民族としてはフェニキア人、ヴァイキング、そしてポリネシア民族が有名である。

フェニキア人は、人類ではじめてアフリカ大陸を周航したが、陸地の見えない大洋まで船出したかどうかは疑わしい。フェニキア人は、紀元前六百年ごろ、沿岸航法でアフリカ大陸を周航したのではないか、と言われている。陸地を見ながらのアフリカ周航ならば、いつでも入港して食糧、飲料水の補給もできたし、時化(しけ)を避けて陸岸近くに停泊することもできた。たとえ一万六千マイルと航海距離は長くても、これから実施を迫られている天文航法（太陽、星、月を利用する航法）にくらべると、次元の低い航法で、さして参考にはならない。

ヴァイキングは、八世紀から十一世紀にかけて、北海の西側の岸辺を漕ぎ下り、ブリテンおよびスコットランドの海岸を荒らし回っていた。ヴァイキングの勇気ある者は、北大西洋へ乗り出し、アイスランド、つづいてグリーンランドを発見して、そこに植民地を開いたこともある。さらに、一〇〇三年、北アメリカの東海岸を南下して、

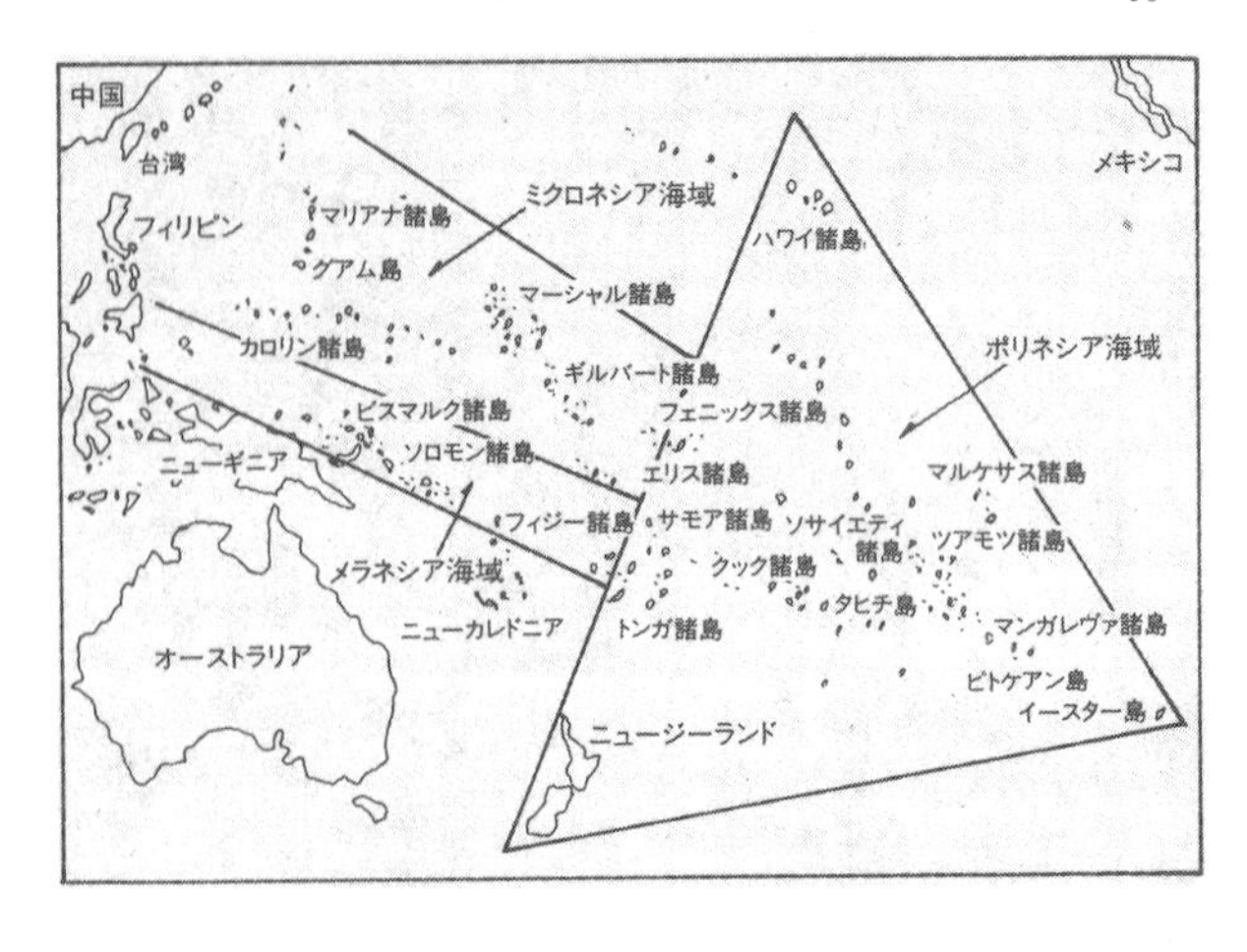

今日のニュー・イングランドに達した者もいた。ヴァイキングはフェニキア人にくらべると、確かに大洋航海の勇気を持っていたし、その実績も残している。しかし、勝手知った北海の航海にとらわれて、天文航法により未知の海域を開拓するには至らなかった。

ポリネシア民族は現在、太平洋のポリネシア海域に住んでいるが、紀元前一六〇〇年ごろから、東南アジア大陸、インドネシア海域から太平洋に向かって、民族移動をはじめたと言われている。この民族がなぜか記録を残さなかったので、歴史的事実としては認定されていないが、そのような民族移動があったことは、識者の等しく認めるところである。石器時代に小さな船で、途中、幾つかの中継基地はあったにしても、航海要具も持たずに四千マイルも集団移動したことは、まさに驚異である。

ポリネシア海域への経路については、メラネシア海域を主張する者もありミクロネシア海域と説く者もある。これら三海域の人種、言語、生活様式、戦闘要具等をくらべ、その相違によって説が分かれているのだろう。

いずれの経路を通ったとしても、ポリネシア海域に到達するためには天文航法によらなければならなかった。それは、フェニキア人とヴァイキングが実行した、陸地を見ながらの沿岸航法にくらべると、はるかに次元の高い航法である。

歴史に残る航海民族の中でも、ポリネシア民族の天文航法はもっともすぐれているし、場所も同じ太平洋だから、「名取」短艇隊にはきっと参考になるだろう。できれば、ポリネシア民族の航法にあやかりたいと、「乗員は、使用船は。どのような航海をして、どのような目的地に向かったか。付近の自然環境はどうだったか」等について、ポリネシア民族と当隊との航海を比較、検討してみた。

ポリネシアの乗員には足手まといになる大勢の婦女子や老人もいたはずである。当隊は船乗りとしての訓練を受けた、身体強健な成年男子ばかりである。しかも軍艦「名取」の生き残りばかりだから、有難いことに固い団結がある。

次にポリネシアの使用船には、アウトリッガー（舷の外に張りだした浮き）型と双胴型(カタマラン)との二種類があった。

前者は軽快で偵察や通信用として、後者は積載力が大きく運搬用として使われていた。いずれも、天蓋も甲板もないカヌーで、艤装といっても、石を加工した錨(いかり)があるくらいのものだった。カヌーといえば丸木舟を想像しがちだが、外洋性カヌーは合わせ板を使っていた。

合わせ板の要領は、平張(ひらばり)（内火艇は平張り）と呼ばれる外板の張り方で、板と板の間を、重ねずに密着して、樹液で接着させ、椰子の繊維で結んでいる。だから船体を外から見ると、板張りの廊下のように見える。平張りは工作は容易だが、浅水(あか)が多くて使用者には不便である。

当隊の使用船はカッターで鎧張(よろいば)りになっていて、外見上は屋根瓦を積み重ねたように見える。カッターは工作はむずかしいが、頑丈で浅水も少なく、私たち使用者にとって、きわめてたのもしい船である。

ポリネシア民族の航海については知る由もないが、タヒチ島の島民の間には、ハワイ諸島への航海について、次のように語り継がれている。タヒチからハワイに向かうには、南東貿易風を右舷開きで受け、針路をまず北東にとった。北極星が、やがて左舷の水平線に見えてくるが、そこらあたりは地球のへそ（赤道）である。そのまま北東に進むと、進むにしたがって、北極星の水平線からの高度がだんだん大きくなってくる。

　赤道から北の方に、どのくらい進んだかを測るには、「魔法のひょうたん」を利用していた。ひょうたんの上部を平らに切り落とし、その口から幾らか下の方に、同じ高さに四つの穴をあける。こうして水を注ぐと、水は四つの穴によってできる平面まで入る。四つの穴を水平に保つように支えると、ここに人工水平面ができる。一個の穴に目を当てて中をのぞいて、ひょうたんの切り口から北極星を望むようにする。

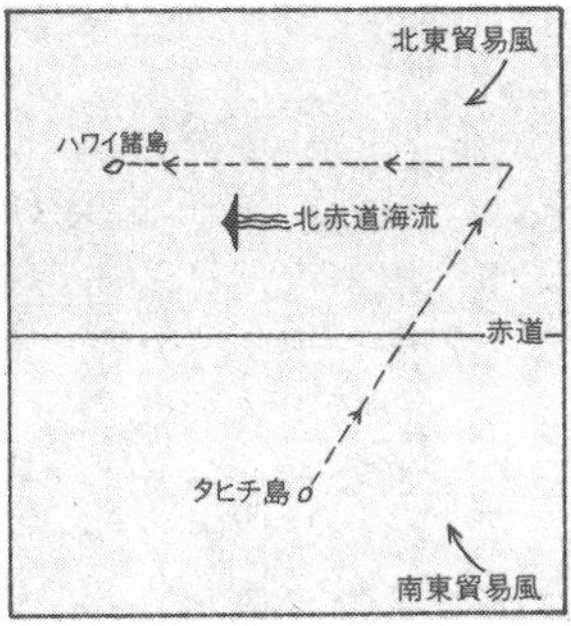

　このようにすると、北極星と人工水平面とのなす仰角は、いつどこで見ても同じ角度になる。ハワイは北緯二十度だから、この角度が二十度になるように、あらかじめひょうたんを加工しておく。このようにして、ハワイと同じ緯度の地点をさがす。そこから真西に向けて航海すると、やがてハワイ諸島が見えてくる。

　タヒチ島（西経百五十度）から幾らか西側にあるハワイ（西経百五十五度）に行くのに、まず北東に進むのは、一見、奇異に感じられる。

しかし、北緯二十度あたりにはいつも北東の貿易風が吹いているし、北赤道海流も西に向かって流れている。あのあたりから西に進むには、きわめて好都合である。だから北東に進んでから西に向かっていたのは、学問的に見ても理屈にかなっている。

逆に、ハワイからタヒチへ帰るには、まず北極星を真後ろに見て南下した。赤道付近に来て北極星が見えなくなると、それからは、南十字星を目指して舵をとったと言う。

ほかの島への航海も、だいたい同じような方法だっただろう。ポリネシア民族は、北極星は北に、南十字星は南にあることを、もちろん知っていたし、北極星の高度で、そこの緯度が分かることも承知していた。さらにはまた、地球の自転にともなう貿易風とか海流にも通じていたと思われる。

いずれにしても、ポリネシアの航海知識は、先輩からの伝承か、おのずから経験的に習得したものだろう。私たちは兵学校で、天文学や航海学を、いずれも学問的に習得しているので、ポリネシア民族に優ることはあっても、劣ることはあるまい。

ポリネシアの探険航海では、行く先に島があるかないか分からずに出かけていた。島の所在が分かった後の集団移動であっても、目的地は小さな島だし、その島に協力者がいるかどうかははっきりしなかった。

しかし、私たちの現在位置から西方三百マイルには、フィリピン群島がかならずある。私たちは四日前、その群島からここにやってきている。しかもその群島には、南北千八百キロを上回る広範囲の海域に七千有余の島がある。その島の中には、目標になりやすい高さ三千メートルの活火山もある。そして有難いことには、現在のフィリピン各地には、多数の友軍（アメリカ軍のレイテ島上陸作戦は、まだはじまっていなかった）が駐在している。

付近海域の自然現象を考えてみた。北赤道海流が、赤道の北側に東から西に向かって流れている。また貿易風は、南北緯度十五度あたりで、北では北東風が、南では南東風が吹いている。だからポリネシア民族が、西から東へ向かう場合、メラネシアとミクロネシア、いずれの海域を通ったにしても、海流も貿易風も進行を妨げていた。当隊がフィリピンに向かう場合、海流も貿易風も背中から押していて、きわめて好都合である。

現在フィリピンは雨期だから、相当量のスコールが期待でき、当隊は天の時を持っている。海流は順流だし、貿易風は順風だから、地の利もある。さらに当隊は、軍艦「名取」の生き残りばかりだから、人の和もある。出身中学（佐賀県立三養基中学校）の国漢教師で、登山部の指導教諭だった岡村政一先生が、口癖のように言っていた言葉を思い出した。

「天の時は地の利に如かず、地の利は人の和に如しかず」

当隊は幸いに、天の時、地の利、人の和、いずれも持ち合わせている。やりようでは成功の可能性もあるような気がしてきた。ここで念のため、当隊がポリネシア民族に劣る点を探してその対策を考えてみることにした。

＊

ポリネシア民族は、航海中の保存食糧として、乾燥したタコの木の実、さつまいも、調理したパンの木の実、干し魚に加えて、生きた鶏も運んでいた。

船上に砂場を設けて炉を作り、乾燥した木をこすり合わせて火を起こし、料理もしたという。当隊は現在、食糧として少量の乾パンを持っているだけである。この段階では、食糧の少ないことに抜本的な対策は見当たらない。文学青年の話では、船内で起こった大方の反乱は、食糧の配分量の少ないことへの不満よりも、配分の不公平に対する不平によるとのことだった。食糧の配分を、公平にしなければならないと、改めて思った。

ポリネシア民族が、大挙して集団移動するには、指揮者が成功の信念を持っているばかりでなく、団員全員が航海に自信を持ち、恐怖を解消する必要があった。ここに神話の役割があった。

ポリネシア民族の神話によると、神タネが最初の女を大地から造り、呪力によって生命をあたえ、最初に産ませたのがポリネシア人である。したがって、ポリネシア人の子孫は、直接に神の肉体を受け継いでいるから、神の性質を持っているわけである。

このようにしてポリネシア人は、未知のところに突き進むにもっとも必要なこと、すなわち自信を育て恐怖を消し去ることを、信仰によって堅持していた。

ポリネシア人が使った渡海船も、やはり信仰によって造られていた。船大工は専門家として、神職につぐ社会的に高い地位をあたえられていた。そして渡海船の建造に当たっては、斎戒沐浴(さいかいもくよく)して道具も清め、豚を捧げて祭りを執り行ない、神タネの加護を祈願した。船材・用具や括(くく)り合わせの材料などは、すべて守り神と結びついていた。進水式は、地域住民全員の祝福の中に、いとも厳粛に盛大に行なわれていた。

このような信仰によって造られた船に、ポリネシア人が乗っているときには、乗組員による反乱はまったく起こらなかった。たとえ船と乗員がなくなったとしても、亡くなった船乗りが天気の徴候を見誤ったか、そうでなければ禁忌を犯したと解釈された。そして後輩の船乗りは、先輩の失敗を乗り越えて、神と船に対する信仰を高め、自分自身を信頼して未知の航海に挑んだ。

　こうしてポリネシア人は、太平洋を東に東に進み新しい島を見つけてはそこに住みついた。その間、信仰で解決できないことには幾つかの禁忌を持っていただろう。

　日本海軍の草創期には、「板子一枚下は地獄」との諺もあって、ある程度の信仰とか禁忌があっただろう。私たちが海軍に入った昭和十二年には、さしたる禁忌はなかったが、それでも信仰は幾らか残っていた。

　兵学校生徒は、乗艦実習の機会を利用して、在校中に一度は金比羅（こんぴら）神社（香川県）に参詣していた。また戦前の軍艦が、同神社の沖合いを航海するときには、乗員から集まった浄財を空き樽につめ、艦名を示す旗を立てて海に流していた。そして、これを拾った付近の漁師が、代わって神社に奉納する習わしだった。私が金比羅宮に参ったとき、土産品店の主人は次のように話した。

「時化（しけ）で沖に流され、陸地も見えないし、進む方向も分からなくなった船がありました。船頭は金比羅さんのお札の前で、棒を立てて祈りました。棒の倒れた方向に進んだら、やがて陸地が見えてきました。こんな話はざらにあります。とにかく、金比羅さんは船乗りにとって、またとない神様です」

それは作り話でなく、恐らく実話だろう。しかし、航海術の専門教育を受けていた私は、神社のお札が船の針路を教えるとの話を、まともには聞かなかった。そして私は、お札を買わなかった。たとえ私が、ここで金比羅さんのお札を持っていたとしても、近代教育を受けた当隊の隊員たちを、神社のお札で納得させることはできまい。

さて、先任将校から、フィリピン行きを計画しろと言われて、まず海軍常識から考えてみた。が、それは不可能との結論に達した。次にポリネシアの集団移動と、当隊の航海を冷静に比べてみると、当隊は食糧を持たないし、隊員に信仰のない欠点はある。しかし、人員構成、使用艇、航海術、目的地、行く先と自然環境の関係等については、当隊がポリネシアにくらべて、はるかに有利である。結論的にいえば、反乱を起こさないようにすれば、フィリピン行きの可能性があるように思えてきた。

ブレーン・ストーミング

このカッターには、先任将校と通信長のほかに、九分隊長山下収一大尉と航海士星野秋朗少尉の二人の士官がいた。フィリピンに向け橈帆漕（とうはんそう）することを艇隊員の総意とする手はじめとして、まずこの二人と話し合ってみることにした。しかし、話のもってゆきようでは、そんなことはできませんとの議論にもなりかねない。そこで私は、つぎのように切りだした。

「士官は状況判断ができなければならない。ここで、状況判断の練習をしよう。おれたちはここで、救助艦を待っておれば、助けられるわけだ。同じ条件で救助艦が見込めない場合、フィリピンに向けて、行動をおこすことになるだろう。その場合、君たちはどんなことで貢献できるか」

航海士は、即座に答えた。

「私は航海計画を立てます。ここは、フィリピン群島サマール島の東方三百マイルの地点です。ここら辺りは、北東の貿易風地帯になっています。また北太平洋海流が東から西へ〇・五ノットで流れています。ここから西へ進むにはきわめて好都合です。ダブルで漕げば（一本の橈を二人で漕ぐこと）、速力三ノットは出ましょう。一日に十時間漕げば、三十マイル進みます。計算上は十日間で接岸できるわけです。時化などで予定どおり進まない場合も考慮して、所要日数を十五日間と計画します。フィリピン群島は、南北千マイルもあります。西へ西へと漕いでゆけば、群島の一角にかならず到着します」

「航海士。君は西へ西へと簡単に言うが、北に輝いている北極星を右正横（みぎせいおう）に見て西へ進むことは、理論的には簡単なように思える。しかし、そんなことの実行は案外、むずかしいぞ」

「オリオン星座は、天の赤道付近にあります。さそり座は、天の赤道よりやや南寄りにあります。これらの星座は、地球上のどこで見ても、かならず東方から出て西方に沈みます。これらの星座が東の空にある間は背中を向けて進み、西の空にある間は向かって進めば、西に向かっているわけです」

＊

航海とは、地球上の一地点から目的地の一地点へ、船を安全かつ能率的に航行させる技術である。その方法としては、沿岸航法、推測航法、天文航法などがある。

陸岸の山、または岬などの自然物標とか、立標や灯台などの人工目標を見ながら航海することを、沿岸航法という。

磁気羅針儀もしくは転輪羅針儀（ジャイロコンパス）と、測程儀で測った自船の速力または航程によって、船が移動した方向と距離を知ることができる。だから出発点の位置がはっきりしていると、陸地は見えなくても、地球上における自船の位置を推測できる。このようにコンパスによる針路と測程儀による航程から、計算によって自船の現在位置を求められる。その現在位置から、さらにつぎの目的地への針路、航程などを求める方法を推測航法と呼んでいる。

六分儀を使って天体（星、月、太陽）の水平線からの高度を測り、経線儀（クロノメーター）（とても正確な時計の名称）と航海年表により自船の地球上の位置を求めて航海するのを、天文航法という。

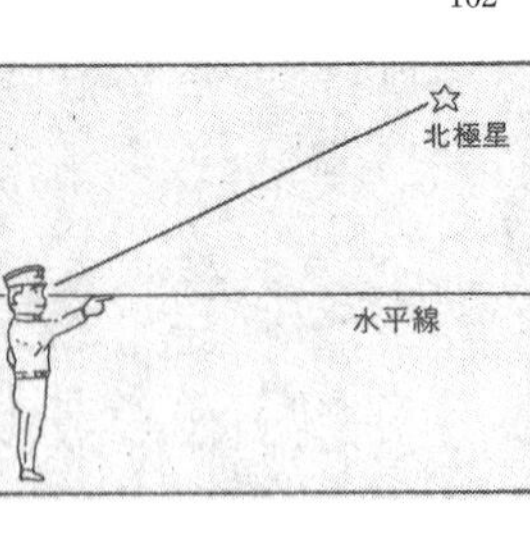

私たちの現在位置から陸地は見えないし、コンパス、測程儀もないし、天測要具も持たない。だから短艇隊では、理論的な沿岸航法、推測航法、天文航法はいずれもできない。航海士がさっき言ったように、天体と地球との相対運動を利用して、進む方向を見定める。そして、風とか海流などの外力を利用して、西方に進む以外に方法はなかった。

要具のない天文航法、それはまさしくポリネシア民族が、数千年前にやっていた航法である。それは、奇想天外な空想でもなければ、自然の摂理を無視した妄想でもない。ポリネシア民族がやったことである。私たちがやってやれないことではあるまい。

＊

航海をすると、船は、外力（風、波、うねり、海流、潮流）の大きな影響を受ける。

そこで、航海計画を立てて航海した場合、毎日、陸測または天測で、現在位置を検討（チェック）している。そして計画よりはずれていれば、針路もしくは速力を修正する。航海士は航海計画について発言しただけで、この検討方法については何も言わなかった。

そこで私は、この点を指摘した。

「航海士。君の航海計画は、それでよろしい。その計画で航海して、五日か十日たってから間違っていたのでやり直す、というわけにはゆかない。毎日でなくてもいいが、途中で位置を検討する方法があるか考えておけ。ところで九分隊長、君はどんなことで貢献できるか」

「私は帆を作って帆走（セーリング）をします。また魚や鳥を見て、陸岸までの距離推定などもやってみたいと思います。航海士の計画で、一日に十時間漕いで十五日間もつづけると、難行苦行の連続になります。そこで私としては、隊員に夢をあたえることを心がけます」

航海士は首をかしげて考え込んでいたが、成案を得たのだろう、話しかけてきた。

「通信長。位置の検討には、緯度と経度との変化を利用します。まず緯度の測定について申し上げます。右手を一杯伸ばして親指を水平線につけると、人差し指の先端は高度十五度になります。ここは北緯十二度ですから、北極星は高度十二度になります。

人差し指の第一関接が高度十二度に見えます。北極星（ポラリス）と人差し指との関係から緯度の変化が分かります」

「次に、経度の変化と航走距離（航程）について申し上げます。昨日と今日との日出（または日没）の時刻差が何分か、時計で測定します。昨日と今日の日出時刻は、正確に言うと、一、二分違います。しかし、洋上で経度の変化を測定するには、この二つの時刻が同じと考えても、無視できる小誤差（ネグレクテイブ・スモール）です。

地球の半径は六千四百キロで、円周率をかけて赤道の長さが分かります。ここは北緯十二度ですから、赤道の長さの一割引きとします。二十四時間でこの長さなら、日出時刻差何分では何キロ走ったことになるか、按分比例で算出できます。現在は真西に向かって走っていますから、経度の変化が、すなわち航走距離になります」（注、①赤道の半径を r とすると、赤道の長さは $2\pi r$ ②北緯12°における半径を r' とすると、そこの表面の長さは $2\pi r'$〔理論上 $r' = \frac{9}{10}\pi$〕24時間で $2\pi r'$、だから日出〔日没〕の時刻差により、西へどのくらいの距離を走ったか計算できる）

「航海士。正直のところ俺は、西へ進むのにオリオン星座、さそり座を使うことに、気がつかなかった。緯度、経度を測って、航海の検討までできることにも、考え及ばなかった。君は航海の天才だ」

「時計さえあれば、航海はもちろん、検討までやってみせます」

天文学とか航海理論を勉強していない小野二水は、通信長と航海士との会話は、十分に理解できなかっただろう。しかし、航海士がその先輩の通信長を、理論で堂々と説き伏せた状況を間近に見ていて、航海士の自信のほどを汲み取っただろう。また、航海士が言った。

「時計さえあれば……」の言葉は、小野二水はじめ艇員たちに、大きな安堵感をあたえたに違いない。

そこで私は、九分隊長と航海士に次のように話した。

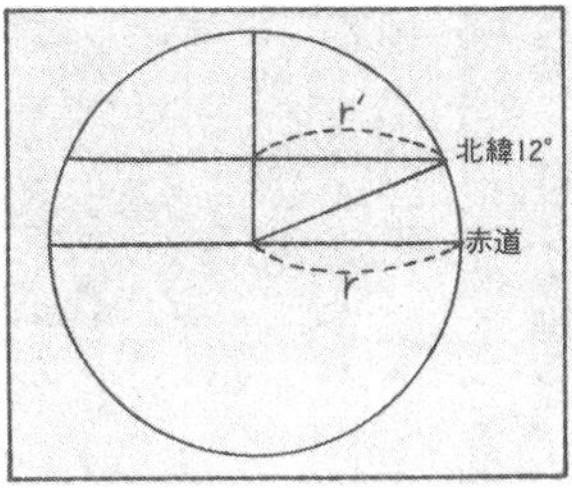

「俺はこれまで、海や山で何回も遭難した。パニックの入口を経験したこともある。だから、遭難者の心理状態は、体験的に分かっているつもりだ。俺は心理指導で貢献できると思う」

この会話は、ピクニック気分とは言い過ぎとしても、救助艦の来着待ちという気らくな時機に、どんなことで貢献できるかとの質問に応じてなされた。

せっぱ詰まった環境で、責任ある回答を求めるという雰囲気ではなかったので、軽い雑談という形式の発言だった。お互いに軽い気持で積極的な意見を述べ合っていたが、それは結果的に見ると、今日でいう、ブレーン・ストーミングを行なったようなものである。もちろん、その当時、ブレーン・ストーミングという手法を知っていたわけではなかったが。(Brain-stormingとは、アメリカのA. F. Obornの造語。創造的集団思考方法〈Group Creative Thinking〉とも言われる。創造的頭脳の集団的開発法とも言うべきもので、グループの各人は何人も拘束されることなく、自己の創造的アイデアを自由に思いつくまま出してゆく。便宜上、司会者をおくこともあるが、普通の会議とは異なり、あらかじめ議題を定めることなく、各人の連鎖的思考を促進するだけでよい。要は、他人の発言を否定したり、批判したりせずに、つぎつぎに連想を発展させていくことにある)

天女の舞い

九分隊長は、艇員から事業服の端っぽを供出させ、針金(はりがね)を帆縫針(ほぬいばり)として帆を縫い上げた。予備橈を立てて帆柱(マスト)の代用とし、大小の爪竿(つめざお)を桁(ヤード)としたが、その手つきはとても鮮やかだった。

先任将校「オイ九番、君は正真正銘の船乗りだぞ」

航海士「九分隊長は、器用な軍人というより、船乗りそのものですね」

通信長「兵学校生徒は、軍人と船乗りとを目指して教育を受けた。活発な行動をして、教官から軍人らしいと誉められることはあった。しかし、索具（つな）の扱いとか短艇の操縦がうまくいって、船乗りらしいと誉められることは、まずなかった。九分隊長。先任将校は君に、最大級の誉め言葉を下さったわけだぞ」

九分隊長「私は海岸で生まれ、海を遊び場として育ちました。海とか舟について、陸（おか）育ちの人にくらべると、幾らか馴れていると思います」

僚艇にも帆を作らせようと、手旗信号を送った。三番艇は二番艇に比べると、手早くスマートな帆を掲げた。後で分かったことだが、三番艇には運用（内務）科の渡辺先任衛兵伍長がいて帆縫い作業に馴れていた。また、斉藤水兵長が事業服を二枚着ていて、帆を作るため一着を供出したとのことだった。二番艇では、土屋中尉が帆走主任となり、渡辺兵曹が助手を勤めた。

昨日からの熱帯性低気圧（以下、熱低という）がまだ付近に居座っていて、風力四（相当風速は毎秒五・五〜七・九メートル。陸上では砂塵があがり、小枝がだいぶ動く。海上では海面の半分くらいが白波になる）の西風が吹いていた。

この風を利用して、九分隊長はさっそく帆走（セーリング）をしてみせた。カッターは、風下にちょっと首をかしげたような格好で、滑るように音もなく海面を突っ走る。どっと歓声が上がる。帆走の経験のない兵員たちは、目を見張って喜んだ。

風さえあれば、橈を漕がなくてすむぞと、手をとり合って喜んでいる。九分隊長は、彼の言葉通り、兵員たちに大きな夢をあたえてくれた。沈んでいた皆の気持も、お陰で幾分か明るくなった。

*

ところで、カッターで正規に帆走をするには、まず長さ三メートルの帆柱（マスト）を立て、その帆柱を細い鋼索（ワイヤ）の静索（リギン）を使って、両舷と艇首の三ヵ所に固定する。厚い帆布（ケンパス）で造った二枚の帆を使うが、前帆（ジブ）（帆柱の前方で使う三角形の帆）は針金の環をつけて、艇首の静索に沿って引き揚げる。桁（ヤード）（帆をくくりつけた円材）を取りつけた大帆（メンスル）は、滑車をつけて帆柱の頂上まで引き揚げた。

帆走で快走するには、帆を操作する前に、カッターの左右の傾きを直し、正常なツリム（船の前後の傾き）にしておかなければならない。艇首が艇尾よりも深く突っこんだ、いわゆる前ツリムの状態では、どんなに力んでもカッターは思うように進まなかった。

帆走では、追い風を受けて観音開き（大帆と前帆とを左右に開くと、観音堂の扉を左右に開いたように見えるのでそう言う。また蝶が羽を広げた格好に見立てて、蝶々開きともいう）で走るよりも、向かい風とか、斜め前から風を受けて走る場合が多い。そのような場合には、風を右舷からと左舷からと交互に受けて、いわゆる間切（タッキング）って進むことになる。

間切って進むには、艇指揮と前帆および大帆の動索（シート）を扱う二人は帆走に相当の練度が必要だし、ほかの艇員たちも、急に立ち上がったりしてはならない。

間切る場合、艇指揮は、「上手回し用意」の号令をかけ、艇をひとまず風下に落として行脚（ゆきあし）をつけ、つぎに風上に向かうように舵をとる。やがて前帆が裏帆（帆がいままでと逆の方向から風を受ける）となり、ばたばたとはためく。前帆係の、「前帆漂動（ひょうどう）」の報告を受けて、艇指揮は、「前帆突き出せ」と号令する。前帆係は、前帆を艇外に突き出す。前帆も大帆も、いままでとは反対舷の方から

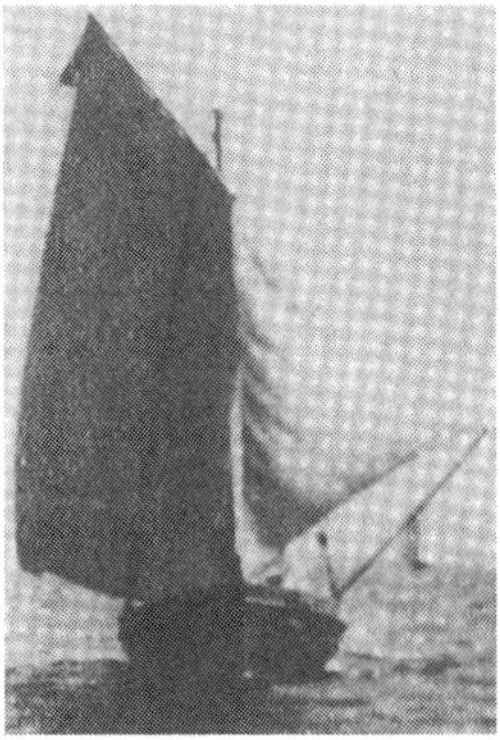

帆走するカッター。著者と同期生の嶋田雅美大尉が撮影。

風を受けることになる。

　そこで艇指揮は、「動策換え」と号令する。前帆と大帆の動索係はそれぞれの動索を反対舷の留金にとめる。艇指揮と二人の動索係との呼吸が、ぴったりと合わなければ、上手な間切りはできない。

　陸戦では、かかった号令のとおり行動すれば、それでことたりる。が、帆走では、次にかかる号令を予測して心構えをしていなければ、とっさに適切な行動はできない。ときには急な突風が吹いてきて、思いがけない号令もかかるが、それにも対応できなければならない。このあたりの心構えを、兵学校の運用教官であった工藤計中佐は和歌に託して、

　　スマートで　目先がきいて　几帳面
　　　負けじ魂　これぞ船乗り

と教えた。

　船乗りは、人が見ていようと見ていまいと、割り当てられた仕事をきちんとしなければならない。海水にぬれたり寒さに耐えたりはもちろん、強風では身を挺して動索を扱う犠牲的精神も持たなければならない。

　これら船乗りとしての特性を、生徒は帆走を通じて体得していた。

兵学校では毎年九月十七日、日清戦争の黄海海戦を記念して、江田島、それに東能美島と西能美島の、帆走一周競技を実施していた。瀬戸内海は、風と潮流の変化が激しいから、この帆走競技には苦労がつきまとった。とくに、倉橋島と呉市の間にある、音戸の瀬戸は最大の難所だった。

追い潮のときには、瀬戸の中央部を通れば無難に抜けられる。ところが、向かい潮のときには、岸辺によって反流（カウンターカーレント）を利用しなければ瀬戸を抜けられない。だからといって、岸辺により過ぎると、風がなくなって帆走ができなくなる。風の具合と、潮の流れとをにらみ合わせて、どのあたりまで岸辺に近寄せるか、ここらが上級生の腕の見せどころである。各分隊は出発する前に、潮汐表で呉港の満潮時、干潮時を調査し、音戸の時刻修正をして秘策をねっていた。そして上級生が、鮮やかに音戸の瀬戸を抜けるのを見ては、なるほど船乗りだと感心させられた。

船乗りと言えば、こんな思い出もある。昭和十三年の夏、日本丸が江田内（江田島と能美島との間にかこまれた湾内のこと）にやってきた。日本丸は商船学校の卒業生が、世界の海に向かって遠洋航海をする横帆式四本マストの大型帆船で、総トン数は二千二百八十三トン、長さ八十メートル、幅十三メートル。深さは八メートルであった。私たちは、三万九千トンの「陸奥」「長門」や、三万五千トンの「伊勢」「日向」

にも乗艦したことがあったので、日本丸の大きさには驚かなかったが、帆走関係の説明を聞いた時には度胆を抜かれた。

マストの高さは五十メートル。ヤードの長さ二十三メートル。最大のメンスルは、たたみ百枚分の広さで、三十枚の帆の総面積は二千平方メートルにもなる。各種のロープの長さをつなぎ合わせると、その長さは五万メートルだから、富士山の高さの十三倍にも達するとのことだった。

それはまだしも、船長の号令一下、実習生は猿(ましら)のようにマストに駆け上って展帆作業を披露した。雪のように真っ白な三十枚もの帆が、白い傘を開いたように、ぱっといっせいにひらいたときには、さすがは本職の船乗りだと感心させられた。

錨泊のまま展帆作業をしたので走錨するのではないかと案じていたとき、船長が、「現在は、踟蹰(ちちゆう)をしています」と説明したので、私は思わず、アッと驚きの声をあげた。

踟蹰(ヒーブツー)とは数枚の帆を上手に操作して、船の前進力と後進力とを相殺させて、船を停止させることである。

わずか一トンのカッターでさえも、帆走で進めようとすると進まない、踟蹰で止めようとすると止まらない。ところが、二千トンをこえる日本丸は、踟蹰の号令がかかると微動だにしなかった。

帆船は、人間が造ったもっとも美しい造形物と言われている。天女の舞いにも似たあでやかな日本丸を見ながら、私は故里の文学青年が教えてくれた「白菊の歌」を思い浮かべた。

かすめるみ空に消えのこる
　おぼろ月夜の秋の空
身にしみわたる夕風に
　背広の服をなびかせつ

紅顔可憐の美少年が
　商船学校の校内の
練習船のメンマスト
　トップの上に立ち上り

故郷の空をながめつつ

ああ父母は今いづこ
わが恋人は今いかに
少年左手(ゆんで)に持つものは

高等商船出身の九分隊長は、きっとこの歌を思い浮かべながら、帆走をしているだろう。私たち兵学校出は、号令をかけて、しゃにむに目的に向かって進むことだけを考えていた。このようなせっぱ詰まった場面に追いこまれても、九分隊長は、心の片隅に海のロマンを持っている。

現在の帆走は、帆柱には橈を代用しているし、帆は被服をつぎ合わせていて、帆布の強さはない。そのため速力はでないし、一枚の帆では間切ることもできない。だから動索係は、帆走の経験のない兵員でも差し支えあるまい。

九分隊長は帆で実際に走ることよりも、隊員に夢を与えようとしている。九分隊長は、私たち兵学校出が持たない心の余裕というか、違う観点を持っていることがたのもしかった。

＊

「遠漕のやり直しを思い出したぞ」の前置きで、私は九分隊長と航海士に、次のような話をした。

　昭和十四年の秋、兵学校では、例年どおり、宮島までの遠漕競技が行なわれ、九分隊が優勝した。ところが、優勝艇員（クルー）は、カッターの重量を軽くするため、スリング（カッター吊り上げ用の金具）と予備橈二本を陸揚げしていたことがばれた。遠漕競技はやり直しとなり、監事長阿部弘毅少将は、次のように訓示した。

「競技に臨んでは、必勝の信念に燃えて全力を尽くすことはもちろんだが、それはあくまで正々堂々たる戦いでなければならない。勝つために、手段を選ばないということであってはならない。また海上作業では、突発事故はつきものである。船乗りは、かねてからあらゆる事故を予測して、心の準備をしておかなければならない。スリングは錨の代用となる。予備橈は、帆柱（マスト）にもなるし、舵用橈（ステアリングオール）にもなる。これらのことを生徒に徹底させるために、本職はあえて遠漕のやり直しを命じた」

　九分隊長がやってみせた帆走は監事長の訓示通りだった。私としては、人一倍感慨ふかかったことを話した。

阿部弘毅中将。兵学校の遠漕競技で、やり直しを命じた。

その晩は夜どおし時化（しけ）ていた。シーアンカーを入れていたので、ひっくり返る心配はなかった。さし当たりの仕事もなかったので、私が初めて時化の洗礼を受けた、練習艦隊を回想した。

＊

昭和十五年八月、私たち六十八期二百八十七名は兵学校を卒業し、機関学校四十九期八十名、経理学校二十九期三十名と共に、練習艦隊（「香取」「鹿島」）に乗り込んだ。前年の六十七期までの練習艦隊は、旧式戦艦「磐手（いわて）」「八雲」などの二隻で編成されていて、寄港地では石炭積みの難行苦行に悩まされていた。翌年の六十九期からは、開戦となり練習艦隊はなくなった。だから八十年の歴史をもつ日本海軍において重油専焼艦で練習航海をしたのは、後にも先にも私たちだけである。

当時の庶民は、現在のように気軽に海外旅行はできなかった。練習艦隊の遠洋航海は、当時の青年にとって憧れの的だった。海外旅行のためなら石炭積みも厭（いと）わないと言われていた。私たちは石炭積みの苦労もせずに海外旅行できると、幸運な巡り合わせを喜んでいた。内地巡航を終わって、鎮海（韓国）、旅順、大連、上海（中国）に寄港した。大連から新京まで、上海から南京まで列車旅行をした。

上海から東南アジア向け、遠洋航海に出かける矢先、中央指令により遠航は、突然、中止となった。ただちに横須賀に帰投したが、その日取りは運悪く二百十日と重なった。このため時化(しけ)と道連れだったが、時化のクライマックスは、伊勢から横須賀までの最後の航海だった。

夜、ハンモックで寝ていると、鼻先のビーム（桁。鼻先とビームの間隔は四十センチ）が、ビーッ、ビーッ、ビビッー、と悲鳴をあげた。

塗料がはげて、寝ている顔に振りかかった。浮かべる城とたのもしく思っていた軍艦が、時化で悲鳴をあげたのには、期待を裏切られたし、驚きもした。

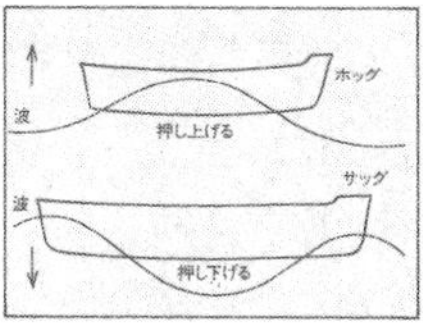

次の朝もひどい時化で、近くの木船が木の葉のように揺れていた。時化を知らない私にとって、その木船は猫にもてあそばれている鼠のように思えた。木船がかわいそうだと話していた私たち候補生に、機関参謀川又政信少佐は次のように説明した。

鉄船の船の長さと、波の波長はかならずしも一致しない。そこで鉄船は、ホッグ（船が波にのり、船の中央部が押しあげられる状態）・サッグ（船首と船尾とが波にのり、船の中央部が押し下げられる状態）の影響を受ける。木船は波に浮かんでいるので、鉄船のようなホッグ・サッグはない。見方によっては、木船は、鉄船よりも時化に強い。とくに小さな木船は、安全そのものである。

カッターはその晩、一度も悲鳴をあげなかった。そこで私は、カッターをたのもしい船だと思って、ひとりつぶやいた。

「川又参謀。あれから四年たちました。松永も、時化では、小さな木船がたのもしいと思うようになりました。若い兵員が、カッターを、心細く思っています。川又参謀、今度は私が指導役になります」

暴虐で残忍な海

ピカーッと稲光りがして、雷がなり響いた。雷といえば、こんなこともあった。マニラからセブ島へ回航中、セブ司令部に積荷物件の依頼電報を打つことになった。地方通信系の中波で発信したが、空電のためセブに入港するまで連絡がとれなかった。艦長からは、目の玉が飛びでるほど叱られた。

　この状況から推察すると、フィリピン海域はとても雷が多い。洋上でほかに目標がなければ、カッターに落雷するだろう。カッターには雷が落ちやすい金属物が数種あった。ル式機銃、スリング、水樽のたが、短刀（通信長の私物）などである。狭い艇内に大勢が乗っているので、金具の所在は分かっていても、逃げ場は見当たらない。「名取」には避雷装置があったので、本艦で、落雷の心配をしたことはなかった。しかし、カッターに乗っていると、落雷が気になりだした。

　近くにいる小野二水と安井二水が、顔を見合わせて、雷は大丈夫だろうかと話している。

「小野二水、辰巳の雷は音ばかり、という諺を知っているか」

「いいえ、知りません」

「通信長が話してやるから安井二水も聞いておけ」との前置きで、私は次のように話した。

　幼い私が雷を怖がっていると、おばあさんがこの諺を教えてくれた。そのときは、おばあさん、何をわけの分からないことを言うのだろう、と思っていた。だが、兵学校で気象学を教わって、なるほどそうだったのかと思った。

　まず辰巳の話をする。十二支で方角をあらわす場合、北が子で、南が午となる。この方法だと、辰巳は南東ということになる。だから、さっきの諺は、「南東の雷は音ばかり」ということになる。

九州で雨の降った翌日、東京で雨が降ることが多いだろう。このように、天候は西から東に移ってゆく。ということは、地球が北極と南極とを結ぶ線を軸として、一日に一回、西から東に自転しているわけである。南東の雷は、そこから東に移ってゆくから、西の方にくることはないという意味である。

今の雷は、南東の方向で鳴っている。地球自転の法則は、日本もフィリピンも同じである。だからあの諺は、ここでもちゃんと通用する。同じ雷でも、気象学を知っていると、心配しなくてもいい雷があることが分かっただろう。

海はやはり時化ている。これまで私は、五年以上も艦隊勤務をしていた。海の本性は十分に承知しているつもりだった。しかし、本艦の上から見下ろしていた海と、カッターから眺める海とは、まったく別のものだった。本艦では、風雨や暑さ、寒さが、乗員に直接あたることはなかった。カッターでは、風雨はもとより、暑さ、寒さまで、そのまま乗員にぶつかってきた。私は洋上のカッター暮らしをしてみて、はじめて海の本性を知った。

陸は母親に似て包容力があり、感情をむき出しにするようなことはない。そして、緑色に象徴される陸上生活には、情緒の美しさとか知的な香りがあった。

海は感情の振幅が大きく、怒りを抑える自制心を持たない。海は暴君ネロにも似ていて、暴虐（ぼうぎゃく）でしかも残忍である。この暴君は、おべっかやごまかしを好まない。ネイビーブルーに象徴される海上生活には、みずから生きる意欲と、動物的な反射神経とを要求されている。一瞬の気のゆるみ、一つの間違った舵は、身の破滅につながってくる。

＊

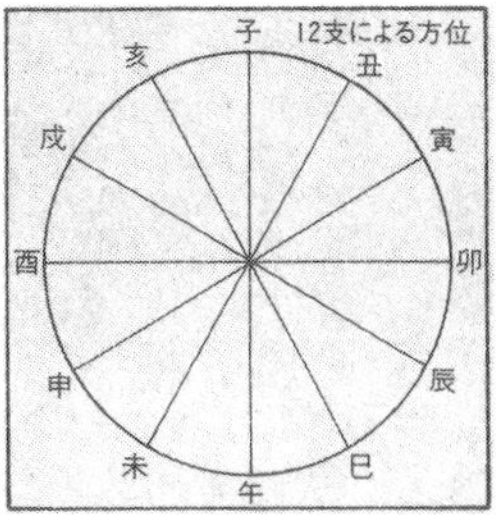

時化（しけ）について打ち合わせたいと申し出たところ、先任将校は私を艇尾に誘った。
「先任将校。ここの熱帯性低気圧が北上して、日本の台風になるわけですね。台風の東側半円が、危険区域と聞いています。ここで時化がきたら、西へ西へと進めば、危険区域を遠ざかることになると思います」
「風向風速計、それに気圧計があれば、低気圧の程度もわかるが、俺たちはそのような要具を持たない。
俺たちが現在できることは、風の方向から低気圧の位置

12支による方位
子　丑　寅　卯　辰　巳　午　未　申　酉　戌　亥

を判断して、その位置から遠ざかるだけである。船乗り仲間には、次のように昔から言い伝えられている。

風を背に　北では左　南では　右の手を出せ　そこが中心

風を背にして、北半球で左の手を出すと、その方向に台風の中心がある、というわけである。そこで台風の中心位置を推定して、その危険地域から遠ざかる操船をすればよい。

昔の船乗りは、気象のことを、学問というより、生活の知恵として知っていた。君が言うように、北半球では台風の右側（東方）が危険半円だから、ここで西へ西へ進むことは、危険区域から遠ざかることになる。

熱低は北上して、日本に近づくにしたがって、勢力を大きくしている。だから台風の一生から考えると、ここらあたりでは赤ちゃん台風だ。ここ二日間に経験したが、あれ以上に発達することは、まずあるまい。それにしても、シーアンカーは有効だった。シーアンカーがあれば、赤ちゃん台風なんか平気だ。

だから俺としては、ここでは時化で西に向けて航行するよりも、シーアンカーを入れて待機する方が、より安全だと思っている。ところで通信長、君はカッターの定員について、どのように考えているか」

「海軍では、九メートルカッターの定員を、四十五名としています。これはたくさんの被服を着こんだ、北方の荒海も考慮しての数字です。南方では被服も少ないし、海も静かですから、五十名くらいは大丈夫と思っています」

「北の海と南の海の問題もある。俺としては、海軍カッターの定員は、橈漕、帆走、曳航とあらゆる航海を考慮して定めてあると思う。俺は指揮官として、海軍の定員にとらわれず、一名でも多くの戦友を助けたい。そこでだ、海が時化たらシーアンカーを入れ、航海しない条件ならば、六十名以上でも大丈夫のような気がするが、君はどう思うか」

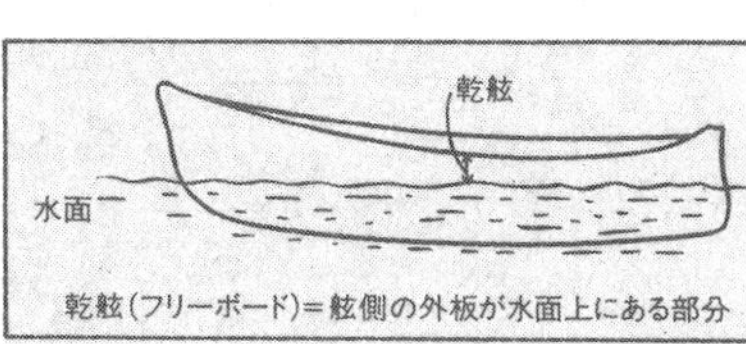

乾舷（フリーボード）＝舷側の外板が水面上にある部分

「時化ではシーアンカーを入れて、航海しない条件ですか。先任将校、素晴らしい発想の転換ですね。その条件なら、海軍の定員にとらわれる必要はありません。カッターの乾舷（フリーボート）を見計らって、何人まで乗せられるか、実地に検討しましょう。それにしても、シーアンカーを作ることができたのは、艦長が材木を上甲板にマニラ索で固縛（こばく）するよう指示されたからですね。鋼索（ワイヤ）で縛（しば）っていたら、木材は、本艦といっしょに海底へ沈んでしまいました」

「艦長のお供で、マニラ海軍司令部に打ち合わせに行った。参謀は、輸送能力を上げるため、短艇を陸揚げするよう勧告した。艦長は、乗員救難のための短艇陸揚げはできないと、代わりに予備魚雷を陸揚げされた。その上に、便乗者も多いからと、新たに木材積み込みの手配をされた。

また艦長は、本艦が沈没する直前、救命艇には、乾パンと水筒とを積んでゆけと指示された。俺たちが露命をつないでおられるのも、艦長のお陰である。

洋一君という赤ちゃんが、艦内で産まれたとき、艦長は、自分の身代わりだ、と言って、とても喜んでおられた。あのときは、身代わりという言葉をぼんやり聞いていた。だが、今から考えてみると、艦長はあのとき、すでに死を覚悟しておられた。自分は死を決心しながら、部下の命を考えておられた艦長の心情には、まったく頭が下がる。

艦長は、航行不能になった『名取』の艦橋で、マニラ海軍司令部に伝えよと、俺に、戦訓所見を託しておられる。俺は万難を排して、マニラ海軍司令部に報告しなければ、艦長に申しわけない」

＊

川井政治兵曹は、本艦に魚雷命中のさい、ひどい火傷を負った。カッターに泳ぎ着いたとき、とても弱っていたが、医薬品もないので艇底に寝かせておいた。しきりに水を欲しがったが、その水もなかった。午後二時、ついに戦死した。日没後、隊員一同、黙祷を捧げて、しめやかな水葬を行なった。

第三章　決断

勇断の裏にあるもの

二晩目の夜が明けて二十日を迎えた。周りをぐるーっと見回してみたが、近くにいるはずのカッターも筏も、何一つ見当たらなかった。転覆したのなら、何か浮流物がありそうだが、それすら見えなかった。時化（しけ）の激しかったことを、改めて知らされた。

昨晩、敷板（グレーチング）の上で、妙な格好で寝ていたためだろう、体の節々（ふしぶし）がとても痛い。それでも有難いことにはカッターの揺れ方が少なくなっている。艇底で横になっている者も、海が凪ないできたことを、船乗りの勘ですでに感づいていた。

「今日という今日は晴れるぞ」

「とにかく、まぶしい夜明けが待ち遠しい」

「太陽は、きっと、素晴らしいお土産を持ってくるぞ」と、思い思いの話をしていた。せっかくの明るい話題に水をさすつもりはないが、私としては、軍艦「那珂」がトラック島（中部太平洋）で撃沈された、あの暑かった一日を思い出していた。そして、この戦友たちが、太陽はかならずしも、たのもしい味方ではないと気がつくのに、長い時間はかからないだろうと思った。

久し振りの太陽と喜んだのも束の間、日の出から一時間もたたないのに、太陽の直射光線と海面からの反射光線とが、情け容赦もなく照りつける。私たちは、オープンの中に閉じこめられた鶏のようなものだった。事業服からはみだした手足は、暑いと言うよりは、針で刺されるような、激しい痛さを感じた。付近に居座っていた熱帯性低気圧は、どうやら重い腰を上げて、日本の方に移動していったらしい。

風が凪（な）いできたので、筏（いかだ）の者をさがし、カッターに収容することにした。昨日の夕方、西風が吹いていた。今朝も風は太陽に向かって吹いている。だから昨夜は一晩中、西風が吹きつづけていたに違いない。筏の者は、シーアンカーを入れたカッターよりも、余計に風下（かざしも）に流されているはずである。そこでまず、風下に向けて捜索をはじめ

た。目標になりやすいようにと、予備櫂をマスト代わりに立てて、頂きに軍艦旗を掲げた。しばらくカッターを漕いでいたら、

「マスト、右二十度、距離不明」と、見張員の興奮した報告があった。救助艦がやってきたと、早とちりして騒ぎだす者もいた。それは第一カッターだった。つづいて遙か風下から、第三カッターが近づいてきた。シーアンカーの重りとしては、各艇ともスリングを使っている。重りは同じ重量なのに、第三カッターだけ、風下に余計に流されたのは、シーアンカーの浮きの具合だろうかと思った。

どのカッターも、予備櫂を立て、頂きに軍艦旗を掲げていた。命令を出したわけでもないし、打ち合わせもしていなかった。各艇が僚艇から発見されやすい状況を自発的につくっていたことは、海上作業に馴れている証拠で、たのもしい限りと思った。

遭難直後、カッター三隻がはじめて間近に集まったときのことだ。軍艦には非常の際の総員退艦部署があり、だれがどの短艇（機動艇、カッター、通船などを含む）に乗るか定めてあった。しかし、この場合は、かならずしも部署どおりに乗っていなかった。第一カッターには、水雷長、主計長、第一、第二、第六、第九分隊長がいるのに、第三カッターには士官が少ない。そこで先任将校は、第二分隊長久保保久中尉を艇指揮として第三カッターに移乗させた。

また第九分隊長山下収一大尉を第二カッターに移乗させ、彼の学力を先任将校の指揮に活用することにした。大げさに言えば、山下大尉は艇隊司令部幕僚ということになる。

指揮官艇の第二カッターを中心にして、第一、第三カッターを左右の視界限度に散開させ、捜索列を作って風下に向かって進んだ。筏は時化で解体され、食糧を波に奪われたものが多かった。罐詰はあっても、罐切りがなくて困っていた。だからといって、カッターにも罐切りはなかった。各艇とも近くの筏にいる者、泳いでいる者を、つぎつぎに救助して回った。第三カッターから、手旗信号があった。

「定員四十五名の収容を完了せり。今後の収容について指示を得たし」

先任将校は、この返信を第一カッターにも伝えた。

「カッターの定員にとらわれず、視界内の全員を救助せよ。第一内火艇、ゴムボートを発見した場合は、ただちに連絡せよ」

各艇からの連絡によると、収容人員はやがて六十名を超えてきた。

筏も見えなくなったし泳いでいる者もいなくなった。第一内火艇とゴムボートを気遣いながら、短艇隊は午後二時、反転した。

反転して間もなく、たくさんのカートンボックスが、波間に見え隠れしている。近寄ってみて、しめたと思った。それは、喉から手が出るように欲しい、桃とか蜜柑の缶詰入りのボックスだった。これなら、喉の渇きにも役立つし、食事のたしにもなる。

拾い上げてみると残念、中身はすでに空っぽだった。二ダースの缶詰が入ったまま、二日二晩も時化に揺られっ放しだったから、ボックスの底が抜けていても、それは当然のことだった。諦めなければならなかった。

第三カッターは、艇尾に材木四、五本も引っ張って、指揮官艇に近寄ってきた。その理由を尋ねてみた。

「命令どおり、見つけた戦友を全員救助したら六十名を越えました。時化たら、転覆か沈没の恐れがあります。時化てきたら、定員オーバーの人員を海に入れ、その人たちがつかまる材木を用意してきました」とのことだった。時化の場合は、シーアンカーを投入して、航行しないことにした旨を説明して、引っ張っている材木を捨てさせた。

海軍で定めた、カッターの定員四十五名にこだわるならば、三隻でわずか百三十五名しか収容できなかった。先任将校がみずからの命をかけて、勇断をもって発想の転換をしたからこそ、五割増しの百九十五名を収容できた。しかもこの勇断は、情にほだされたものでも、山勘によるものでもなかった。付近の海況を確かめ、綿密なる事前調査に基づいたものだった。

誓って成功を期す

この日、二十日午後四時、先任将校はカッター三隻を集めて命令した。

「命令。軍艦『名取』短艇隊は、本夕十九時この地を出発し、橈漕(とうそう)、帆走(はんそう)をもって、フィリピン群島東方海岸に向かう。所要日数十五日間、食糧は三十日間に食い延ばせ。誓って成功を期す」

そんなことはできません。それは無茶です、との声があちらこちらで起こった。救助艦が来ています、との反論もあった。一同を代表して、先任下士官渡辺兵曹が立ち上がった。

「先任将校、申し上げます。私は日本海の漁師の息子です。漁師仲間では、海で遭難した場合、みだりに動かずに、その場所に留まれ、との言い伝えがあります。当短艇隊は軍隊であり、私たちは軍人です。しかし、現在の私たちは、兵器も推進機械も持ちません。漁師とまったく同じ立場です。だからこのさい、漁師の知恵にしたがって、ここに留まって救助艦を待つのが、よろしいかと思います」

「遭難場所に留まれ、そのような言い伝えが船乗り仲間にあることは、先任将校も、十分に承知している。しかし、この言葉は、平和時代に作られた言葉である。現在は戦時中で、状況がまったく違う。

また、マリアナ諸島のサイパン島もテニアン島も、すでにアメリカが占領している。敵は間もなくフィリピンかパラオに上陸するだろう。ここに留まっていても、救助艦がやってくる見込みはまずない。たとえ救助艦がやってきても、洋上でカッターを捜すことは、学校の校庭でなくしたけし粒を捜すようなものである。当隊が、昼間の発煙筒とか、夜間の信号灯で、救助艦を誘導するならば、救助艦に発見されることもあろう。しかし、そのような要具を持たない当隊が、救助艦に発見される可能性はまずあるまい。

「名取」航海長小林英一大尉。隊員の努力が成功を導いた。

話は変わるが、『名取』の沈没現場に、カッター三隻が残っていて、相当数の生き残りがいたことは、幸か不幸か、味方の偵察機が確認していった。カッターは絶対に沈まないと言うことは、海軍の常識である。もし俺たちが陸岸に辿り着かなければ、『名取』乗員六百名総員は戦死ということにならずに、行方不明と認定される。俺たちがだらしないために、戦死者まで巻きこんで行方不明にしては、『名取』と運命をともにした、久保田艦長以下三百名の戦友に申しわけないじゃないか。

さらにはまた、俺たちのぶじな凱旋を、それが叶わなければ、りっぱに戦死して下さいと、日夜、神仏に祈っている、俺たちの家族に対しても申しわけない。俺たちはなんとしても、陸岸に辿り着かなければならない」

先任将校は、命令口調というよりは、諭すような口振りで熱心に説いた。だれ一人として口をきく者はなく、しばらくは水を打ったように静まりかえった。やがて渡辺兵曹が、ふたたび立ち上がって言った。

「先任将校。洋上でのたれ死にしても、戦死になるならそれでもかまわないと、私は安心していました。行方不明では、死んでも死にきれません。先任将校、死んだつもりで頑張ります。フィリピンまで、連れて行って下さい」

そうだそうだ、頑張るぞ、という声が、つぎつぎに起こってきた。命令に嫌々ながらしたがうのではない、自発的に喜んで漕ぐという雰囲気になってきた。このようにして、フィリピンに向かって橈帆走することが、集団決議によって決定した。

単なる命令よりは、集団決議による決定の方が、団結が固いということは常識である。だから今回の決定は、一見、喜ばしいような気もするが、手放しでは喜べないと思った。そもそも今回のフィリピン行きは、集団決議によって決定したわけではない。先任将校がすでに決定していたことを、集団決議によって、同調したにすぎない。艇隊員の中には、この場合、フィリピン行きを多数決で決定したと誤認している者がいるかも分からない、この誤認を放置しておくならば、土壇場で、指揮統率に齟齬ごをもたらす恐れがある。

人間生存の極限状態において、長期間の集団行動をするには、だれが決心して、だれが命令したかを、はっきりしておかなければならない。当隊では、進むか留まるか、右か左かと、重要事項を決定するのは先任将校だけである。折を見てこのことを、艇隊員にいま一度、徹底させなければならないと思った。

現在のカッター乗員は、かならずしも総員退艦部署の通りにはなっていなかった。このため水雷長の部下が、第二分隊長指揮のカッターに乗っていることもあるし、その逆の場合もある。カッターの乗員を、本艦の組織に従って編制し直すかどうかの問題があった。いろいろ検討してみたが、結局はこのままで出発することにした。

この短艇行のおおよその計画は次のとおりである。昼間は各艇とも、予備櫂をマスト代わりに立てて、頂きに軍艦旗を掲げて、味方の航空機、艦船に発見されやすい状態をつくる。カッター三隻が、指揮官艇を中心に視界限度に散開して、西と思われる方向に自由に帆走する。この間に艇員は、交代して横になり、睡眠と休養とをとり、夜間の橈漕（とうそう）に備えることにした。

夜間は一番艇を先頭に、二、三番艇の順序に舫索（もやいづな）をとり、ダブルの四直で交代しながら、星座で西方を見定めて十時間漕ぐ。

毎夜、橈漕を始める三十分前に、先任将校は、「指揮官参集」の号令をかけ、カッター三隻を集めることにした。そして、各艇の指揮官だけでなく、艇隊の隊員全員に向かって、先任将校の命令と情況判断を伝えることにした。

出発に先立って、各艇の食糧を報告させ、均等に配分した。各艇が受け取ったのは、乾パン大罐二罐、圧縮食糧、航空熱糧食若干、練乳少々。各艇とも、その乗員六十五名がまともに食べたら、五日ぐらいしかもつまい。その食糧を一ヵ月に食い延ばし、十五日間はカッターを漕ぎつづける計画である。手持ちの乾パンを三十日間に食い延ばすためには、食事は朝晩二回とし、各人一回に一枚しか食べられない計算となった。一枚三グラムの乾パンを、一日に合計二枚の割り当てである。そして、この分量は、士官も兵員も同一分量とした。

黙祷を捧げて

出発にあたり、先任将校はカッター三隻を視界限度に散開させ、全員に第一内火艇とゴムボートの捜索をさせてみた。各艇からは、見当たらないとの信号があった。そこでカッターをふたたび集め、「名取」と運命をともにした久保田艦長以下三百名の英霊に、敬虔な黙祷を捧げた。

出発時刻は迫ってきた。「名取」短艇隊の編制は、次のとおりである。

短艇隊の役割	本艦の職名	階級	氏　名	使用艇
艇隊指揮官	航海長	大尉	小林英一	
一番艇艇指揮	通信長	大尉	松永市郎	第二カッター
二番艇艇指揮	水雷長	大尉	村野長次	第一カッター
三番艇艇指揮	第二分隊長	中尉	久保保久	第三カッター

いよいよ出発時刻となった。一番艇を先頭に二、三番艇の順序に舫索をとり、夜間

航行隊形をつくった。先任将校から号令を下された。

「フィリピンに向け橈漕を開始する。橈備え。用意、前へ」

各艇はいっせいに漕ぎはじめた。兵員の多くははじめてダブルを漕ぐので、ぶつかったり、橈を流したりで、なかなか行脚がつかなかった。航海士の航海計画では三ノットだが、現在は半分の一・五ノットぐらいだろう。それでも艇尾には、こんな洋上では当てにもしていなかった夜光虫がにぶい光を放っていた。

暮れなずむ西の空には、新月が申しわけ程度に淡い光を投げかけていた。出発から間もなくして、先任将校は両腕の中に顔を埋めて、身じろぎもしなかった。筏の者も泳いでいる者も、おおむね全員収容した。海軍常識の定員では百三十五名しか収容しきれないのに、百九十五名も収容してきた。

しかし、第一内火艇とゴムボートは、ついに発見できなかった。

先任将校としては、収容を約束して、昨夜、放したゴムボートの乗員に格別の思いもあったろう。一両日ここに留まっていて、かならず発見できる見通しがあるならば、これからさらに捜索をつづけたいだろう。しかし、この広大な太平洋で、内火艇やカッターを発見することは、とても望めない。ここに、後二、三日留まっていては、艦長からあたえられた使命、すなわちマニラ司令部への連絡もできなくなる。

先任将校が、両腕の中に顔を埋めているのは、心の葛藤に耐えかねての所作だろう。だからといって、解決策のない慰めの言葉をかけても、何も役にもたつまい。非情のようだが、私は先任将校の沈んだ姿を、見て見ぬ振りをしていた。兵員は馴れないダブル漕ぎで苦労していたので、先任将校の沈んだ姿を見た者は、ほとんどいなかった。

＊

先任将校の決意表明に関して意見交換をした。
航海士「先任将校は、天佑神助を確信し、とは言われませんでした」
通信長「日本海軍では、何か決行するに当たって、天佑神助を確信しと言うことは、半ば慣行になっていた。しかし、その言葉の裏には、神頼みの意味合いを含んでいる。先任将校としては、自力でフィリピンへ行くんだという気概をこめて、天佑神助という言葉を意識的に使われなかったと思う」

「名取」水雷長だった村野長次大尉。第２番艇を指揮した。

九分隊長「この短艇行は決死行です。ですが先任将校は、遺書とか遺言については、なんとも言われませんでした」

通信長「遺書とか遺言は、死を前提としての行為である。先任将校は、艦長の戦訓所見をマニラ海軍司令部に伝える使命感に燃えておられる。死を回避したいとは思っておられるだろうが、自分自身はもとより部下が死ぬことを、全然考えてはおられない。死がなければ、遺書も遺言も必要ないわけだ。先任将校は、そのような心境から、わざと触れられなかったと思う」

先任将校は、三隻のカッターがばらばらになっては、この短艇行は成功しないと思っていた。当隊には時計も磁石もないので、夜間、星座を見つめて針路を定めることになる。私物の時計を持っている者は、三十名ほどいたが、当時の時計は完全防水でなかったので、数日のうちにはすべて止まることになる。

星座の分かる者として、航海長、通信長、九分隊長、それに航海士と四名いた。先任将校は、この四名を、全員一番艇に集めた。こうして二、三番艇は、一番艇の後ろについて行かなければ、進む方角も分からないように仕向けてあった。

星座をみつめる

この日は、素晴らしい日没となった。一昨日、昨日は曇っていたので、まぶしい日没はこの日が初めてだった。月齢一・五の新月と南十字星とが、水平線の近くに仲よく肩を並べている。あと二、三時間もすると、月も南十字星も水平線の下に姿を消すだろう。

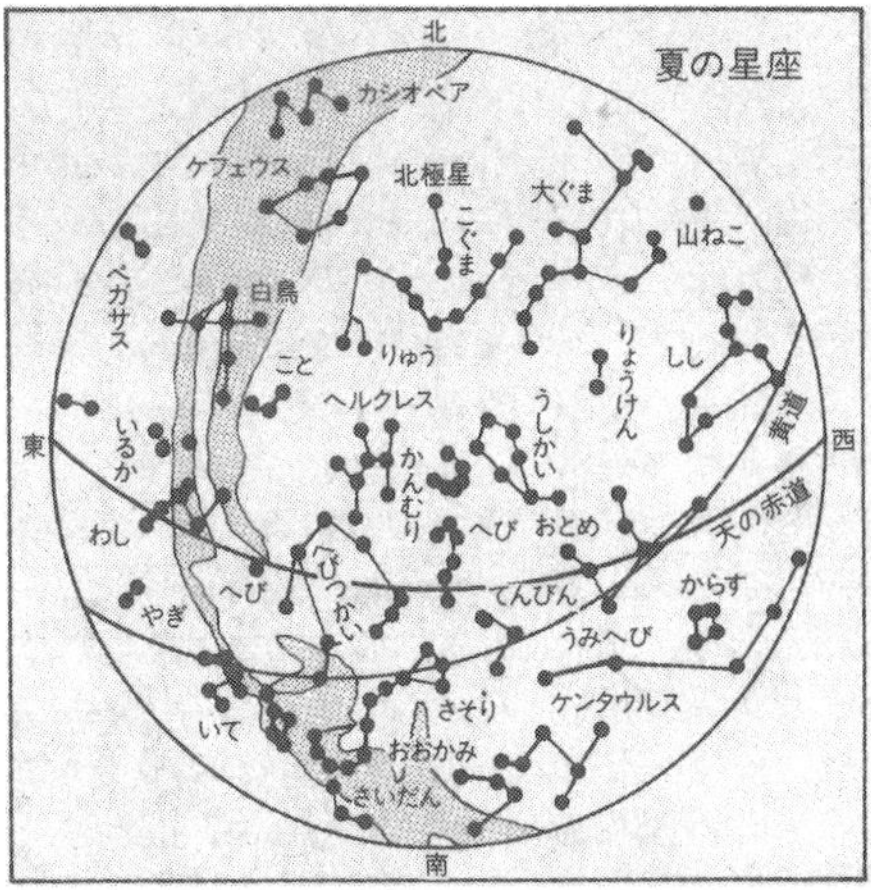

北の空に目をうつすと、まず北極星が目についた。日本で見上げる北極星は、高度四十度ぐらいで、あたかも横綱のように、露払いと太刀持ちを左右（ときには上下）に従えている。すなわち、北斗七星とカシオペア座とが控えていて、夜空の王者を誇示する風情である。ここフィリピンは緯度十二度だから、北極星は高度十二度で、つつましやかに畏まっている。

北極星を中心にして天空に時計盤を考えると、北斗七星は、このときには時計盤の十時の位置にあった。だから北極星をはさんで、北斗七星の対角線上にあるはずのカシオペア座は、まだ水平線の下に隠れていた。天空は天の北極と天の南極とを結ぶ線を軸として、東から西へ反時計回りに回っている。あと三時間もすると、カシオペア座がその全容を、北東の空に現わすことだろう。

そして、カシオペア座がいままでの北斗七星に代わって、北極星を捜す目印の星となる。北斗七星を柄杓と考えると、柄杓の柄を延ばしたところにスピカがある。このときスピカは、天頂（観測者の位置に立てた鉛直線が天空と交わる点）よりやや西に傾いていた。

さそり座は、南東の空に高度六十度で、夜空の王者気取りで輝いている。日本では、南東の片隅に高度十度で見えるさそり座が、中天高くのさばっている。その分だけ、北極星が北の隅に押しやられた格好である。磁石も時計も持たずに、太平洋を西へ西へ進む私たちは、差し当たり、さそり座の主星アンタレスを頼りにしていかなければならない。

今夜はいやに赤い顔をしているが、アンタレスよ、酔っぱらっているわけではあるまい。先導役、よろしく頼んだぞ。

＊

零時半には、さそり座が私の役目は終わりましたと、西の水平線に隠れた。代わって出てくるはずのオリオン星座は、もったいぶってなかなか顔をださなかった。やっと姿を現わしたのは、三時半すぎだった。この星座は天の赤道近くにあるので、地球上で、いつ、どこで見ても、かならず東から出て西に入る。だから現在の私たちにとって、もっとも頼り甲斐のある星座である。

リゲールは青色に、ベテルギュースは赤色に輝いている。この星座は、胴体に三つ星のマークをつけ、緑と赤の翼端灯をつけた大型機のように、悠然としていた。この星座を見つめながら、兵学校の航海科教官、柴田音吉少佐の教えを思い出した。

「英語で赤色はレッド、その頭文字はRである。青色はブルーで、その頭文字はBである。ところがこの星座のリゲールは青色にベテルギュースは赤色に輝いている。星の色は、英語の頭文字とは反対の色と覚えておけ」

胴体にある三つ星を結ぶ線を南東の方向に延ばすと、シリウスに行き当たる。このシリウスには、思い出がある。少尉候補生として練習艦隊に乗り込んだとき、毎朝毎晩、六分儀をもって天測の練習をしていた。朝の天測訓練では、空が明るくなるにつれて、星がつぎつぎに見えなくなる。あの場面で最後まで輝いていたのが、このシリウスだった。恒星の中で、もっとも明るいシリウスこそは、天測の初心者にとって、もっとも頼り甲斐のある星だった。

＊

先任将校は、フィリピンに向けて橈帆走すると、その決意を隊員に表明した。次席将校の私は、隊員がそのような雰囲気になるように仕向けなければならない。その手はじめに、軍艦「那珂」での体験を、九分隊長と航海士に次のように話した。

昭和十九年二月、軍艦「那珂」は、敵艦載機の三次にわたる執拗な攻撃を受け、艦首から艦尾に向けて五十メートルの部分が、後部からもぎとられる状態となった。このため、前部勤務員は総員退去となり、私も海に飛びこんだ。三次と四次の空襲の合間をぬって、遊泳中の者をカッターで救助したが、私は幸い救助され、後部に引き揚げられた。この日はかんかん照りだったが、私は泳いでいる間に、海面に浮かんでいる重油で目をやられていた。

「那珂」は機械も止まってしまったので、付近にいた特設駆潜艇に向け、乗員救助方の手旗信号を送ることになった。ところが、後部には信号兵は一人もいなかった。そこで私は後檣(こうしょう)に上り、痛む眼をこらえながら、手旗信号を送っていた。

まもなく第四次空襲がはじまり、後部もついに撃沈された。後部にいた大方の乗員は、幸いにも駆潜艇に救助された。その晩の私は、両眼がはれ上がって、何も見えなくなった。駆潜艇の軍医長は、興奮ぎみに言った。

「後部に救助されたとき、なぜまっさきに洗眼しなかったんですか。重油でやられた眼をそのままにして、南洋のかんかん照りの戸外で作業するとは、非常識もひどすぎます。このままでは、眼がつぶれます。とにかく、今夜一晩、眼を冷やして下さい」

いまさら原因を指摘してもらっても後の祭りである。幸いその晩、戦友の多次卓造が、不眠不休で私の眼を冷やしてくれた。お陰で私は、失明せずにすんだ。

この経験から考えると、一昨日と昨日と曇っていたことは、私たち「名取」の生き残りにとってはまさに有難い天佑だった。このように当隊は、神の御加護を受けていることを強調しておいた。

夜半過ぎ、はげしいスコールがやってきた。水がなければ死んでしまうので、スコールは有難い。欲を言わしてもらうなら、かんかん照りの昼に来てほしい。昼間のスコールは、渇きもとまるし、涼しくもなって一石二鳥である。夜のスコールは渇きのとまるのはよいとして、後で寒くなって困る。

帆は風まかせ

明けて二十一日、先任将校は艇尾板にどっかと腰を下ろして、艇員たちを悠然と見回していた。艇員たちもまた、先任将校を見つめている。この朝の先任将校は、昨夜の感傷はさらりと捨てて、指揮官としての厳然たる態度を示していた。

この日も昨日と同様に、朝からかんかん照りである。昨晩のスコールで、濡れた被服が体にまつわりついて、とても気持が悪かった。だから日の出を心待ちしていたが、こう暑くては、悪友の深情けである。

九分隊長「通信長、天幕なしではやりきれません。橈を組み、その上に各人の上衣をひっかけて、テントを作りましょう」

航海士「当番をきめて、洋上テントの上から海水をかけることにましょう。気化の潜熱で、とても涼しく感じますよ」

通信長「そりゃ駄目だ。じっとしていても汗がでる。汗がでる上に海水をかぶってみろ、塩分で皮膚をやられるぞ」

九分隊長「通信長、毎日スコールがやってきます。皮膚をやられる心配はありません」

通信長「それもそうだ。よし、さっそく洋上テントを作ってみよう。三人よれば文殊の知恵だな」

先任将校に断わって、さっそく洋上テントを作った。太陽の直射光線も海面の反射光線も、直接体に当たらなくなったので、とても楽になった。テントの下で、九分隊長と横になりながら雑談した。

「おい、九番（同僚の間では、九分隊長という代わりに、九番と呼んだ）、一昨日はあんなよい風があったのに、今日はさっぱり風が吹かんなー」

「船乗り仲間には、

一日千里、五里二十日
時化（しけ）は極楽、凪（なぎ）は地獄
舟は帆まかせ、帆は風まかせ

などの諺があります。いずれも、帆走は思いどおりに進まないことを言っています。一昨日、よい風があったから、今日も吹いてくれとは、虫がよすぎますよ。しかし、海には、陸にないよさもあります。海流と風をうまく利用すると、大した苦労もせずに、とても遠いところに行けます」

「ところで九番、話は違うが、俺は少年時代、大いに剣豪小説を読んでいた。武士が蒲団に寝ていて、縁側を歩く賊の足音に目を覚まして、刀を枕許に引き寄せるくだりに出くわす。そんなことがあるものかと、俺は思っていた。が、軍艦『古鷹』が撃沈されてから、当分の間は陸上で寝ていても、小さなコトッという音で目を覚ますようになった。生命の危険にさらされて、自分が動物的になっていることに気づいた。昔の家屋は、戸締まりが悪かったので、武士は寝ていても、動物的な勘を失わないようにしていた、と思われる。

　ところが、この短艇行では、何も見えない海原で、針路を見つける理知的な一面も必要である。その反面、天象・海象の変化を見抜く、動物的な勘も必要である。この短艇隊指揮官には、このように相反する二つの面が要求される。理知的な面は、先任将校と航海士にお願いして、君と俺は動物的な勘に徹しようではないか」

「通信長、私はこんな話を聞いています。乗機が燃料タンクを射ち抜かれ、一人のパイロットがボルネオ島のジャングルに不時着しました。基地と思われる方向に歩いていたら、川にぶつかりました。川には鰐(わに)がいるので、おいそれとは渡れません。パイロットはそのとき、ターザン映画を思い出しました。川岸の樹木にまきついている蔦(つた)蔓(かずら)の根の方を切り離して、振り子の原理を利用し、向こう岸に渡ったという話です。

海でも陸でも、戦場で生き残るには、確かに動物的な一面も必要なんですね。それから私は、なんとかして兵員に、夢を持たせてやろうとも思っています」

＊

午後二時ごろ、航海士が右手を差しのべながら、話しかけてきた。

「通信長、こちらが南です」

「オイ航海士、磁石も持たずに山勘で言っているのか」

「通信長、山勘ではありません。太陽は、十二時に南中（天体が南の子午線を通過すること）します。この理屈と時計の原理を利用するわけです。まず、時計の短針を太陽に向けます。時計の中心軸と十二時を結ぶ線と短針とのなす角の二等分線が、南を示すことになります」

「航海士。君は『名取』短艇隊の知恵袋だ。これからも気づいたことは何でも言えよ」

＊

差し当たりの仕事もないまま、この日はカッターを漕ぐということを、思いめぐらしてみた。陸上部隊では、隊員を身長順に並べ、「右向け右」「右へ進め」と号令をかければ、ある程度の団体行動はできる。しかし、カッター漕ぎは、そう簡単に事は運ばない。フィリピン群島へ向かうと目的地は決まっても、だれが何番を漕ぐかとの細目を決めなければならない。一番艇には、士官四名と兵員六十一名の計六十五名が乗っていた。士官四名のうち、先任将校だけは軍艦の艦長なみに当直から除外した。残る三名が、艇隊指揮官と艇指揮とを、輪番でそれぞれ一時間勤めることにした。

兵員六十一名のうち、負傷者と疲労の激しい者十名あまりは、カッターを漕げる健康状態ではなかった。残りの四十八名を四班に分けた。漕ぎ手の艇座は、一番から十二番まであった。右舷には前部から一番より十一番までの奇数の艇座があり、左舷には二番から十二番までの偶数の艇座がある。艇座の間隔は前部の二つは狭くて、後部の二つはやや広くなっており、真ん中の二つはもっとも広くなっていた。

そこで一番から四番までは小男を、九番から十二番までは中くらいの体格の者を、そして、五番から八番までは屈強な大男を配した。五番から八番までの艇座につく者を、海軍では「中ごろ」と称したが、推進力の担い手で栄誉なことでもあった。また十一番と十二番は、橈漕のペースメーカーになるので、「中ごろ」に劣らない重要配置で、几帳面で責任感の強い者を選んだ。

橈を漕ぐには、漕ぎ手はまずそれぞれの艇座に腰をおろす。「橈備え」の号令で橈を橈座に備え、両足を前方の艇座にかけて、体を前後に倒せるような姿勢をとる。「用意、前へ」の号令で体を前方に倒しながら、両腕を前方へいっぱいに突き出す。そして、水搔きで海水をとらえ、体を後方に倒しながら両腕の方に引き寄せる。次に、橈を前方に突き出すときには、水搔きが水をとらえやすいように、橈をその縦軸の周りに回転させる。この動作をくり返す。

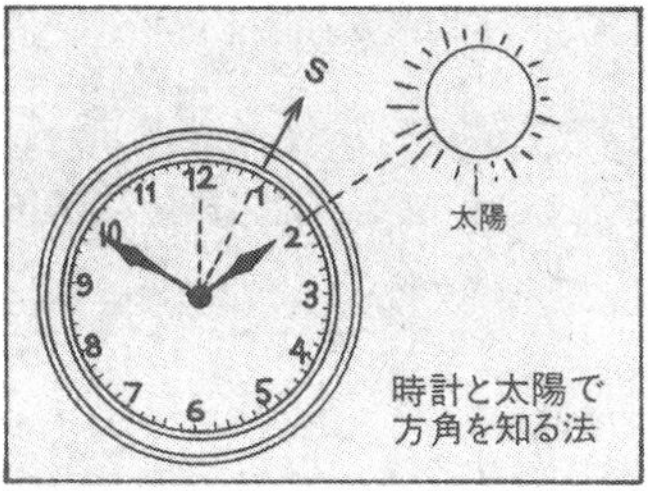

時計と太陽で方角を知る法

橈を漕ぐには、一人と二人と二つの方法がある。ダブルで漕ぐ場合には、二人が同じ艇座に、並んで腰をかける。内側の者は橈を引き寄せるだけで、外側の者は橈を回転させながら前方に突きだす。二人で漕ぐのは、長い距離を時間的に急がない場合にもちいる。一人でやることを二人で分業するのだから、理屈の上では一人よりも楽なはずである。しかし実際は、かならずしもそうはいかなかった。

フィリピン行きは、三百マイルの遠漕だから、ダブルで漕ぐことにした。四直で交代時間を一時間とした。内側と外側とそれぞれ一時間漕ぎ、二時間休憩することになった。

休憩と言うと好き勝手なことができるように聞こえるが、この場合はそういかなかった。定員四十五名のカッターに六十五名も乗っているので、非番の者は漕ぎ手の邪魔をしないように、体をかがめておかなければならなかった。ちょっと首をもたげると、前後に動く橈に頭をぶつけられる。非番のときにも、当直で漕いでいるとき以上に、神経を使わなければならなかった。初日十時間漕いだら、全員へとへとに疲れてしまったが、そのわりにはカッターは進んでいなかった。

ほとんどの者がはじめてダブルで漕ぐので、要領が分からず、体をぶつけたり指を傷めたりした。一日三十マイルと計画していたのに、初日は半分も進まなかった。艇員の中には半ばあきらめて投げだすような態度をする者もいた。こんなことでは、フィリピン行きなど思いもよらない。橈漕時間を延長してでも、予定距離を達成しようと進言したが、先任将校は聞き入れなかった。

この日の指揮官参集で、先任将校は艇隊員全員に、次のように訓示した。

「ダブルで漕ぐことは、シングルの役割を二人で分業するから、理屈上は、シングルより楽なはずである。しかし、実際にダブルで漕いでみると、理屈どおりには運ばない。兵学校では毎年、江田島から宮島までの十二マイルを、ダブルで遠漕競技をしていた。だから兵学校生徒は、当然ダブルで漕ぐことに馴れているはずである。それでも毎年、漕ぎはじめるときには、なかなかうまくいかなかった。当隊隊員には、はじめてダブルで漕ぐ者が多いから、最初にうまくいかないのは当然である。要領が分かり、きっかけさえつかめば、カッターは面白いように進むことになる。心配する必要はない」

先任将校は、隊員が希望を失わないように、親切に注意していた。二日目、三日目は、橈は一応そろうようになったが、他の者に調子を合わせているだけで、力を入れて漕ぐまでには至らなかった。力を入れずに漕ぐことを、海軍では流すと称したが、ほとんどの者は流していた。こんな状態で果たして接岸できるだろうかと案ぜられたが、さすがは艦隊乗員である。四日目からは橈が確実に水を捕えるようになり、五日目、六日目と日をおって、カッターは勢いよく進むようになった。

＊

ここで私は、兵学校の運用（短艇）教育を回想した。生徒は卒業後、軍人として、また船乗りとして勤務するので、この二つの面からの教育訓練を受けていた。当時の青年たちは、軍人に関してはおぼろげながら、ある概念を持っていたが、船乗りの概

念を持ち合わせている者はいなかった。そこで船乗りの概念を示すものとして、

スマートで　目先がきいて　几帳面（きちょうめん）

負けじ魂　これぞ船乗り

の歌を教え、具体的にはカッターを使って教育した。そして最初に、「カッターは絶対に沈まない」との概念を体得させていた。このため四号生徒（一年生）は七月ごろ、運用の時間には水泳帯をつけて、海岸線に集まった。約十五名が一団となって、カッターの片舷に乗り、わざと転覆させようとこころみたが、艇には復原力があるので、どうしてもひっくり返らなかった。次には艇栓（ていせん）を抜いて、わざと艇内に海水を入れてみたが、カッターは水浸しになっても沈まなかった。

生徒はこのようにして、カッターは絶対に沈まないことを体験したばかりでなく、そのような信念を持った。

つぎに兵学校には、「機械力よりも自然力、自然力よりも人力」という、伝統的な教育方針があった。生徒は卒業すると、機動艇を指揮する場合が多いので、安直に海軍士官を育てるには、機械の原理を教え、機械の取り扱いに馴れさせておけば、それでこと足りた。しかし、さきの教育方針から、一年生はカッターの橈漕、二年生はカッターの帆走（セーリング）の鉄則があり、生徒が機動艇の訓練に取り組むのは、三年生以降のこと

である。

生徒はこのように、一見迂遠な方法で教育を受けていたが、それだからこそ千変万化の海上において、指揮官としての素養を身につけることができた。先任将校が、やり直しのきかない人間生存の極限状態において、総員の反対を押し切ってフィリピン行きを決行したのも、この種の教育があったればこそである。

「名取」短艇隊使用のカッター要目、長さ９メートル、幅2・45メートル、深さ0・83メートル、重量1・5トン、定員45名。写真は45名（上）と65名が乗ったときの沈み具合。

艇指揮をつとめた私たちも、ときにはシングルで、ときにはダブルで、カッター漕ぎを、ぶっ倒れそうになるまで鍛えられていた。他人が漕いでいるのを見て、橈が確実に水を捕えているかどうか、橈漕の疲労がどうして起こってくるか、その疲労がどのような身振り、素振りに現われるかも体験的に承知していた。

水をつかんだ水掻きを支点として尻を持ち上げ、橈に体を預けて漕げるようになったのは、兵学校に入って一年近くたったころである。このようなシングルの基本動作ができるようになってから、ダブルで漕ぐ練習に取りかかった。

ここにいる小野二水と安井二水は、私が兵学校に入った年齢よりも二歳ほど若い。シングルで漕ぐ要領もつかんでいないのに、いきなりダブルで漕がされている。さぞ疲れるだろう、さぞ苦しいだろう、同情はする。

しかし、カッター漕ぎの要領だけは、他人から説明を聞いて体得できることではない。それは、手のひらは豆だらけになり、尻の皮もむいて、人知れず男泣きに泣いて、初めて体得することである。私は心の中で叫んだ。

「小野二水、安井二水。お前たちばかりが、カッターで苦労しているわけではないぞ。船乗りはだれだって、一度はカッター漕ぎで泣いてきた。しばらくの辛抱だ。頑張れ」

自然の懐に

「時計が止まった」と、すっとんきょうな声を出す者がいた。同じような声が、あちらこちらで起こった。私の時計もやはり止まっていた。二、三回、思い切り腕を振ってみたが、もう針は動かなかった。

当時の時計は完全防水でないから、遅かれ早かれ止まるのは分かり切っていた。その分かり切っていたことに大人が大声あげて叫んだのは、先行きどうなるだろうかとの不安があったからである。航海士は先日、

「時計さえあれば、現状でもりっぱな航海をして見せます」と言った。その話で安心していた兵員たちは、頼む時計が止まったので、たまげたわけである。そのころの艇隊幹部は、

「前日は、何時間漕いだか。順調に漕げたか。風は追い風だったか。それとも向かい風だったか」などを検討して、前日の航走距離を推定していた。だから士官は、時計は、あれば便利だが、なければなくてもかまわないと思っていた。

しかし、士官がどう認識するかと言うことと、兵員がどう感じるかは、別問題だった。この短艇行を成功させるには、兵員に命令するだけではなく、兵員に納得させることも必要だった。だが、私には、時計が止まっても大丈夫と、兵員を納得させる新しい理論が見つからなかった。

時計にまつわる話としては、こんなこともあった。一昨日の午後、橈を組んで休息していたとき、二番艇の山田一水が自発的に申し出て来た。

「通信長、私の腕時計のバンドに磁石がついています。この磁石を使って下さい」

「現在はみな休んでいる。後でカッターを近づけたときに、借りることにしよう」と答えておいた。山田一水としては、早く渡せば、それだけ早く役に立つと考えたのだろう。十メートルも離れたところから、時計を投げたが、届かずに海中に沈んでしまった。山田一水は、とても残念そうな顔をした。

その日、先任将校との対談で、このことが話題となった。

「通信長、腕時計についている磁石は、指北能力が小さいから、短艇隊の針路を定めるには役に立たない。しかし、山田一水は、役に立つと思いこんで君に渡そうとした。結果的には、彼の純真な気持を、踏みにじったことになる。

軍隊では、兵員の感情を無視して、指揮官の命令を強要することができる。当隊は軍隊だが、食糧も休養も十分あたえていない。このような状況で、上官が命令するばかりで、部下の気持を汲んでやらないと、どこかで反乱が起こるぞ。これから先、兵員の純真な気持をそこなわないよう、十分注意しろ」

「分かりました。以後、気をつけます」

時計が止まっても大丈夫だと、兵員にどう話しかけるかと考えあぐねていたとき、航海士が、

「通信長、時計が止まっても大丈夫です」と、話しかけてきたので、私は思わず身を乗りだした。

「昼間は、太陽の水平線からの高度変化を利用します。日出・日没では、高度零度です。南中のときは、高度八十六度ぐらいになります。太陽が東の空で高度四十五度は、日出から三時間後と判断します。西の空で高度四十五度は、日没三時間前に当たります。

　夜間は、カシオペア座または大熊座を使います。これらの星座は、北極星（ポラリス）の周りを反時計回りに回転します。日没時、これらの星座が北極星に対して、時計の文字盤の何時のところにあるか見定めておくと、三時間おきぐらいの判定はできます。結論的に申しますと、時計がなくても、りっぱに航海をやってみせます」

「航海士。君の説明は、よく分かった。君は航海の天才だ。君の理論でやってゆこう」

　航海士の堂々たる態度を、小野二水がたのもしそうに見つめていた。

　これまで当隊では、航海士の理論で、日出、または日没の時刻差を測って、航走距離を算出するようにしていた。だが、時計が止まったいま、この算出は実際にできなくなった。

航海としては、天体によって概略の時刻を知ることよりも、航走距離の算出ができるかできないかがより重要である。しかし、航海士としては、兵員を悲観させたくなかったのだろう。

航海士はこの日、航走距離についてはまったく触れなかった。頭のいい航海士が、航走距離のことを忘れるはずはない。航海士のこの日の発言は、しゃべったことよりも、しゃべらなかったことに、大きな意義があった。航海士はわずか二十一歳だが、言ってよいことと悪いことを見きわめて、りっぱな航海参謀になりきっていた。

*

士官が時計を必需品と思っていなかったとしても、時計が止まったことは、私にはやはり一つの節目と感じられた。これまでの短艇隊は、時計を介して人間社会と係わり合いがあった。時計が止まった現在、私たちは人間社会とまったく縁が切れてしまった。そして、これからは、天体と地球との相対運動を、たった一つの頼りとして生きてゆかなければならない。先任将校も、当然、悲観しているだろうと思った。

艇尾で二人きりで話すとき、私は小声で話しかけた。

「先任将校。時計もとうとう止まりました。人間社会とも縁が切れました。いささか沈痛な気分になります」

「通信長。俺はそうは思わんぞ。艇員も疲れてきた。ところが、時計があると、時計にとらわれて、艇員に労働を強要することになる。時計が止まったことは、人間社会と縁を切って自然の懐に飛びこめという神意だぞ。悲観する必要はない」

先任将校は、起こってくるあらゆる事態を、自分に課された与件と受けとめ、その与件にどう対処するかを、さらにはその処置が兵員にどう影響するかを、いつも合わせて慎重に考えていた。はじめてダブルで漕いだあの晩、凡人ならカッターが進まないと叱るところを、叱らずに親切に指導していた。

時計が止まった今夜、兵員の士気が低下するのを防ぐためだろう。先任将校は悲観などはしないぞと宣言している。それはそれで結構だが、私は先任将校の言葉に、いささか矛盾を感じた。

先任将校は、人間社会と縁を切って、自然の懐に飛びこもうと強調している。しかし、私たちが目指しているのは、やはり人間社会である。私たちは、自然の懐に飛びこむことを手段として人間社会を目的としているわけである。だから私は、口に出して反論はしなかったが、先任将校の言葉を素直には聞けなかった。

私たちが人間社会を目指しているのは、人間が社会的動物であるという証左でもあり、さらにはまた、人間が自分の死を多数の人に認めてもらいたいという悲しい性さがを持っているからだろう。

山本兵曹の話から

山本銀治一等主計兵曹は、二十日の朝、ようやく助け上げられたが、しばらく人事不省になっていた。もともと丈夫な体で、陽気な性格だったが、時化（しけ）の海で二日あまりも筏（いかだ）に乗っていたので、さすがに疲れていた。この日、二十二日はどうやら元気を取りもどしたようすで、仲間に次のように話していた。

私は新潟県の漁村の生まれだから、陸育（おか）ちにくらべたら海には馴れていた。外海の海水は冷たいと知っていたから、海に飛びこむ前に、同じ分隊の者には、事業服を二枚ずつ着させた。自分は総員名簿持ち出しの任務を持っていたので、補助員を二名決めた。

海に入って間もなくしたら、戦友たちが「海征かば」の軍歌を歌いはじめた。そのとき、急に海面から飛び出した者がいた。上半身をへそのあたりまで真っすぐに飛び出したのは、安西美代治兵曹だった。

本艦が沈没するときには、本艦の道連れで海底の方に引きずりこまれる、と言うのが海軍の常識である。そしてほとんどの人たちが、そのような経験をしている。しかし、本艦の艦内には大量の空気がある。その空気が、本艦が海面下ある深さに達してから、圧力をもって大量に吹きだすことがある。安西兵曹は、その圧力をもった空気に吹き上げられたというわけだ。

最初の晩、同じ筏に十名ほどつかまっていた。私は先任兵曹として、体力を消耗しないようにと注意をあたえたが、なかなか徹底しなかった。

一晩中、海は時化ていた。筏が前方に傾くと、みんなは、反対方向の後方に移動をはじめる。そうすると、今度は後方が沈みはじめるので、つぎには前方に移動しようとする。筏の上を移動していて疲れてくる。大きな波がきて、筏がひっくり返ることもある。

私はいつも人数の少ない側にいたので、筏がひっくり返っても少ない力で筏にはい上がることができた。筏がひっくり返るたびに、一人、二人と波に消えていった。かわいそうに思ったが、あの時化では身を守るのが精一杯で、そうした戦友を助け上げることはできなかった。

二日目も海は時化ていた。その晩、不思議なことに、真っ暗な水中に青白く光っている、棒みたいな物を見つけた。転覆した内火艇の推進軸と思ったので、この内火艇をなんとかして引き起こし、それに乗ろうと考えた。ところが、その青白い棒が、急にサーッと動いたので、それは人食い鮫だと気がついた。ぼんやりしていたら、命がない。

筏に一緒に乗っていた清野清三郎兵曹はお腹に長さ二メートルほどの晒(さらし)の布を巻いていた。その布の片側を幅十センチほど裂いて、その端っこに空(から)の水筒をくりつけておいた。鮫がつぎに近づいてきたとき、頃合を見計らってその水筒を海面に投げた。鮫はガバーッとその水筒にかみついたが、その後は二度とやって来なかった。

山本兵曹が鮫と言ったとき、私は故里、六田の「石井かまぼこ店」を思い出した。この店は、一家総出で、竹輪、てんぷら、かまぼこを生産し、付近の町村に手広く販売していた。店舗兼住宅を新築する半年間、ここの家族十人あまりが、私の家に寝泊まりしたこともあった。そんなことから、血縁関係はないが、親類同様の交際をしていた。

店頭には材料になる魚の入ったとろ箱が、いつもうず高く積んであった。私は十歳ごろのある日、とろ箱からはみ出した、とてつもなく大きい、無気味な魚を見つけた。かまぼこ店の十三男(とさお)さんが、これが人食い鮫（鱶(ふか)と鮫(さめ)は同一の魚である。一般に、関西では鱶と言い、山陰では「わに」と呼ぶところもある）だよ、と教えてくれた。

祖母は幼い私に、この店はみんなが一生懸命に働いているし、七福神がいらっしゃるから、繁盛すると説明した。七福神とは七人の福徳の神様である。大黒天、恵比寿（えびす）、毘沙門天（びしゃもんてん）、弁財天、福禄寿、寿老人、それに布袋（ほてい）さんである。この七人のうち、女性の神様は弁財天だけであとは全部、男性の神様である。かまぼこ店は、娘さんは照代さん一人で、それに息子さん六人だから、七福神になるだろう。祖母は私に、このように説明した。

十三男（とさお）さんはじめ大勢の息子さんたちは、この戦争でどこに出征しているだろうか、みなさん果たしてお元気だろうか。そんな考えが頭に浮かんだ。

山本銀治「名取」一等主計兵曹の判断、処置は適切だった。

それにしても、山本兵曹は、海に馴れているから、観察もこまかいし、判断や処置も適切だと感心しながら聞いていた。

山本兵曹は、近くにいた若い水兵に、お前は衛生兵かとたずねた。そう言えば、この短艇隊には、ほかに衛生兵は見当たらない。その赤崎衛生兵は、叱られると思ったのか、すまなさそうな口調で答えた。

「ハイッ、衛生兵です。先任下士が、お前はカッターに行け、と言われました」

山本兵曹は分かったと言っただけで、それ以上は、追求しなかった。あどけない顔つきだから、恐らく特年兵（十四歳で入隊した若い水兵）だろう。ほっとした赤崎衛生兵を見ながら、私は本艦沈没の当時を振り返った。

総員退去の号令に先だち、傷病者を優先的に第二内火艇に移すことになった。医務科全員は、軍医長吉村貞助大尉の指示に従い、左舷後部で、この作業に当たっていた。海が時化ているので、作業は思いどおりに進まず難渋していた。医務科の先任下士としては、衛生兵全員はこの持ち場を死守するとしても、特年兵の赤崎だけは解放してやろうと思ったのだろう。お前は行け、あの土壇場で、よくぞそんな言葉が出たものである。

あのひげづらの先任下士に、そんな人間愛があったのか。先任下士の思いやりを無にしないためにも、赤崎衛生兵を陸地まで連れて行かなければならない。

井須元治機関兵曹は、愉快な話をしていた。本艦沈没で泳いでいたとき、頭の上に鼠がちょこんと乗っていた。鼠は異変を予知すると昔から言われている。私は鼠に見込まれた。私と一緒にいる者は死ぬことはないぞ。

遠くに白い水しぶきが上がっている。だれかが泳いでいるのだろうか、それとも魚だろうかと、案じながら近寄ってみた。それは戦友で、引き上げたら七分隊の吉富上等機関兵だった。本艦が沈没してから、四日間も海につかっていたことになる。その間、泳ぎっ放しというわけではあるまいが、それにしてもずいぶん長いこと、水の中にいた。すっかり疲れ切っているが、無理もない。

名前を呼びかけたら、ウーンと一声、返事をして反応を示したが、そこでこときれてしまった。カッターに乗り、やれやれと一安心して息を引きとったに違いない。

水葬をすることになり、同じ分隊の忠藤正直一機曹が親身になってあれこれ世話をしていた。そして、ぽつりと一言いった。

「吉富上機は、新潟県出身で、所帯持ちでした」

海軍の先輩たち

本艦が撃沈されて泳いだとき、ほとんどの者は海面の重油で目をやられて、急性角膜炎になっていた。幸い、その日も翌日も曇っていて、大事にはいたらなかった。お陰で三日目以後、目の痛みを訴える者はいなかった。魚雷が命中したときに火傷した五名が、二、三日していずれも亡くなった。体の半分以上も火傷していたので、たとえ薬品があっても、手のほどこしようはなかった。

夜も昼も潮風に吹きさらしだし、風のある日は塩水をかぶるので、皮膚病が気がかりだった。しかし、日照りとスコールが交互に適当にやってくるので、その心配はいらなかった。私の水虫がおとなしかったのは、何よりも有難かった。これはまったく、一日に一回、義理堅くやってくる、スコールのお陰だった。

栄養もとらずに、毎日十時間の重労働をつづけているので、いずれ夜盲症、脚気、壊血病、栄養失調などの症状が現われるだろう。それらの前兆として、日射病、風邪、悪寒を訴える者がでてくることも予想される。しかし、このような心配をすることは、考えようによっては諸刃(もろは)の剣(つるぎ)になりかねない。

ここには、食糧もなければ、薬品もない。炎暑や雨露を防ぐ要具もない。しかも毎日、泣いても笑っても、十時間はカッターを漕がなければならない。医者や栄養学者は、つべこべ言うだろう。しかし、現在当隊がやっていることに、代案も持たずに批判だけするならば、そんな医学や栄養学に何の権威があろう。当隊は現在、船乗りの海難常識にも反して、開き直った航海をしている。医学や栄養学にも開き直ろう。とにかく、病気に取り越し苦労することは止めよう。

＊

カッターには真水を入れた水筒を十個ほど積んであったが、これは重傷者用としていた。日本海軍では、海で遭難した場合の教訓として、「海水を飲むよりも、自分の小便を飲め」と、言い伝えられていた。幸い、最初の二日間は曇っていて、喉もあまり渇かなかった。三日目は朝からかんかん照りで、喉が渇いた。ところが、この日の午後には、真っ赤な血のような小便がでるようになった。あの真っ赤な小便を見ては、とても飲もうという気分にはならなかった。そこで私は考えた。日本海軍の言い伝えは、温帯地方の日本近海における話で、南洋の海域では適用できまい。

幸いフィリピンの雨期で、一日に一回スコールがやってきた。私たちは、スコールを飲むことにした。二、三日も海で暮らしていると、スコールは遠方からでも、一目で発見できるようになった。

黒い短冊みたいなものが、空から海面まで垂れ下がっている。その短冊がアコーディオン・カーテンを開くように、パアーッと一面にひろがる。スコールの降っているあたりは、強い雨あしのため海面が白く光っている。やがて、一陣の冷たい風が吹いてくる。スコールは、いつも冷たい風を露払いにしてやってきた。この風がくると、カッター漕ぎを止めて、橈を艇内に収めさせ、スコールの受け入れ態勢をとる。この日も、スコールは、夜やってきた。

最初の間はみんな、大口を開けてスコールを飲んでいた。篠つく雨と言っても、あんぐり開けた口の中に入ってくる雨の量は、知れたものである。

知恵者がいて、タオルをひろげて中央を口にくわえ、雨水をしゃぶる方法を思いついた。みんながこの方法を真似た。

汗とか油の臭いがぷーんと鼻をつくが、それは贅沢というものである。明日もスコールが、かならずやってくるとは限らない。だから、汗臭かろうと油の臭いがしようと、私たちは、甘露、かんろと、有難く頂戴した。とにかく、無我夢中で飲みつづけた。

ひょっと気がつくと、カッターの中は水浸しである。定員を遥かに超過しているので、乾舷は鎧張の横板三、四枚（約四十センチ）しかない。このままでは、沈没しかねない。

「スコール飲み方止め。総員、淦水を汲みだせ。急げ」

淦水汲みの要具がないので、みんなが両手を合わせて汲みだした。指先を舷側や艇

座にぶっつけないように、そーっと両手を動かす。掻きだすよりも、両手の間から艇内にこぼれる量が多かった。私は、

「淦水は、減っとるか増えとるか」と、どなってみた。

「増えています」と、心配そうな声が返ってきた。

「待て。このままでは、カッターが沈んでしまう。急いで掻きだせ」

そのとき、だれかが叫んだ。

「帽子か、ゴムぐつを使えば、たくさんかきだせるぞ」

なるほど、代用品でも要具は要具だ。みんなが、帽子とかゴムぐつを使ったので、みるみる間に掻き出し、ようやく危機を脱した。

＊

私はかねてから、不格好な上にとても重たい、要具の淦水汲みを軽蔑していた。しかし、昨晩、淦水の汲み出しに苦労してみて、この要具を見なおした。使用中に舷側や艇座にぶっつけても、使用者の手や指を保護するために、あのような不格好な形に作ってあると、遅ればせながら気がついた。

また、あれほどの厚さの板を使ってあれば、高いところから堅い物の上に落として

も割れないし、太陽光線にさらしておいても、板は曲がらない。だから重たいんだと、重たい理屈も分かってきた。あの浅水汲みこそは、日本人の体格に合わせて作った、海軍先輩の苦心の傑作だと思うようになった。

橈座栓はカッターの外に持ち出さないように、紐で艇体に結びつけてあった。浅水汲みには紐をつけてなかったので運用科倉庫に格納してあった。いざというときには、カッターに積んでなかった。浅水汲みにも紐をつけて、艇首座か艇尾板の下に、置くようにしておけばよかったのにと思った。

神様がここで、何か希望品を一品あたえるとおっしゃるならば、私はちゅうちょなく浅水汲みを希望する。浅水汲みは積んでなかったし、積んである水樽は役に立たなかったので、私は士官仲間との雑談でぼやいた。

「水樽には本艦で真水を一杯つめてあった。ところが、飲もうとしたときには、一滴も残っていなかった。こんな楕円形の筒にして、ゆるいたがをはめておくから漏るんだ。水樽を円筒形にして、たがをぴしっと締めておけば、作りやすいし、水も漏らなかった。海軍先輩は、何を考えてこんな形にしたのだろう」

先任将校が話をひきとった。

「通信長。水樽を円筒形にすると、空でも真水を入れた場合でも、ごろごろ転がって安定性がない。だから手間のかかるのは承知で、わざと楕円形にしてある。水樽の素材になっている木材が、水を吸って膨張してくると、水樽として役立つようになるさ」

二、三日すると、先任将校の予測どおりに、水樽が水樽として機能するようになった。そのとき私は、先任将校の先日の言葉を反芻（はんすう）した。

「俺たちの背後には、数多くの海軍先輩が、俺たちの短艇行を見まもってくれているぞ」

そして私は兵学校の短艇巡航を回想した。巡航では、やはり木製の水樽を使っていた。スマートを標榜（ひょうぼう）する日本海軍が、どうして木の樽を使うのだろうか、金属容器がよほどスマートなのにと不思議だった。しかし、今から思うと、落としたりぶっつけたりでは、金属製は壊れやすいし、ハンダがはずれて水漏れの原因にもなる。衛生面から、木製がよいのかも分からない。とにかく、あれこれ検討した上で、楕円形の木の樽に落ち着いたわけだろう。

また夜間の灯火としては、洋角灯（ようかくとう）にローソクとマッチを使用していた。昭和十四年、世間では乾電池の懐中電灯がもてはやされているのに、兵学校ではどうしてローソクを使うのだろうと、疑問に思っていた。太平洋上のカッターで苦労してみて、遭難して、いざというときには、やはり原始的な物が役に立つことに気づいた。

極限下の短艇員

私はカッターの中で、懐に短刀を忍ばせていたが、その経緯（いきさつ）はこうである。日本の海軍士官は、内地を出撃するとき、軍艦に軍刀を持ちこんでいた。陸戦隊指揮官を命ぜられるかも分からないからとの理由だったが、そのような機会はきわめて少なかった。私としては、つぎのような三段論法から、このような風習があったのだろうと思っている。

「昔の武士は戦場に日本刀を持っていった。軍人は、現代の武士である。だから、軍人が戦場に向かう場合、日本刀（軍刀）を持ってゆかなければならない」

乗艦の「古鷹」が撃沈されたとき、軍刀を背にして泳いだが、並み大抵の苦労ではなかった。救助艦に向かって、千メートル足らずを半時間かけて泳いだが、疲労困憊（こんぱい）した。そこで私は、その後は短刀を持ち込むことにしていた。私は艇座に立ち上がり、艇員一同にその短刀を見せながら言った。

「アメリカ海軍は、日本の短艇を見つけては士官を捕えにやってくる。士官を捕えるのは、情報をたくさん知っているからだ。敵が近づいてきても、みんなは、騒がずに静かにしておれ。俺はこのように短刀を持っているから、むざむざ捕まるようなことはないぞ」

私は短刀を外敵に向けて使うと言ったが、それは表向きの話で、私の真意はこうだった。短刀を持っていることを知らせておけば、食糧を盗もうとする者にも反乱を企てる者にも、ある程度の抑止策になるだろう。

この時期、一つの問題点があった。留式七・七ミリ機銃（海軍では機関銃を機銃と言った）一梃を、艇首においてあった。反乱が起きて機銃を胸に向けられたら、短刀では太刀打ちできない。そこで私は、機銃を艇尾に移そうかと申し出たら、先任将校の返事はこうだった。

「機銃は、艇首におけば外敵用だが、艇尾に移したら内乱用になってしまう。士官が四名に兵員は六十名である。いざ反乱となったら、どうせ士官の命はない。現状どおり、艇首に置いておけ」

士官は艇尾で、橈漕の号令をかけていた。しかし、漕いでいる兵員が先にくたばるのか、号令をかけている士官の胸板に先に風穴があくか分からなかった。それは、神様だけがご存じだった。

*

人間社会から隔絶され、一種の別世界に住んでいる私たちは、高遠な理想も、万金の財宝も、欲しいとは思わなかった。私たちが欲しいのは、隊員同士の、とくに士官と兵員との間の相互信頼感だけだった。それはだれかがあたえてくれるものでもなかったし、自然発酵的に醸成されるものでもなかった。それは会話を通じて、少しずつ積み上げてゆく以外に方法はなかった。

人間生存の極限状態において、心のこもらない美辞麗句を並べても、それは相手を愚弄（ぐろう）することになりかねないし、相互信頼感を傷つけることにもなる。言葉を選ぶこと、言葉をかみしめることを、この短艇行のときほど真剣に考えたことはなかった。

先任将校は、

「兵員が、希望をうしなうようなことは言うな。兵員に向かって、気休めとか、嘘を言ってはならない」と注文をつけた。

重病人が生死の関頭に立ち、どちらかと言えば死に近い場合でも、医者は病人とその家族に向かって、悲観的なことは決して言わない。この短艇行、どちらかと言えば、成功しない確率がはるかに高い。だから、ありのままを話せば、兵員はだれでも悲観してしまう。兵員に希望をうしなわせず、嘘を言わないとなれば、結局、医者が病人に話すように、一語一語、慎重に選んで話す以外に方法はなかった。

＊

兵学校では、生徒に強い意志と強健な体力を持たせるため、「短艇橈漕、遠漕競技、弥山(みせん)登山、原村演習」など、体力の限界に近いまでの訓練を、幾通りか行なっていた。生徒がもっとも苦しいと思っていたのは、原村演習だった。

毎年十月の末、約一週間の予定で、陸軍の原村演習場（広島県）まで陸戦演習に出かけていた。兵学校の敷地内で行なう訓練、それに遠漕、弥み山せん登山など地形の分かった訓練では、日課週課との係わり合いもあるので、生徒にも何時ごろ終わるかなど、訓練の外枠について見当がついた。原村演習では地形もよく分からないし、訓練の外枠も見当がつかなかったので、そのためにとても疲れた。

海兵時代の著者。「名取」短艇隊１番艇で先任将校を補佐。

同じ距離の行軍をしても、引率者はさして

疲れないのに、引率される者はとても疲れるのは、だれでも経験することである。それも結局、外枠の見当がつくかつかないかに係わっている。そのあたりの理屈は、兵学校生徒だった私たちには、よく分かっていた。

しかし、この短艇行の外枠を、兵員にどう説明すればよいのか、その具体策は分からなかった。

先任将校は、差し当たり毎晩の橈漕開始に先だって、隊員に情報伝達をしていた。双眼鏡で遠方を見ているわけでもないし、特別に電報を読んでいるわけでもなかった。だから、情報といっても、それは結局、先任将校の情況判断にすぎなかった。

先任将校の情況判断は、情報としての価値は、大きなものばかりではなく小さなものもあった。しかし、先任将校が、毎日毎日、情況判断をして兵員に伝えているその熱意と誠意とは、聞き入る兵員の心を次第に動かしていった。

思えばこの短艇行は、酷暑の洋上で、食事も休養もとらずに、半月ほどカッターを漕ぎつづけなければならなかった。明るい見通しもない洋上で、狭いカッターの中に、大勢の男が押し合いへし合いしていた。心理的にも反乱のもっとも起きやすい状況下で、反乱の起きないのが、むしろ不思議だった。

反乱が起きなかったのは、先任将校が兵員に、積極的に情況判断を知らせていたことが、その一因だった。また、食糧の配分を、士官も兵員も同一量としていたことが、いま一つの原因だったと思う。

＊

ここ三日ほど、相当に強い西風が吹いていたので皮流（ひりゅう）ができたはずである。水には粘性があるので、風が吹くと風下の方に向けて流れができる。これを、皮流または吹送流と言った。風の速度の二～四パーセントぐらいの皮流が生ずると言われている。

「先任将校、三日ほど西風が吹きつづけていました。東に向かう皮流ができていると思います。カッターから浮く物を流すと、皮流の方向が分かります。その皮流と逆の方向が西に当たるわけですね」

「通信長、そうじゃないよ。地球は自転している。だから北半球では、皮流の尖端は風向に対して、三、四十度右に曲がる。ノルウェーのナンセンスという人が発見した理屈だ」

「兵学校で同じ教育を受けましたが、私はまったく覚えていません。先任将校は、よく覚えておられますね」

「俺は兵学校で、航海科教官を二年あまりしていた。同じ講義を年に三回、都合六回もしゃべっていたから覚えているさ」

先任将校は、このように航海術のベテランだった。しかし、航海士の航海計画が、大局的に間違っていなければ、小さな点を取り上げて、自分の才能をひけらかすようなことはなかった。だから航海士は、艇隊員百九十名の生命を一身に預かっているとの、自負と責任をもって任務に当たっていた。先任将校はこのように、幕僚にやる気を起こさせていたが、ここらあたりにも、指揮官としての資質を持っていた。

指揮官と幕僚の模範的実例として、私たちは大山巌軍司令官の話を聞いていた。日露戦争のとき大山大将は、児玉源太郎参謀長に向かって言った。

「児玉さん、大砲の音がしている。今日もどこかで、戦争をやっていますか」

大山大将がこのような鷹揚(おうよう)さを持っていたのも、幕僚の補佐があったからだろう。私たち幕僚も、各人がその能力を発揮し、分担任務を完遂しなければならないと、あらためて決心した。

こぼれた微笑

士官は落ち着いてそれぞれ何か仕事をしたが、兵員の中には、遭難後三日たっても虚脱状態で、落ち着きのない者が多かった。ここでは戦闘の圏外に放り出されて、差し当たり戦闘の心配はいらなかった。兵員に落ち着きがないのは、過去の戦闘の思い出だろうか、それとも将来を心配してのことだろうか。なぜ落ち着きがないだろうかと、私はこれまでの乗艦沈没とくらべてみた。

一回目の「古鷹」は、ガダルカナル島の敵飛行場の目の前で撃沈された。一夜明ければ、早朝から日没まで、終日、空襲を受ける恐れがあった。

二回目の「那珂」は、トラック島（中部太平洋）で、敵艦載機の四次にわたる執拗な雷爆撃で撃沈された。きわめて凄惨な戦闘で、おびただしい死傷者がでた。過去の二回は、いずれも戦闘は激しかったし、明日の恐れもあった。それでも、救助艦で「おかゆ」をすするときには、兵員も一応、落ち着きを取りもどしていた。そういえば、兵学校で短艇事故にあったときにも、当直監事はおかゆを準備してくれた。

日本人が遭難した場合、「おかゆ」をすすらせると落ち着くようだが、カッターではそのような手立てはできない。原因を突き止めて対策を講じたいが、落ち着きのない原因がつかめない。そのような重苦しい雰囲気の中で、先任将校はとんでもないことを言いだした。

「通信長、あわててもしようがないぞ。兵学校の短艇巡航のつもりで、のんびり暮らすか」

「私は、先任将校クラスの、高野裕生徒、坂本照道生徒から巡航を教わりました。のんびり暮らしましょう」

兵員たちは、思いがけない話に、あっけにとられ、狐につままれた顔をしていた。私の横にいた小野二水が、低い声でつぶやいた。

「カッターで暮らすんですか」

この言葉は形の上では質問形式だが、声の調子から、私には、独り言のように感じられた。そこで返事の代わりに、私はこの言葉を、ひとり静かにかみしめてみることにした。ひょっとしたら、兵員に落ち着きのない原因を、突き止めることができるかも分からないと、淡い期待を持って……。

「暮らす、生活する」という言葉は、家庭で時間を過ごすことに使っている。そして「勤める、勤務する」という言葉は、職場で仕事をする場合に使っている。そこで家庭における暮らしを朝から晩まで、順を追って分析してみた。起床、洗面、食事、排泄、入浴、就寝となる。

私はこの分析を進めながら、つぎのことに思い当たった。兵学校生徒の教育期間は、三年半である。だから短艇教育は、カッターの橈とう漕そう、カッターの帆走、そして、機動艇操縦と多種多様である。だが、兵員の海兵団教育は、六ヵ月だから、短艇教育はカッターの橈漕だけだろう。だとすると、兵員たちはカッターで暮らした経験はあるまい。

兵員に落ち着きがないのは、カッターで暮らした経験がないからだろうと思い当たった。そこで私は、航海士とかわるがわる、兵学校の短艇巡航について、近くにいる兵員に話してやった。

＊

兵学校生徒に対する運用（短艇）教育では、一年生にはカッターの橈漕、二年生にはカッターの帆走（セーリング）、そして三年生、四年生には機動艇操縦を教えていた。授業は二時間単位だったから、授業中に、食事、用便などを経験することはなかった。

ところが、生徒の中には、私のように平野で生まれた者もいるし、また山の中で育った者もいる。これらの生徒が、正規の運用教育だけで、船乗りになることは期待できなかった。そこで学校当局は、生徒が短艇巡航に出かけることをおおいに奨励していた。

同じ分隊の希望者二十名ほどで艇員（クルー）を編成し、土曜日の午後から、日曜日の午後にかけて、カッターに帆を張り、思い思いに瀬戸内海に出かけた。これを短艇巡航、または巡航と称していた。請求書一枚書けば、汁粉、すき焼きの材料から木炭まで学校側で用意してくれた。また生徒の中には、料理の上手な器用人もいて、男料理も結構、おいしかった。

月のきれいな晩、船べりをたたくリズミカルな波の音が、とてもロマンチックな気分にさせる。身の上話や初恋話に花が咲く。故郷の民謡や、思い出の流行歌を歌う者もいる。冬の夜は毛布にくるまりながら、洋角灯（カンテラ）のローソクの灯を囲んで、東の空が白むまで人生談義をつづけていた。

教官や世間の目もないところで、若者だけの時間は、厳しい校内生活の反面として、とても楽しかった。上級生が無礼講と言えば、上級生も下級生もなく、あたかも一家団欒の雰囲気となった。巡航では、食事も用便もしたし、睡眠もとった。すなわち、カッターの中で暮らしていたわけである。

海兵団出身の者にとって、カッターは橈漕の辛い苦しい思い出しか残っていないだろう。兵学校生徒は、さっき話したように、カッターで暮らしたこともあるし、楽しかった思い出もある。先任将校がさっき言った、

「のんびり暮らそう」との言葉は、決して大げさな表現ではないと話してやった。

九分隊長が、さらにつけ加えた。

「俺は、神戸高等商船学校を卒業した。俺たちは夏休みにカッターで巡航に出かけていた。神戸から、和歌山市とか高松市あたりまで行ったが、十日から二週間ほどカッターで暮らしていた」

小野二水が小さな声で、恥ずかしそうに尋ねた。

「大便はどうしてするんですか」

「小野二水、そんなことを心配していたのか。男性ばかりの生活だ。尻をカッターの舷外に突き出してすればいい」と、私は答えた。思いがけない言葉が飛びだしたから、大方の艇員が思わず微笑んだ。艇員たちの極度の緊張も、どうやら少しほぐれてきた。とにかく、みんなが笑ったのは、遭難以来はじめてのことだった。

＊

短艇隊は、カッター三隻、総員百九十名の大所帯だったから、孤独感にさいなまれる者はいなかった。また艇内には、やがて救助艦がやってくる、という楽観論もあった。孤独感のないことも、楽観論のあることも、救助艦を頼む、他力本願に根ざしていることに問題点があった。これは何らかの方法で、是正しなければならないと思っ

海兵での短艇巡航。兵学校生徒に対する運用教育は橈漕、帆走、機動艇操縦と多種多様で、色々な思い出があった。

た。

小野二水と安井二水の会話から、二人が、陸岸にたどり着けるだろうかと、悩みはじめていることを知った。

当隊の近くに、赤ちゃん台風があったときは、カッターが転覆するのではないか、と悩んでいた。だが、船には復原力があるから、カッターが転覆することはまずなかった。

このように原因のはっきりした悩みは、指揮官も対処しやすい。

しかし、接岸できるだろうかのように、取り越し苦労と言うか、悩みを悩むようになると始末が悪い。その対策として、鼠の話はどうだろうかと思いついた。

陸上の人たちは、鼠に対して、よい感情は持っていないが、船乗りはかならずしもそうではない。長い航海をしていて、他の生物に会うこともないとき、鼠に出会うと、身内の者に出会った気分になる。また兵員には、鼠一匹で特別上陸一回をあたえられたから、鼠は思い出ふかい相手である。

「古鷹」水雷長伍賀守雄大尉は、「古鷹」が撃沈されたときのようすを次のように話した。

「『古鷹』から海面に飛び込もうとしたとき、なにかが下着の中に入ってきた。救助艦に泳ぎ着いて、上がろうとしたら、肩先に止まっていたもの、それは鼠であったが、私より先に救助艦に上がっていった。鼠は危険を予知すると聞いていたが、そのことを、身をもって体験した。私が子の年の生まれだと、まさか鼠がそれを知っていたわけでもあるまいが……」

この話を回想しながら、私は叫んだ。

「カッターの中に、鼠はいないか」

何の返答もなかった。鼠がいなければ、この話は似つかわしくないと、鼠の話は取り止めた。

みんなの取り越し苦労を抑えるか、関心をほかに転換させるために、しかるべき話題はないだろうかと、私はこれまでの海上体験を思い浮かべていた。

幻想の世界の中で

昭和十七年七月、私はソロモン群島警備中の軍艦「古鷹」に、分隊長として着任した。ギリシャ語で、「メラネシア」は「黒い島」、「ミクロネシア」は「小さな島」、そして「ポリネシア」は「たくさんの島」を意味している。ソロモン群島は、メラネシア海域にあったが、アメリカが反撃をはじめる以前のことで、敵艦も敵機も見かけない、きわめて平穏な勤務だった。

そこで私は、付近の地形とか原住民の生活を観察していた。メラネシア（黒い島）の言葉どおり、玄武岩よりなる黒い高い島が多かった。そして山の高いわりには、島と島との間隔は狭かった。インドネシア海域から、ニューギニアの北岸を伝い、ソロモン群島沿いに航海するならば、フィージー諸島までは、沿岸航法で航海できると思った。フィージー諸島からポリネシア海域は、どうしても天文航法に頼らなければならない。

その後、私は、戦前の日本人が南洋委任統治領と称していたマーシャル、マリアナ、カロリン諸島を警備する軍艦「那珂」に転勤した。ここらあたりは、ミクロネシア

（小さな島）の名称どおり、高さ数メートルの小さな珊瑚礁からなる島が多かった。ポリネシア民族が、この海域を通ったならば、背の低い隣の島々は見えなかったから、最初から最後まで、天文航法に頼らなければならなかった。

コロンブスが大西洋を西へ西へと航海し西インド諸島を発見したのは一四九二年である。マゼランが世界一周の大航海を目指して、スペインの港を出港したのは一五一九年だった。キャプテン・クックが航海要具（羅針儀、六分儀、海図）を使って太平洋を航海したのは、マゼランよりさらに後の一七七〇年ごろである。

コロンブスの大航海より二、三千年も以前に、航海要具も持たずに未知の太平洋に、集団移動を敢行したポリネシアこそは、まさに第一級の航海民族と私は改めて感心させられた。

軍艦「古鷹」が、ソロモン群島のカビエン（ニューブリテン島）、キエタ（ブーゲンビル島）などに移動すると、付近の原住民がカヌーに果物や野菜を積んで、煙草、罐詰などと物々交換にやってきた。六百年ほど前、キャプテン・クックが入泊したときも、やはりこのように物々交換に群がったことだろう。これらの原住民の祖先は、すでに石器時代に移住していたから、金属を見たのはそのときが初めてである。小刀や鋏を見てはさぞ驚いただろうと、私は幻想的な回想を巡らしながら、カヌーを見つめていた。

これらのカヌーはいずれも一本の樹木をくり抜いた、いわゆる丸木舟で、外洋航海はできそうになかった。外洋性の大型カヌーは別にあるだろうと思った。しかし、さすがは海洋民族の子孫で、操船振りはみごとだった。彼らは、時計とか潮ちよう汐せき表を持っているわけではないが、水道や岬の転流時刻を知っていて、太陽の方位と高度を見定めて、ちゃんと追い潮を利用していた。

彼らはカレンダーも時計も持たないが、太陽や星を見るだけで自然現象を巧みに利用していた。年から年中、うだるような暑さで、さつまいも、タピオカ澱粉は、いつ植えても収穫できるので、農作物の作柄から季節を知ることはできなかった。原住民たちは、日暮れどきの東方水平線に現われる星を見分けて季節を感じているらしかった。スピカ（牡牛座）を見ては新年を感じ、シリウス（大犬座）を見つけては夏を意識しているようだった。

ミクロネシア海域は、原住民のカヌーが、軍艦に近寄ることはなかったが、礁湖の中を走っているカヌーをしばしば望見していた。ここでもやはり、ソロモン海域の原住民のように、外力を利用して、カヌーをうまく操縦していた。

カヌーを上手に操縦していた、メラネシア、ミクロネシアの原住民たちは、カヌーの性能はもちろんのこと、風や潮流の影響も十分承知しているに違いない。だからといって、これら原住民たちに学問的な匂いは感じられなかった。だとすると原住民たちは、カヌー扱いに代表される生活の知恵を、言葉を変えると、自然界における生活能力を、家族または地域先輩から伝承され、それを自分自身で何度も練習したことだろう。

私はこれら原住民のカヌー扱いを見ながら、故里での私の生い立ちを回想した。祖母に育てられていた私は、七歳のころ、祖母から言い渡された。

「お前はお前の親から預かっとっけん、木登りとか水泳ぎとか、危なかことはすっぎでけんばい」

そこで私は、祖母の前では、そのような危ない遊びは一回もしなかった。しかし、男の子は学校教育だけで、一人前の男子に成長するわけではない。木登り、水泳、試胆会などの童遊び（わらべあそび）を通じて、生活の知恵を身につけなければならない。その間には、小さな冒険とか小さな失敗のくり返しも必要である。私はこれらのことを、童大将から教わった。私が童仲間と遊ぶことについては、祖母もいっさい苦情を言わなかった。

私の田舎では、子供たちは男女それぞれのグループをつくり、童大将を中心にしてグループで遊んでいた。私は十歳になっても泳げなかったが、童大将の江頭通（とおる）さんは、私に、雑魚（メダカ）三匹を、生きたまま呑ませて言った。

「ざっこは、あぎゃんこまかばってん、ひとりで泳いどる。お前は、そのざっこば三匹ものんだ。泳んげんわけはなか。向こう岸まで泳いでゆけ」

　そして嫌がる私を、むりやり川の中に押しやった。足は川底につかなかったので、私はがむしゃらに手足をばたつかせた。幅二十メートルの向こう岸にやっと泳ぎ着いた。このようにして私は泳ぎを覚えた。

　秋から冬にかけては、仲間と木登りをして遊んだ。晩秋になると、椋の実が熟して紫色に色づく。おやつをもらえなかった私たちにとって、それはとても有難い間食となった。しかし、採りやすいところの実は、すでに人がちぎっていた。そこで、高いところか細い枝の実を狙うことになる。私は椋むくの実ちぎりで、樹木には折れにくい木と、折れやすい木とあることを知った。柿の木はとても折れやすいが、椋の木はなかなか折れなかった。

　私が中学生になったある日の夕方、祖母は私に、隣村の土井内まで供養使いに行くように言った。すぐに出かけようとした私を、祖母は引き止めた。

「今日は十七日じゃいけん、あと十五分ばかいせんぎ、お月さんな出んさらんばい。お月さんの出んさってから出かけんかい」

祖母の言う十七日は旧暦のことで、私たち少年には馴染みの薄いものだった。また、当時の田舎では、飲み水は川の水を漉して使っていた。祖母はつぎの注意をあたえて、私に川の水を汲ませた。

「満ってくる水は、汚なかばってん、引き潮なら三尺流るっぎ、立派なもんばい。今は満潮で、どんよーとっけん（よどんでいるから）、まちきっとしてから汲んできござい」

私の家は祖母と二人暮らしだったから、畑仕事には男の人を雇っていた。隣村への使いも水汲みも、人を雇えばいいのにと、私は学校の宿題を気にして不満を持っていた。

中学校の授業で、月齢によって月出時刻が変わり、潮の満ち引きは月の引力によると聞いて、私ははたと思い当たった。祖母の里・下しも津つ毛けのあたりでは、川は四六時中、北山の方から南の有明海に向けて流れている。祖母が、川の流れの方向が潮の満ち引きで変わると知ったのは、恐らく松永家に嫁いできてからだろう。それも姑から、使いに出されたり、水汲みをさせられたりしている間に、体験的に知ったのだろう。

祖母は文字を読んだり書いたりして、私に教えることはできなかった。だから労役を通じて、月と人間社会との関係を、孫の私に伝えておきたかったに違いない。また付近の人たちが親代わりになって、なにかと親身に教えてくれることもあった。田舎では都会と違って、家族だけでなく地域の先輩からも、このようにして生活の知恵を教わる機会があった。

親はなくとも子は育つ、と言う。確かに戦前の田舎には、隣近所が共同し連帯して、子供を育てる習わしがあった。そのような習わしがあったことは、私のような境遇で育つ者にとって、とても有難いことだった。それだから私は、一人前の男子になれたと、地域社会に感謝している。

未開人が自然界に生きる最低の条件として、木登り、水泳はもちろん、月明かりと潮の満ち引きを利用できなければならなかっただろう。未開人はもともと、自然界における生活能力を持っていたが、私たちの祖先が文明指向をしたために、私たちは便利さを享受した代償として、それらの能力を失った。

これら原住民の祖先は文明指向をせずに、自然界における生活能力を子孫に伝えている。家族間の伝承、酋長から酋長への秘伝、さらには先輩から後輩への訓練などによって、生活の知恵を子孫に伝えてきたのだろう。

こうして幾千年、何十世代とくり返している間には、新しい創意工夫もあっただろうし、生活の知恵が相乗効果を生むこともあっただろう。そして、沿岸航法の知識と経験が昇華して、外洋性カヌーを開発し、天文航法を考案した。学術用語による説明はできなくても、現代の文明社会における、造船学とか航海術になんら矛盾するものではあるまい。

学問のない者と天文航法、一見、馴染みそうにない二つの言葉を口ずさみながら、私は祖母との墓掃除を、ほろにがい気持で回想した。

佐賀の田舎では、旧暦で盆の行事をするので、各家とも八月上旬には墓掃除に出かけた。松永家の墓地は、瀬戸口という集落にあった。二十坪の土地に、二十六基の墓があった。墓掃除は大人の役割だったが、人手の少ない私の家では、子供の私も墓掃除に駆り出されていた。

墓地の周りの樹木の下払いをし、竹むらの竹の間引きをした。これらの木や竹を集め、むしり取った草を加えて、墓地でこれらの物を焼いた。青い物がかまどの代用になるので、一種の蒸し焼きだった。

燃焼には酸素が必要だと、いっぱしの理屈をこねる中学生の私がやっても、蒸し焼きは、さっぱり燃えなかった。だが、祖母がちょっと手を加えると、急に勢いよく燃え上がった。

「火（方言では、炎のことをこう言った）ば追っかけじ、火種ばむぞうがらんかい（可愛がりなさい）」

　術語も標準語も知らない祖母の手にかかると、盛んに燃える。理屈の分かっている私がやって、なぜ燃えないのか、不思議でならなかった。こんなことから類推すると、ポリネシア民族が学術用語は知らなくても、天文航法はできただろうと思われる。

　あるとき、祖母の里歩きについて行ったことがある。そこは下津毛というところで、竹林とか桑畑の多い丘陵地帯だった。従兄の重松勝さんと一緒に、竹林に目白とりに出かけた。従兄は鳴き声を聞いただけで目白のありかを突き止め、すばやく捕えていた。下育ち（川下育ちの意）の私は、鳴き声を聞いただけでは、目白がどこにいるのか、さっぱり分からなかった。

　その従兄が私の家にやって来たとき、一緒に六田川（筑後川の支流）に、蜆貝とりに出かけた。川底には硝子の破片とか金属の屑があって危ないので、私たち下育ちは川底を歩くとき、そーっと静かに足を踏みつける。山育ちの従兄は、いきなり強く足を踏みつけたので、貝をとる前に怪我をしてしまった。

　海軍の友人鴨川貫一の家に、勝木義夫とつれだって、遊びに行ったことがある。鴨川の家は、長崎県佐世保市の北方にあり、平戸瀬戸に面していたので、櫓を漕いで遊んだ。瀬戸に潮の流れのないときには私も鴨川とほぼ同様に漕げた。だが、瀬戸に潮の流れのあるときには、鴨川は漕いだが、私にはどうしても漕げなかった。

天道、人を殺さず

そのようなことを考え合わせると、人間は育った環境に応じて、とくに田舎者はそこでの生活能力を持っている。だとすると、海岸育ちの九分隊長は、海での生活能力を持っているはずだと気がついた。

「九分隊長、君は海岸育ちと言っていたが、海の体験を話してみろよ」

「私は、民謡の宮津節で名高い、宮津の近くの海岸で生まれました」の前置きで、彼は次のように話した。彼の父は海水浴客相手の旅館を経営していた。客があると、いけすを引き寄せて、これは刺身、それとあれは煮付けと、板場に指図していた。同じ種類の魚を一目見るだけで、料理方法を指定することなど、学校教育ではとても習得できない。

彼は小さいときから父親の手伝いをしていた。手伝いをしないときには、海岸から三百メートルほど離れた包丁島に行った。包丁の形に似ているので、土地の人はこう呼んでいた。この島には魚や貝がとても多く、ここを遊び場にしていた。海を遊び場にしていた彼は、高等商船に入ってからは、船の操縦とか海上作業では、いつも教官から誉められていたとのことだった。

「九番、君以外にも海岸育ちがいるはずだ。それらの者を集めて、漁師班を作ろう。君が班長でやれよ」

先任将校に届けたら、さっそくやれとのことだった。艇内に呼びかけたら、五名集まってきたので、私は次のように話した。

「海岸育ちで、漁師班を編成する。九分隊長が班長となる。海岸で育ったお前たちは、海で生きる生活能力を持っている。お前たちのその能力を、当隊で活用したい。海での生活能力は、学校を出ているか出ていないか、海軍の階級が上か下か、そんなこととはまったく関係がない。そこで、お前たちが知っていること、感づいたことは、大小となく、なんでも遠慮なく発言しろ」

＊

三番艇では、釣り針に使って下さいと、木綿針一本を差し出す者がいた。兵員の間には、とっさにボタンつけなどに使うため、糸をつけた針を帽子に留めておく慣わしがあった。その針を差し出したわけである。ほかにも差し出す者があって、結局、木綿針が三本、集まった。これを釣り針に加工して魚を釣ろうということになり、漁の経験をもった佐藤兵曹が担当すると申し出てきた。

私は軍艦乗り組みとして、一年間ほどトラック島で警備に当たっていた。開戦直後のころは、軍艦から釣り糸をたれることは、不謹慎とされていた。警備期間は長びくし、差し当たりの戦闘もなかったので、乗員は無聊をかこつようになってきた。

時あたかも輸送船の被害がふえてきて、内地からの食糧補給も、計画どおりいかなくなった。そこで乗員の無聊を慰め、食糧の確保にもなる一石二鳥ということで、軍艦乗員の魚釣りを大目に見るようになった。釣りに趣味のある者は、大いに釣りを楽しんでいたが、軍医長は乗員に注意をあたえた。

「南洋の魚は、極彩色で、見た目には美しいが、中には有毒な魚もある。だから食べる前には、一度、軍医長に見せて、それから食べるようにしろ」

某艦の艦長は、長崎県の離島育ちで、なかなかの釣り通で、こと魚については、自分が一番くわしいとの自負心があった。そこで軍医長の忠言を無視して食べたところ、全身麻痺となった。幸い敵襲もなかったし、生命にも別条なかったので、表沙汰にはならなかった。原住民の話によると、同じ種類の魚でも取れた場所と時期によって、無毒のことも有毒のこともあるとのことだった。水深五千メートルのここ太平洋では、よもや有毒の魚はまずいないだろうと思われた。

トラック島では、「小判いただき」という、体長六十センチくらいの魚がよく釣れた。背びれが変化して吸盤となり、それが頭の上に小判状についていた。だから、このような名称ができていた。とも餌でつぎつぎに釣れるから、素人でも十匹ぐらいわけなく釣れた。あまり釣れるので、この魚は馬鹿じゃなかろうかと言っていた。一匹で十人前の刺身はとれるから、これが釣れれば、カッターのみんなに分けてやる食糧にはこと欠かない。

とにかく、最初の一匹さえ釣れれば、あとはとも餌だから楽なものである。ここもトラック島も、緯度はさして変わらない南洋の海だから、ここにもきっと「小判いただき」はいるに違いない。

そして私は、祖母の口癖だった「天道、人を殺さず」の諺を思い出した。祖母の言いざまは、こうだった。

祖母の里である下津毛は、山沿いのぼろぼろした土質だから、立派な大根はできるが、そのわりには高菜は育たない。松永家のある六田では、土地が粘土質だから、大根は大きくならない。その代わりに、高菜はとてもよく育つ。だから漬物としては、下津毛では沢庵漬けを、六田では高菜漬けを食べるようにすればよい。

人間はどこに行こうと、そこでできる物を食べておれば死ぬことはない。そのことを昔から、「天道、人を殺さず」と言い伝えてある、とのことだった。

海の魚も、醤油か塩で味つけをしている。ということは、海の魚そのものに塩分があるわけではない。

人間の体は、体重の三分の一は水と聞いている。だとすると、魚だって相当量の水を含んでいるはずである。しかもそれは、塩分を含まない真水である。だから、魚を釣り上げることは、動物性蛋白質ばかりでなく、水の補給にもなる。釣りやすい、小判いただきを釣り上げさえすれば、隊員の食糧と水分補給をいっきょに解決できると思った。

三番艇では木綿針を釣り針みたいに折り曲げようと、力を加えている間に二本は折ってしまった。知恵者がいて、針を温めてから曲げると折れないと申し出てきた。そこで残った木綿針を機銃の銃身にこすりつけて加熱した。適当に温まったところで曲げてみると、なるほど今度は釣り針みたいな格好になった。テグスはないので、白糸を撚より合わせて紐(ひも)とし、乾パンの屑をねって餌とした。

さっそく、釣り糸をたれてみた。海中に魚は見えているが、さっぱり食いつかなかった。二番艇でも魚釣りをためしてみたが、やはり駄目だった。期待していた魚釣りだったが、あきらめなければならなかった。

一番艇漁師班の山本銀治兵曹は、ここでの魚釣りには批判的だった。その意見はこうである。沖の魚を釣るには、それだけの仕掛けが必要だが、カッターの中にはそのような要具が見当たらない。ここで採れそうなのは、しいらである。しいらという魚は、船とか浮流物の影に好んでやってくる。それを仕止めてやると、舵柄を持って待ちかまえていたが、しいらはとうとうやってこなかった。

本艦で航海していると、あほうどり（アルバトロス）が四日も五日も艦尾についてくることもあったし、飛魚が海面すれすれにみごとに飛ぶこともあった。私はこのような情景を、船乗りの無聊（ぶりよう）を慰める風物詩として叙情的に眺めていた。しかし、漁師班の説明は、こうだった。

「あほうどりは、餌が欲しくてついてきています。あほうどりは急降下して海面の魚を狙いますが、空振りが多くて、餌にありつくのは七回に一回ぐらいです。軍艦からはかならず残飯を捨てるので、それを待っているわけです。飛魚は水中で大きな魚に追っかけられ、これはかなわないと、空中に飛び上がって逃げまわっています。どちらも命がけで、風物詩などの、呑気な話ではありません」

私のような陸育ちは、漁師班からはじめて聞く話が多かった。その中には、海の生活能力に関する話も少なくなかった。

私は兵学校の海洋学の授業を思い出し、次のように話した。

「通信長が、漁師班に宿題を出す。難しいだろうが、みんなで協力して考えてみろ。俺は兵学校の海洋学という学問で、海面下四十メートルの海水は、海面近くの海水にくらべて塩分が少ないと教わった。かんかん照りのカッターの中で、だれでも飲み水を欲しがっている。塩分の少ない海水を汲み上げて、みんなに飲ませてやることはできないだろうか。よく考えてみろ」

木村二曹が即座に答えた。

「通信長。そんなこと、わけありません。じいさんが、口癖のように話していました。海で遭難したら、海面から二十尋(ひろ)下の海水を汲み上げて飲めと。二十尋と四十メートルは、ほぼ同じ長さです。じいさんの話では、一升びんを使いましたが、ここには一升びんはありません。サイダーびんの代用でやってみましょう」

私がこの宿題を出したのは、塩分の少ない海水を汲み上げるのが、直接の目的ではなかった。救助されるだろうかとみんなが悩んでいるので、その悩みを転換させる時間稼ぎをするつもりだった。ところが、そのものずばりの回答がいきなり飛びだしたので、私の方はちょっと面くらった。

それにしても、学問と漁師の生活の知恵が一致したので、早速、試してみることにした。幸いカッターには、サイダーの空きびんが三本あった。櫂の被巻（櫂に索をまいて、櫂座との摩擦を防ぐもの）をはずして、引き索とした。サイダーびんの下につける重りには、スリングのシャックルを使うことにした。（注、海面下四十メートルの海水汲み上げ法＝①びんに紐をくくりつけ、遊びをつくり、紐をぐるぐるまるめて栓をつくる。②このびんに重りをつけて海中に静かにおろす。③ひもを四十メートルにのばしたとき、ひもを強くひっぱると栓がはずれる。④四十メートル下の海水が入ったところで、ひもを静かに引き上げる）

＊

取水作業はなかなか思いどおりに運ばなかったが、それにはそれなりの事情もあった。サイダーびんも、なるほどびんには違いないがその浮力と重量との比率は、一升びんの比率とは違っていた。またサイダーびんの浮力にぴったり見合う、適当な重りも見当たらなかった。

重りを軽くすればびんは海面で横倒しになる。だからといって、重りを重くすると、物凄い速さで海中に引きずりこまれた。引き索に使っている被巻には、撚（よ）りの癖が残っていて、ぴーんと真っすぐ伸びなかったが、これもうまくいかなかった一因である。あれやこれやで、取水できない間に、サイダーびん三本のうち二本を流してしまった。

しかし、私はここで人間の本性について、一つの発見をした。取水作業といっても、その実質は一種の賭事（ギャンブル）である。それまでの私は、人間がギャンブルに関心を持つのは、二つの極端な場合に限る、と思っていた。精神的にも経済的にも十分余裕があるか、そうでなければ前途にまったく希望を持てないか、そのいずれか両極端の場合に、人間はギャンブルをすると思っていた。自力接岸の目安は立たなくなり、救助される見込みもない難破船の上で、割り当てられた食糧をかけて、賭博をした人たちがいたと聞いたことがある。

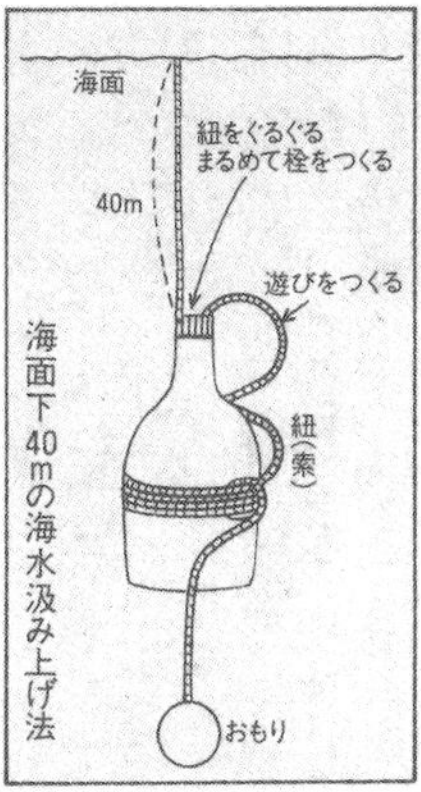

海面下40mの海水汲み上げ法

あの場合の短艇隊員は、両極端のいずれにも該当していなかった。取水作業は、漁師の息子ばかりがやっていた。だから、その索捌（つなさば）きはみごとだったし、艇員たちがそのみごとな手つきを見守っていたことも事実である。

しかし、多くの艇員たちは、それ以上の大きな関心を持って、この取水作業を見つめていた。この情景を見ていて、私は人間は本性として賭事（ギャンブル）に関心を持つことを、このときはじめて知った。

九分隊長は、最後のサイダーびんで汲み上げをするときには、舫索（もやいづな）（カッターの艇首と艇尾に、それぞれ十メートルほどの索が装備してあった）の一部を解いて、その真っすぐに伸びた引き索で試してみたいと申し出てきた。舫索は、曳航（えいこう）、被曳航の場合の生命線である。それは、カッター本体の能力にかかわるもので、被巻をはずすのとは意味合いが違う。そこで私は、九分隊長のこの申し出を断わった。が、九分隊長は、それでは失敗つづきで申しわけないと、残念がっていた。そこで私は話してやった。

取水作業をやっていた者は、作業に熱中していて気がつかなかっただろうが、ほとんどの艇員たちは、熱心に作業を見つめていた。その間は、艇内の話題は取水作業で持ち切りだった。お陰で、その間は、助かるだろうかと取り越し苦労をする者はいなかった。現実に水を汲み上げることはできなかったが、失敗ばかりとは思っていないと。

サイダーびん一本を残すため、取水作業を中止したことには、私にいま一つの思惑があった。短艇隊がいよいよ接岸できない場合、びんに通信文を入れて流すことを考えていた。しかし、私は、兵員が心配するようなことは言うなと、先任将校から口止めされていたので、残ったびんの使用法については、九分隊長が相手でも、それは言えなかった。

第四章　橈漕

九分隊長の真意

八月二十三日——

日本海軍では、兵学校でも実施部隊でも、「お達し」（海軍では檄をとばすこと）をやっていた。短艇隊でもお達しをして、部下を激励したいと申し出たが、先任将校はこれを許さなかった。先任将校の意見では、お達しは短時間の興奮をうながすには有効だが、人の緊張のつづくのはせいぜい一、二時間である。だからお達しは、短艇隊にとって、百害あっても一利なしとのことだった。

とはいっても、ほかに適当な激励方法は見当たらなかった。それでは何を基盤に指揮統率をしますか、との私の質問に、先任将校は次のように答えた。

「至誠天に通ず、と言う。こちらが真心をもって接するならば、兵員もきっと真心で応えるさ」

なるほど「至誠天に通ず」とも言うが、「衣食足って礼節を知る」とも言う。衣食足っていない当隊で、指揮官の誠意が、そのまま兵員に通ずるとは思えなかった。格言はもともと相反する意味合いの二つの格言が多い。「早起きは三文の徳」とも言うし、「果報は寝て待て」とも言う。

だから、正面きって反対はしなかったが、先任将校の言葉をそのまま素直に受けとめる気にはならなかった。そして私は、そのような片言隻句では片づけられない、もっと深遠な問題を考えているとの、自負もあった。

そのような私の気持を見透かしたように、先任将校は言葉をついだ。

「本艦では、士官が兵員に向かって冗談とか洒落（しゃれ）を言っていた。そのまま通ずればよいが、理解されないと誤解を招く。そんなことをくり返していると、信頼を失う。これからは一語一語、慎重に言葉を選ばなければならない。ところで通信長、この状態で、新しい秩序を考えておけ」

「ハイッ、新しい秩序を考えます」

軍人の習性として反射的に復唱はしたが、具体的方法となると、さっぱり見当はつかなかった。そこで秩序の類似語として、規律・規則を思い浮かべ、これらと比較しながら類推することにした。

規律・規則が言葉として兄弟の間柄なら、これらと秩序とは従兄弟ということになる。規律を成文化したのが規則である。規則は一般に、なになにをしてはならないとか、なになにしなければならないと、表現したものが多い。ということは、規律・規則は直接規制を意味している。だとすると、秩序とは間接規制のように思えてきた。そこまでは思いついたが、それでも、具体策となると、やはり分からなかった。

あれこれ思い悩んでいたとき、九分隊長が、現在のカッター生活に新しいリズムとテンポをつくって下さい、と提案してきた。

九分隊長の真意はこうだった。

本艦では、突発的戦闘配置につくこともあったが、起床、食事、就寝と、おおよその日課が定まっていた。だからだれでもだいたいの心構えができていた。現在の短艇隊には日課が定めてない。そこで艇隊員は、いつでも待機状態である。このままでは、疲れきってしまう。短艇隊でもまず日課を定めて下さい、とのことだった。

「九番ありがとう。俺は先任将校から、新しい秩序を作れと、宿題を出されていた。その具体的方法が分からなかった。君の話は、俺には示唆に富む話だ。日課はさっそく定める。気がついたことは、これからも遠慮なく言ってくれ」

「兵学校出の人たちが主役で、私は脇役、と思っていました。私の意見を、さっそく採用していただいて感激です」

「九番、先任将校が、君を指揮官艇に呼ばれたのは、君の学力を利用するためだったのだろう。ところが、君は海育ちで、陸育ちの俄船乗りとは違う、何かを持っている。まさに、鬼に金棒じゃないか。

また、俺たち兵学校出は、命令すれば兵員は動くと思っている。そこに高等商船出の君がいて、兵員が働きやすい環境を作ってくれることは、とてもありがたいことだよ。

オイッ九番。君と俺は年齢もほとんど同じだ。クラスメートのように、俺、貴様でやっていこう」

私たち二人は、固い握手をした。挨拶でなく、本心からたのもしく思っているぞと知らせるため、私は次の思い出話をした。

俺が新少尉で軍艦「榛名」の中甲板士官をしていたとき、ガンルーム（中・少尉の青年士官がいた公室）に神戸高等商船出の渡辺芳蔵機関中尉がいた。貴様の先輩に当たるこの人は、大分県杵築中学校出身で、酒好きな話のうまい人だった。俺が興味を持った話の一つに、海軍と商船との違い、というのがあった。

昭和９年７月、宿毛湾外で全力公試中の戦艦「榛名」。大戦末期まで残った殊勲艦。著者は新少尉として乗り組んだ。

海軍では士官が指示すると、下士官が判断し、兵を督励して、仕事ができあがることもある。商船には海軍の下士官に相当する配置の者がいない。商船の機関科士官は、海軍の機関兵に相当する火夫に命令する。判断を要するようなことではなく、簡単な直接行動を命じるわけである。だから、できるだけ多くの業務を、日課に組み入れたり、日常業務（ルーティングワーク）に仕向けておかねばならない。このような下地があったればこそ、貴様の提案をすぐ採用する気持になった次第さ。

＊

私は兵学校を卒業して、間もなく開戦となったので、日出・日没と聞くと、敵潜水艦に対する警戒を厳重にしなければならないと思う。先任将校は、平和時代の艦隊勤務で、航海士配置が長かったので、日出・日没では天測を考えるとのことだった。戦時、平時を問わず、本艦で勤務している海軍士官は、日出没を叙事的にとらえていた。叙情的に眺めるような心の余裕はなかった。

幸か不幸か本艦を離れ、洋上のカッターで暮らすようになって、日没を初めて叙情的に眺めた。これまでの私は、夕日を一口に真っ赤な太陽と呼び、美しいことのたとえに、絵のように美しいと言っていた。しかし、この日、日没は見方により時刻に応じて、黄金色にも輝くこともあれば、オレンジ色に見えることも知った。そして私は、自然が絵よりも遥かに美しいし、躍動的であることを知った。自然を見て絵のように美しいと言う人は、自然の本当の美しさを知らない人だと気づいた。

ポリネシア民族も、やはり日没を感慨深く眺めたことだろう。しかし、私たちみたいに、のんびり眺めることはできなかった。ポリネシア民族が使ったカヌーは、平張りになっていて、多量の洩水（あか）が発生していた。だから日没に際しても、何人かは懸命に洩水の汲みだしをしていたはずである。

そのような回想をしながら、鎧（よろい）張りになっているカッターの有り難さを、あらためて感じた。先任将校が言った、海軍の先輩たちが当隊を見まもっていてくれているということを切実に感じた。

不平、不満の蓄積

八月二十四日——

太平洋に浮かぶカッターに取り残され、どうやって生き残るかの運命を、みずから切り開く立場に追いこまれた。フィリピンへ向かう針路は、兵学校で教わった天文学と航海術によって見つけた。あと頼りになるのは、これまで経験してきた生活の知恵だけとなった。田舎の生活からは、漁師班の誕生となった。では、兵学校の生活からは、何か参考になるものはないかと考えてみた。

まず頭に浮かんできたのは、兵学校の不文律だった。憧れて兵学校に入校したが、数多い不文律に悩まされ、やめられるなら生徒をやめたい、と思うほどだった。校庭に腰を下ろすな、立木に寄りかかるなということで、四六時中、いつも立ちっ放しである。だから、別に訓練を受けなくても、立っているだけでとても疲れた。校庭の芝生の端っこを踏むなとは、芝生保存の見地から納得できた。しかし、校庭は、東西に足早に歩け、と言うにいったっては、南北でもかまわないだろうにと、反抗心が起こった。

自習室には二つの入口があって、前の入口は下級生用で、後ろの入口は一号生徒（最上級の四年生）の専用になっていた。食堂（昭和十二年当時、全校生徒千名、一堂で会食していた）には六つの入口があって、その中の一つは一号生徒用になっていた。あわただしい日課、週課の中で、なぜこんなつまらない不文律を決めるのだろうかと思った。そのほかにも数多くの不文律があったが、新入生をぶん殴るためにあるのか、と思うほどだった。とにかく中学生の常識から考えてみると、兵学校の不文律は、理不尽なものも少なくなかった。

兵学校で半年ばかり生活してみると、兵学校全体が軍艦にみなされ、一号生徒は艦長に見立てられていることが分かってきた。そして、海軍で言い伝えられていた言葉、「海軍で一番威張っておられるのは、艦長と兵学校の一号生徒である」を、実感として味わった。

軍艦の甲板に立っている物、たとえばダビット（短艇を吊り上げる金具）とか起重機（デリック）は動くこともあるので、うっかり寄りかかっていると大怪我をする。平時でも、一度、時化（しけ）にあうと、艦の運命と人の命をかけて、甲板を駆けずり回ることがある。甲板に腰を下ろしている者があれば、思う存分の活躍ができない。

むずかしい航路とか時化に出会えば、艦長は平時でも不眠不休で艦橋に立ちづくめとなる。そこで艦長には、艦長だけの数多くの特権があたえられている。艦長が心おきなく休めるようにと、艦長室とか艦長休憩室あたりを、乗員がみだりに歩かないのが、乗員の嗜（たしな）みとされている。艦長の特権にしても、乗員の嗜みにしても、不文律によって定められている。そのような艦の仕来たりから見なおすと、兵学校の不文律はもっともなものばかりだった。

カッターの中で、いきなり七面倒臭い規則を定めて、艇員を萎縮（いしゅく）させるのは好ましくない。しかし、狭いカッターの中で、定員を五割も上回る大勢の者が、押し合いへし合いしている。いずれ兵学校のように、何か特別な取り決めはやはり必要だろうと思った。

私がもっとも心配したのは、大勢の者がいきなり立ち上がり、そのため転覆するのではないか、ということだった。次には、誰かが何かにおびえて奇声をあげると、パニックの引き金になるような気がした。

しかし、海軍軍人としての訓練を受け、選ばれて艦隊勤務を命じられた者ばかりである。私が心配していたようなことは、起こらなかった。そこで、新しい規則とか取り決めは、見合わせることにした。

*

このカッターの中には、書類もなければ、紙や鉛筆などの筆記用具もない。だから文字を読むこともないし、文字を書くこともない。小学校に入校以来の十八年間、いつも文字と係わり合いを持ってきた。文字と縁が切れて、今日で六日目である。

差し当たりの仕事もないまま、私は文字のある人間社会と、文字のないカッター生活とをくらべてみた。

人間社会では、計画を書いたり、反省を書いたりして読者に認められることもある。自分自身では実行できない観念遊戯でも、文章を書いて他人に認められることもある。忠誠心を持たなくても、上手に文章を書くことによって、読む人を欺(あざむ)いて過大評価させることもできる。そして、文章の出来具合で、七十点とか八十点とか、中途半端な点数をもらえる。

カッター生活では、実行してはじめて他人に認められる。カッターの転覆防止を例にとると、シーアンカーの知識を持っているだけでは、だれも相手にしない。現在のカッターの中にある物をつかって、シーアンカーを作る知恵を持っていることはもちろんのこと、シーアンカーを作って実際に使ってみて、はじめて仲間から認められる。

そして、カッター生活では、中途半端な点数はなく、百点満点か、そうでなければ零点である。それは結局、この短艇隊の業績が、接岸できれば満点で、接岸できなければ零点である、ということと無縁ではない。

文字のある人間社会は、文字のないカッター生活にくらべると、なんと虚飾に満ち、欺瞞に富んでいることだろう。カッター生活は、虚飾も欺瞞もまったくない。自然を相手に生きている動物の生活と、なんら選ぶところはない。昼間は休んで、夜間に活動している私たちは、差し当たり太平洋の夜行性動物か。

文字とは縁を切ったと大口をたたいているが、計画どおり接岸できるなら、ここでは本当に文字に用はない。しかし、生命の限界にきて、接岸の見込みが立たなければ、「名取」短艇隊の存在を、そして消滅を、何とかして人間社会に伝えておきたい。そのためには、最後の最後に、やはり文字のご厄介にならなければならない。その伝言のためには、残してある一本のサイダーびんを使おう。

鉛筆はないが、指を傷つければ赤い血がでて、鉛筆の代用となる。刃物はないが、機銃の部分品の中には、指を傷つけるものはあろう。紙はないから、布ぎれを紙の代用にしよう。厚い布地なら、びんの口から入るまい。薄い布地に、手短に書こう。漢字を指で書けば、字が大きくなるから、仮名を使おう。

「なとり、カッター三せき、一八〇めい」

少なくとも十五字にはなる。十五字の文字を書いて、しかもサイダーびんの口から入るような、薄い布地がここにあるだろうか。

一番艇内における居場所は、遭難場所を出発した当初以来、前部から、古参下士官、下士官、兵、士官の順序になっていた。推進力の中心になる「中ごろ」を、心技ともに備わった下士官が進んで漕ぎ、前部には三十歳すぎの古参下士官がいる。そして後部を兵が占めていることは、推進力の見地から理想的な形だと思っていた。

飲み食いもせず、睡眠も休養も十分でないのに、来る日も来る日も、海軍常識を超える重労働をしていた。それでも士官の橈漕命令に、不満な態度をする者はいなかった。命令に逆らう気持の者が一人でもいるならば、ダブルの橈が揃うはずはない。橈は昨日も今日も、ちゃんと揃っていた。もちろん、心の中ではだれでも大きな不満を抱いているだろうが……。

とにかく、軍人には、命令に従う後天的な性格ができている。有難いことだ。それにしても、兵員の希望することを許さないと、不満な態度をあからさまに示す。

「あれは島です。漕ぎましょう」と進言してくる。心理的な希望的観測だろうか、それとも生理的な幻覚症状だろうか。西と思われる方角に、海面にある動かない雲を見つけては、しきりにこのような進言をしてくる。遭難地点とフィリピンまでの距離、それにこれまでの航走距離とを考え合わせ、まだ陸岸の見える道理はない。そこでどのような進言があろうと、先任将校が陸岸と認定しなければ、橈漕を許さなかった。

進言者と士官との、目と目がからむ。一瞬、激しい火花が散る。このときばかりは、あらわな不満を無遠慮に示す。

橈漕訓練ならば、厳寒酷暑の悪条件の下で漕げば、それなりの訓練効果は期待できる。だが、当隊隊員は、栄養補給も行なわずに、現在の体力でフィリピンまでの三百マイルを漕ぎ抜かなければならない。だから当隊の橈漕は、体力の消耗に見合う航走距離が必要である。日中で西の方角もはっきりしないのに、島らしいものを目指して、消耗の激しい日中に漕ぐとは飛んでもないことである。しかし、そのために兵員の不平、不満が積み重なってゆく。

古参下士官の中には、善行章五本（善行章は三年に一本ついたから、十五年以上勤務していることを意味する）の者もいて、その経験豊富な意見は傾聴に値するはずである。しかし、カッターの中では、士官からもっとも遠いところにいるので、その意見を簡単に聞くわけにはいかなかった。そして、私たち士官の近くにいるのは、入隊わずか二、三年の若い兵員ばかりだった。ここで私は、カッターの中でのグループ別の居場所について考えなおしてみた。

私としては、艇内の居場所は、推進力を発揮するために、あのような順序になっているとこれまで思いこんでいた。しかし、考えようによっては、偶然にあのような順序になっていたかも分からない。また意図があったとしても、推進力とは別の意図があったかも分からないと思うようになった。

気のせいだろうか、隊員の顔つきが日増しに険悪になってきている。しかも下士官の表情が、兵の表情にくらべて極端にけわしい。この表情の変化は、体力の衰えによるものだろうか、それとも不平不満の蓄積によるものだろうか。私には、その見分けがつかなかった。なんだか、下士官同士のひそひそ話も増えてきた。

もし反乱の悪巧み（わるだくみ）をするなら、反乱を起こすのに、目の前にいる兵員は、格好の衝立（ついたて）である。現在のグループ別の居場所は、反乱を起こすのに、きわめて好都合である。そうなると、艇首においてある機銃が、改めて気になりだした。

二番艇が近づいてきた。これまでは、ぼんやり眺めていたから気がつかなかった。気をつけて見つめると、水雷長と主計長の表情がまるで違う。平生は柔和な顔つきの水雷長だが、四十歳台の年齢がそうさせるのだろう、ほおはこけ、険悪な顔つきに見える。主計長は二十歳台だからだろうか、目の下に黒いくまどりはあるが、さして消耗しているようには見えない。

　そう言えば、十歳台の若い水兵には、まだ顔に丸味さえ残っている。この状況から類推すると、一番艇の下士官が、兵より険悪な顔つきに見えるのは、やはり年齢差によるものであろう。

　小学校の読み方の時間に先生から教わった。

「可愛らしき犬と思えば、犬もまた尾を振って近寄ってくる。憎らしき猫と思えば、猫もまた険しい目付きでにらんでくる」と。

　この短艇行で、指揮官が艇員を疑い、艇員が指揮官を信頼しないようでは、成功はおぼつかない。艇員を疑ってはならない。

　それよりも、私自身の顔つきも平生より険悪になっているはずである。だから艇員に声をかけるときにはよほど注意しないと、聞く者はいきなり叱られたと思うだろう。下士官の顔つきが険しくなったのは、指揮官は注意しなさいと、神様が反省をうながされたのだろうと思い返した。

　栄養もとらずに、毎日十時間の重労働をつづけているから、いずれ総員、夜盲症になる。海難者にとって最大の悲劇は、陸岸とか島を目の前にしながら、視力がないために陸地を認識できないことである。この悲劇を回避するためには、少なくとも一人だけは夜盲症にならない手段を、あらかじめ講じておかなければならない。

幸い食糧係の私の手もとには、一般配布用の乾パンのほかに練乳入りの小罐一ダースがあった。この練乳は、艇員に配布できる量ではないが、一人の体力を維持するには十分である。そこで私は、先任将校だけは夜盲症にならないよう当隊のために練乳を飲むよう進言したが、先任将校はこの申し出を断った。先任将校としては、自分一人が美食をすることに遠慮があったわけだろう。

昔から船の船頭は、四十歳すぎの中年者が多かった。そこで一度、船が遭難すると、肉体的、精神的重圧に押しつぶされて、指揮統率能力を失っていた。天文学や航海術に自信がなく、針路を変えたり、方針を改めたりする羽目に追いやられた場合もあった。

先任将校が、航海術に精通した、二十七歳の青年将校だったことは、当隊にとって、きわめて好都合なことだった。

すばらしき気分転換

小野二水は、大勢の目の前で、どのようにして大便をするのだろうか、恥ずかしい、と心配していた。しかし食べる物を食べないからだろう、ほとんどの者は大便の便意を催さなかった。催した者でも、実際には出なかった。

　毎日スコールをすすっていたが、その量は発汗量を補う程度だっただろう。小便は一日に一回か二回、ごく少量申しわけみたいに出るだけだった。人間は、小便がでると、爽快な気分になる。だが、血のような、あの真っ赤な小便を見てはフィリピンまで体力がもつだろうかと心配になった。

　遭難後の初日、二日目は曇っていたので、気分もすぐれなかった。三日目は朝からからりと晴れたので、やれやれと一安心した。ところが、日出一時間後には、太陽の直射光線と反射光線は、天幕もない私たちの体を遠慮会釈もなくいたぶった。真夏の炎天下の犬のように、口を開けてあえぐ有様だった。このような日照りが毎日つづくので、隊員から水泳をしたいとの要望が出てきた。

　飲まず食わずで十日以上も橈漕をつづけるわけだが、それだけでも体力がもつかどうか分からない。その上に水泳をして体力を消耗するようでは、三百マイル橈漕の悲願は思いもよらない。そこで当初は、水泳を禁止する方針だった。だが、島らしいものを見つけても橈漕を許さない、水泳も禁止するでは、兵員の希望の芽をすべてつみとることになる。このままでは、反乱が起こるかも分からない。そのため、一応、水泳を幕僚で検討することになった。

幕僚の中でもっとも体力のすぐれている私が、試験的に入水してみた。鮫がいるかも分からないので、事業服を着たまま入水した。艇尾から舫索（もやいづな）を舷外にたらして、それを伝って海に入ってみた。入ったとたん、体内のうつ熱が海水に奪われ、とても爽快な気分になった。

六日間も食事をしなかったから、泳げるかどうか分からないので、最初は舫索を握りしめていた。索から静かに手を離して、高速度カメラの画面のように、ゆっくりと手足を動かしてみた。体は浮いた。沈まなかった。狭いカッターの中で、毎日、折り重なるようにして寝ていたので、これまでは体の節々（ふしぶし）がとても痛かった。

水中では手足を自由に伸ばせるので、痛さもとれたし、うっ積した気分も晴れ晴れとなった。水浴で体力を消耗するが、それを上回って得るものがあるように思われた。自力でカッターに上がれなかったので、仲間に引き上げてもらった。

「先任将校、報告します。入水すると、うつ熱が海水にもってゆかれて、すうーっとしました。軽く泳いで手足を伸ばすと、晴れ晴れした気分になります」

その後は毎日一回、五分間ほど、交代で入水した。医学的には異論もあろうが、入水は素晴らしい気分転換になった。海水に浸った衣服をまとっているわけだが、その塩分は、一日に一回定期的にやってくる、スコールが洗い流してくれた。だから塩分のため、皮膚を傷めるようなことはなかった。

皮膚といえば、ダブルで漕ぐことに慣れていない小野二水と安井二水は、きっと尻の皮をむいているだろう。しかし、泳ぐことは、海水で消毒することになるのか、尻が痛くてたまらないとの仕種はしなかった。

ところで、どんな場合にもすばしこい者が出てくる。カッターの近くで潜っていた者が、

「かにがいた。かにを食べたぞ」と叫んだ。みんな我も我もと潜っていった。カッターの外底についていたそうだが、私も三匹もらって食べてみた。米粒ほどの小さなかにで、栄養とかカロリーは知れたものだろう。それでも久し振りに生き物を食べたので、新しい活力が体内にわいてくるような気がした。この小さなかには、短艇隊に明るい話題も運んできた。私は小野二水に質問した。

「このあたりは、フィリピン海溝といって、水深は一万メートル以上もある。水は十メートルで一気圧だから、ここの海底は一千気圧以上の圧力である。その強い圧力を潜ってきたかになら、私たちの歯でかみ砕けないだろう。だからといって、殻をかぶったかにが、海面を浮いてきたとも思えない。あの小さなかには、一体、どこから、

どうして来たのだろうか」

小野二水と安井二水の二人は、カッターは接岸できるだろうかの心配も忘れて、海底だ、いや海面だと、盛んに議論していた。私としては、海底だろうと海面だろうと、それはどちらでもかまわなかった。要するに、このように熱を入れて議論する話題が欲しかった。

話題と言えば、星座の話などはこの短艇行では似つかわしい話題ではある。しかし、私たちが知っている星座の話は、航海のためのものであり、ポラリス、カシオペア座、オリオン星座など、すべて英語の名称になっていた。星座の日本名、それに星座にまつわる神話伝説を知っていれば、士気をあげることもできただろうに、と残念だった。

*

この日の指揮官参集では、三番艇が近寄ってきた。カッターを漕ぐとき、もっとも骨が折れるのは艇の中央に当たる五番から八番までの艇座で、海軍では「中ごろ」と称していた。その中ごろに、見知らない少尉がいるので声をかけてみた。彼は、パラオ島防空隊に赴任のため「名取」に便乗していた、第三期予備学生の所沢(しょざわ)少尉と答えた。

予備学生の便乗少尉が、「名取」乗員に溶けこんで苦労を買って出ていることがたのもしかった。私はそのとき、ひょっとしたら、林中尉の後輩ではないかと尋ねてみた。彼が東京帝大ですと答えたので、林中尉のようにボート部にいたのかなーと思った。

戦艦「陸奥」。昭和18年6月8日、大爆発を起こして沈没した。著者は少尉候補生時、本艦に乗り組んだことがある。

昭和十五年の秋、私が少尉候補生として軍艦「陸奥」に乗り込んだところ、第一士官次室（ガンルーム）（独身の中尉、少尉、候補生がいる公室）には、林浩一主計中尉、桜井清彦造船中尉、吉田稔造兵中尉など、大学出の士官が二十名ほどいた。暇を見つけては、それらの人たちから専門の話など聞いていたが、とくに林中尉とは田舎者同士で馬が合い、お互いに「お国自慢」を話し合っていた。

林中尉は、県立栃木中学の四修で一高に合格し、東大法学部を出て、主計科短期現役学生（四期）を首席で卒業した、飛び切りの秀才だった。しかし、体は小さい方だったので、兵学校出は大学出に比べ、学力では劣っても、学力プラス体力では負けないと、私は大口をたたいていた。

林中尉は、エイトクルーの舵手（コックス）をしていたと言っていたが、ボート部の後輩十名が、「陸奥」の見学にやって来た。私はその案内役を買って出たが、身のたけ六尺（一・八メートル、戦前は丈が高いという言葉に使われていた）豊かで、体重八十キロほどの猛者揃いだった。私は前言を取り消す羽目になったが、そのとき、林中尉は言った。

「松永候補生、ビヤダルみたいな大学生は、三千人の中のほんの一握りです。あなたたちは指揮官になる立場です。広い世間には、あなたたちより、ある学問に優れた者、体力に勝れた者もいるでしょう。しかし、学力プラス体力では、自分たちより優れた者は絶対にいないんだと、そんな誇りと自信を持って、指揮官への道を歩んで下さい」

林中尉の激励と所沢少尉の協力に応えるためにも次席将校としての責任を果たさなければならないと思った。

*

山本銀治兵曹は、得意になって「お国自慢」をはじめた。新潟県の出雲崎（いずもざき）という漁村の生まれだが、ちょっと沖合に出ると、佐渡島が見える。有名な良寛和尚の出生地でもある。家の近くには明治天皇の行在所（あんざいしょ）になった、羽黒神社がある。ここの境内には、付近の人たちが御膳水と呼んでいる飛びっ切り冷たい水がある。故里に帰ったら真っ先にあの冷たい水を飲むんだ。みんなに送ってやりたいが、途中でぬるくなってしまうだろう、と話していた。

みんなが沈んだ気持でいるとき、このような明るい話は、聞いていてすがしかった。

高橋市郎兵長は、家でついた搗（つ）きたての餅を食べたいとか、白米のお握りに味噌をつけたのもおいしい、と話していた。言葉に訛りがあるから、故郷は東北だろう。いずれにしても「おふくろの味」を思い浮かべての話だった。

高橋市郎兵長。死に直面しながら教え子に思いを馳せた。

また高橋兵長は、仲間との雑談で、子供たちは夏休みをどう過ごしているだろうかと話していた。彼は師範学校を出て小学校の先生になり、徴兵で海軍に入隊していた。海軍でいう師徴である。師徴は人数は少ないが、事務能力はあるし、謄写版が得意だから、海軍ではとても重宝がられていた。倉庫係とか、甲板士官事務室の事務員をする者が多かった。

独り者の高橋兵長が、所帯持ちの下士官に、奥さんに会いたいでしょうと尋ねたら、子供に会いたいとの返事だった。思いがけない返事に、高橋兵長はどう受け答えしていいか分からず、きょとんとしていた。私は二人の会話を聞きながら、休日返上で舞鶴を出港してきたことを、あらためて思い出した。

二番艇、三番艇が近づいてくると、高橋兵長は、先輩の星野兵曹、二宮兵曹とか、同年兵の佐藤四郎、瀬野嘉夫、後藤四郎など、師徴同士で楽しく話し合っていた。指揮官参集は、親しい者同士が顔を合わせて話せるのでみんなが心待ちするようになってきた。

それにしても高橋兵長は、みずからは死に直面しながら教え子に思いを馳せている。先生が聖職と言われる所以だろう。それに引き換え、私は先生にすっかりご無沙汰している。中島幸太郎先生は、師範学校を出てはじめての教え子ということで、私たちの教育に情熱を傾けておられた。中島先生はお元気だろうか。

＊

二番艇にも三番艇にも、七分隊長の姿は見当たらなかった。七分隊長田中幹男大尉は私のコレス（corespond の略語。兵学校、機関学校、経理学校を総称して、海軍三校と称した。同じ年に海軍三校を卒業した者をこう称していた。日本語に訳すと、同年兵となる）である。

私が「名取」通信長を命じられた昭和十九年四月、「名取」は舞鶴で入渠修理中だった。私は佐賀平野で育ち、江田島の兵学校に学び、卒業後は横須賀、呉、佐世保と三つの軍港を回ってきたが、これらの土地はいずれも、表日本ばかりだった。はじめて裏日本の舞鶴に行くわけだが、まず私の頭に浮かんできたのは、「晴雨、寒暖、明暗、陰陽……」等の対比される言葉だった。

そして、これから行く裏日本には、暗い冷たいことばかりあるような気がして、なんとなくすっきりしなかった。正直のところ、沈んだ気持で東京から列車に乗りこみ、京都駅で山陰本線に乗り換えた。

山陰本線とは名のみで、心なしか客車は古めかしいし車内はなんだか薄暗い気がした。しかも列車が、綾部駅では先頭車が後尾車になって逆に走り、中舞鶴駅ではいま一度、逆に走りだしたので、地の果てに行くような気がして、私の心はすっかり滅入ってしまった。

「名取」に着任し、艦長と副長に着任挨拶をすませ、私が士官室で一休みしていたとき、「コレスの七分隊長、田中大尉だ」と名乗ってきたが、それまで私たち二人はお互いに面識はなかった。それでもその晩、田中は料亭「白糸」で二人だけの歓迎会をしてくれた。住めば都さとくり返し、沈みがちな私を励ましてくれた。あれから四ヵ月間、影の形に添うように、いつも一緒にいた田中大尉だが、どうやら「名取」と運命を共にしたらしい。

統率の要諦

八月二十五日——

二番艇にて水兵長若松三郎、三番艇にて一水竹内保、いずれも疲労のため戦死した。筏（いかだ）で長いこと漂流していて疲れがひどく、艇底に横たわって体力の回復を持っていたが、ついに回復しなかった。日没後、心ばかりの水葬をした。同じ日に二名の戦死者が出たのは、当隊としてははじめてのことで、隊内に沈痛な気分が流れた。明日からの士気に影響がなければいいが。

部下を指揮・統御（一般に、動的なものを指揮、静的なものを統御という）することを、海軍では統率と言った。

士官が部下を統率した背景として、士官は部下の人事権を持っていた。しかし、短艇隊の人事権は陸地に到着してはじめて効果を発揮するわけである。常識的に考えて、短艇隊が陸地に到着できる確率はきわめて小さい。だから短艇隊では、人事権を背景として、部下を統率することは考えられなかった。

＊

兵学校の統率に関する授業は、次のような講義からはじまった。

「統率とは、部下の肉体的、精神的、技術的な力を、共同のある目的のために結集することである。昔から、業精からざれば胆大ならず、と言われている。平生から専門知識の勉強に励み、事に臨んでは沈着果断に対処しなければならない。しかし、統率の要諦は、武人が一生を通じて自ら修練体得するもので、他人からの片言隻句で奥おう義ぎを体得できるものではない」

統率学は、物理学、力学などの自然科学のように、原理、原則を敷衍して ゆく学問ではなかった。名将・知将の事例とか、エピソード等により統率の概念をあたえ、後は各自で研究せよというような授業だった。一度開戦となれば、指揮官は部下を死地に赴かせることもある。そのような場合に、部下が欣然として死地に突入するよう、指揮官はかねてから、部下の尊敬と信頼を受けるよう精神修養につとめなければならない、と指導した。

このように日本の統率学では、平生の精神修養を強調したが、具体例に欠けていた。だから、この種の教育を受けても、差し当たり、統率力が身についたとは感じなかった。

私は少尉任官と同時に、軍艦「榛名」乗り組みを命じられ、中甲板士官として勤務することになった。父・松永貞市はこのとき、私に統率に関する参考書一冊を送ってよこした。海軍省教育局発行ながら、アメリカの某海軍大将が、アナポリス海軍兵学校生徒のために書いた艦艇における統率入門書を翻訳したものだった。人間の本能・欲望から説き起こし、このような動物的一面を持つ人間を統率するには、次のような注意が必要であると、具体的に例示して書いてあった。

それによると、人間最大の欲望は「渇（かつ）」である。だから上官は、兵員がいつでも冷たい水が飲めるようにしておかなければならない、と書いてあった。

「榛名」の兵員室を回ってみると、やかんはどれもこれも空（から）だった。真水節約のため、消費量を規制してあるとのことだった。そこでコレスの機関長付・柴田和光少尉に相談して、兵員室のやかんにはつねに飲み水を入れておくようにした。冷たい水という理想にはほど遠かったが、それでも飲み水には事欠かないようにした。

次に、糧食の積み込みとか短艇の揚げ下ろしなど、食事時間をはさんで作業することがある。空腹のときに作業を命じると、作業員がいやいやながら作業するので、事故を起こしやすい。食事前後の作業は避けるのが望ましいが、どうしても作業が食事時間にかかるときには、作業員に当番飯（一般乗員よりも、早目に食事させること）をさせた方がよい。人間だれでも、他人より先に食事して怒る者はいない、と書いてあった。そこで「榛名」では当番飯を極力、奨励していた。

このようにアメリカ統率は、甲板士官が任務を遂行するには、きわめて好都合な手引書だった。しかし、アメリカ統率といえども、食事、睡眠、休養を十分あたえずに、十日以上も重労働を強いる異常事態において、どのような点に留意したらよいかと、書いてあるわけではなかった。そのため私としては、このような異常事態で、統率に関してどうすればよいのか見当はつかなかった。

本艦では、士官の威厳を示す士官の戦闘配置があったし、兵員とは違う服装もしていた。士官が士官として威厳をもって振舞う舞台も服装もととのっていた。カッター

指揮官は平生から部下の尊敬と信頼をうけていなければならないと教えた猪口力平氏。

の中では、先任将校が威厳を示す戦闘配置もないし、服装も兵員と変わらない。指揮官として身ぎれいにしたいと思っても、顔を洗う水もなければ、ひげをそる剃刀（かみそり）もない。

　遭難以来すでに六、七日が経過し、統率の見地から、この間に、格別の手段を講じたわけでもないが、軍隊としての統制もとれているし、カッターも計画どおりに進んでいる。もし隊員が、いやいやながら不承不承に漕いでいるならば、ダブルの橈が揃わないだろうし、カッターが計画どおりに進む道理がない。「名取」短艇隊では立派な統率が行なわれているといっても、決して過言ではあるまい。ここで私は、統率がどうしてなされているか、について考えをめぐらしてみた。

*

　先任将校は航海術のベテランで、理論的にも、実技としての操艦にも堪能で、艦長からは信頼されていたし、兵員からは尊敬を受けていた。カッターの中では、先任将校はいつも毅然としていて、困ったとか疲れたとか言ったような態度を見せたことがなかった。航海士は接岸後、私に次のように語った。

「どんなに苦しくても辛くても、先任将校の立派な態度を見ては、かならず成功するんだなと、思い返しました」

先任将校は、高田中学（新潟県）の柔道選手として活躍していたし、兵学校の全校生徒千名の中でも五本の指に入る柔道マンだった。艦隊の柔道大会では、個人優勝したこともあった。先任将校が、体力的にも優れていたことは、言葉なくして隊員の士気を鼓舞していた。

また、士官の中には、艦長、副長の目のあるなしで、表裏のある行動をする者もいたし、上司には従順だが、下級者には尊大な態度をする者もいた。はったりをかけたり、ぺてんにかけたりして兵員を小馬鹿にする者もいた。だが、先任将校は、上司にも下級者にも、いつも同じような態度で誠意をもって接していた。

もやい結び

そのとき私は、兵学校の統率学の教官、猪口力平中佐（現姓・詫間）の言葉を思い出した。

「事が起こってから全力で統率に当たっても、立派な統率がで

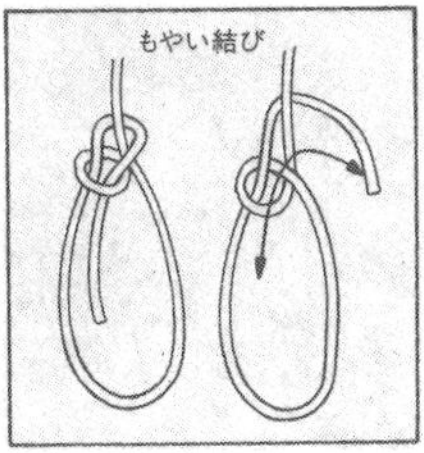

きるものではない。事に当たって、立派な統率ができるためには、指揮官たる者は、平生から部下の尊敬と信頼を受けていなければならない」

*

昨夜はいつものとおり、夜間航行隊形をつくって、三隻それぞれ舫索（もやいづな）を結んで漕いだ。夜半すぎに海が時化（しけ）てきて、カッターが思うように進まなくなった。そこでシーアンカーを投入して、漂泊することにした。

　この日の朝、明るくなってあたりを見回してみると、二番艇はさして離れていないところにいたが、どうしたことか三番艇は見当たらない。まず三番艇を見つけようと、マスト代わりに橈を立てて、その頂きに軍艦旗を掲げた。一昨日の晩もシーアンカーを使ったが、昨日の朝は、うんと風下で三番艇を見つけた。そこでこの日も、まず風下に向かうことにした。

「マスト一本、右二十度、二〇（フタマル）」

　二十分ばかり漕いだとき、見張りが右二十度、二千メートルにマストを発見した。近寄ってみると、それは三番艇だった。シーアンカーを使った場合、三番艇は一、二番艇に比べて、いつも大きく風下に落とされるので、何かあると思った。

陸岸に着いてから、三番艇の艇首員(バウメン)Q兵曹にたずねてみた。

遭難したその日、Q兵曹はたまたま艇首にいて、シーアンカーを作る羽目になった。機関科員のQ兵曹は、舫結び(もやいむすび)をとっくに忘れていたが、ままよと、浮きの材木と重りのスリングとを、がんじがらめに結んでおいた。

こうして、曲がりなりにもシーアンカーを作り上げたが、はじめてシーアンカーを使って引き揚げてみると、重りにしていたスリングはなくなっていた。だからその後は、重りのない欠陥シーアンカーでしたと、頭かきかき真相を打ち開けた。それにしても、欠陥シーアンカーで大事に至らなかったことは、不幸中の幸いだった。

二匹の蛙

カッターはだいぶん陸地に近づいたはずだから、あと百キロ足らずになっているだろう。だとすると、陸地の証(あかし)としての漂流物がそろそろ流されてくるに違いない。このところ外況の変化が少ないから、隊員の中では果たして接岸できるのだろうかと疑問を持ちはじめている。漂流物を見つけたら、あーも言おう、こうも話そうと心づもりしたが、肝心の漂流物はもったいぶって、なかなか姿を現わさなかった。

思いどおりに事が運ばないので、私は次第に腹立たしく思った。

後から冷静に考えると、私たちの通っている辺りは、北赤道海流が東方から西方に向かって流れている。だからフィリピン群島に近づいても、漂流物が西から東に向かって流れてくる道理はない。私はここで、思いどおりに事が運ばないと腹を立てる代わりに、なぜ漂流物が現われないかと、いま一歩、深く踏みこんで考えなおすべきだった。そして私は、海で暮らすようになって七年にもなるのに、まだ船乗りになり切っていない自分が恥ずかしくなった。

兵学校では、生徒が卒業後、軍人として、また船乗りとして、りっぱに勤務し得るようにと、生徒を二つの面から教育していた。軍人としては固定観念が、そして船乗りとしては流動観念が要求されていた。

陸戦の散開では、どんな場合でも隣の兵隊との距離を四歩間隔に開いた。四歩間隔は固定観念である。カッターを漕いで桟橋に横付けする場合、風も潮もない平水では、桟橋の手前三十メートルで漕ぐのを止めて、あとは行脚（陸上でいう惰力の意）で横付けする。しかし、海上で平水の場合はほとんどなく、いつも風か潮か、あるいはその双方の影響を受ける。だから、さっきの三十メートルは流動観念で、目安にすぎない。その見越しを誤って達着を失敗すると、教官から、

「アングルバーで、なにができるか。船乗りは、フレキシブルワイヤでなければならない」と叱られた。（注、アングルバーは鉄棒、ワイヤは鋼索。鋼索はくねくねまがっているが、重い物を吊り下げることができる。鉄棒は一見強そうだが、そんなことはできない。平生、だらしなく見えても、いざというときに働け、とのたとえ。また「千変万化の海上で働く船乗りは、固定観念にとらわれるな」との意味にも使った）

現在の私たちは、自然に逆らって自分の意志を押し通して生き残れる状況ではない。自然の摂理にかない、自然の恵みによってのみ生きられる。自分の固定観念にこだわることは、自殺行為を意味する。私は船乗りとしてフレキシブルな観念を持つべきだったと、ひそかに反省していたとき、九分隊長が、

「通信長。こう暑くっちゃ、やり切れませんね。それでも、寒いところよりはまだましですよ」の前置きで、彼が経験してきた北方勤務の苦労話をした。

「北方海域の機関科勤務はまだいいですが、兵科の人たちは外套を着ていても、寒さのため震えています。その上に北方の海は、いつも時化ています。乗艦が冬季に、千島列島あたりで撃沈されると、数分以内に救助されないと、心臓麻痺で死んでしまいます。夏季でも、数日間も海上で生の風を受けたら、相当の体力消耗になりますよ。私たちがこうして、生きのびていられるのは、南方の海だからですよ」との話だった。

確かに私たちは、これまで暑い暑いとこぼして、自分たちの不運を嘆いていた。しかし、九分隊長の言うとおり、寒いところよりもまだましだと思い返すと、いくらか気分もらくになってきた。小野二水も、安井二水も、なるほどというような顔つきをした。

人間が、順境だろうと逆境だろうと、いつでも冷静な判断ができることは望ましい。理想を言うならば、順境で有頂天にならず、逆境で明るい希望を持ちつづけたいものである。しかし、実際には、見通しのない逆境に立たされると、明るい希望はさっぱりふくらまずに、暗い取り越し苦労はひとりでにひろがってゆく。そして、穏当な中庸な考えが、ますますできなくなる。

そこで無理にでも、後はどうにかなるだろうと、まず楽観論を持ってみる。しかし、自然は甘くない。楽観論は現実にそぐわないことが、間もなく分かってくる。すると今度は、一転して悲観論となり、とても助かりそうにないと思いこんで、みんなが黙りこんでしまった。

以上が、この二、三日間の、艇内事情だった。九分隊長はもともと、おしゃべりするたちではなかった。どちらかといえば、口数の少ない方だった。しかし、艇内に雑談がへって、重苦しい雰囲気になってきたので、少しでも明るい気分にしようと、みずから口火を切ったわけである。しかも、彼なりに、話題を選んでいた。それにしても九分隊長は、船乗りになり切っている。私も見習おうと、私の方から九分隊長に話しかけてみた。

「九番、俺はこんな話を聞いた。二人の学生が先輩の家を訪ねて、お茶をご馳走になった。一人は一杯のコーヒーを頂いたと感謝したが、他の一人は半分だったと不平を言った。不平を言った人は何事も暗く見る性格で、その人の一生は不幸だったという話だ。俺たちも、これから、何事も明るく見ようじゃないか」

「通信長、先輩から、次のようなヨーロッパの民話を聞いたことがあります。明るい性格と暗い性格の二匹の蛙がいた。農家の倉庫で遊んでいて、二匹とも過って、白い液体の入った大きな桶に飛びこんだ。桶が深いので、飛び出ることはできなかった。暗い性格の蛙は、助からないと諦め、嫌々ながら泳いでいて溺れ死んだ。

明るい性格の蛙は、真っ暗な夜中も泳いでいた。その蛙が、眠い目をあけたら、夜が明けたのだろう、明るくなっていた。驚いたこ

第9分隊長山下収一大尉は、先任将校の指揮をたすけた。

です。

とに、自分は白い丘の上に乗っかっていた。夢中で泳いでいるあいだに、牛乳がバターになっていた。苦しくても、悲観せずに頑張っていると、運命が開けるという寓話です。

ところで、通信長は先日、洩水汲み(あか)が欲しいと言っていましたが、私はジャックナイフ(折りたたみ式の小刀。海軍のナイフともいう)が欲しいです。ナイフさえあれば、帆も手際よく作れました」

「日本海軍は、創設当初から、英国海軍を模範にしている。その英国海軍は、帆船乗りの海賊の末裔(まつえい)と聞いている。だから日本海軍には、現在でも海賊の習慣が残っているぞ。

司令官や艦長が軍艦の舷門を出入りする時、サイドパイプを吹くだろう。あの儀式が海賊の風習の名残りだ。海賊の船長は酔っぱらっていて、まともに舷梯を歩いて上がれなかった。そこで船長を篭(かご)に乗せて、引き索をつけて上甲板に引き揚げた。そのとき力を合わせるため吹いていたパイプの名残りがサイドパイプというわけだ。

ところで九番、日露戦争当時の写真を見ると、水兵(セーラー)が水兵服の上に白い紐をかけているだろう。あの白い紐の先には、ジャックナイフを結んであった。あのころの水兵は、だれでもジャックナイフを持っていた。当時の水兵は、だれでも、軍人である前に船乗りだったわけだ。昭和の初期、制度が改正された。その後は、運用兵（内務科員）だけが、ジャックナイフを持つようになった。それにしても、ジャックナイフを持った運用兵が、カッターに一人もいないとは、残念なことだ」

「昭和の日本海軍では、船乗りの教育は行なわなかったんですか」

「そうでもないぞ。兵学校の運用科教官工藤計（はかり）中佐は、軍人である前に船乗りであれ、と口癖のように言っていた。だが、海上経験のない生徒の俺たちには、哲学めいたこの言葉を正直のところ理解できなかった」

「工藤教官のエピソードがありますか」

「教官は、舫結び（もやいむすび）を、頭ではなく体で覚えろ、頭で覚えたことは忘れて、いざというときに役に立たない、と言っていた。そして教官は、太い索で結べるか、暗闇ではどうか、あおむけ姿勢でできるかと、言いつづけた。そこで口さがない期友（クラスメート）が陰口をたたいた。

『教官の姓名は工藤計（くどうはかり）だが実質はクドイバカリだ』と。

　結索法を教科書に従って、一応は三十種ほど教えられたが、船乗りは舫結びだけ身につけておけばよい、と強調していた」

「通信長が、シーアンカーを作ったとき、とっさに舫結びができたのは、工藤教官のお陰ですね」

「あることを覚えていることを知識と言い、その知識を実際の場面で活用できることを知恵と言う。このように知識と知恵と二つの言葉を使い分けてある。

このあたりのことを、工藤教官は頭で覚えずに体で覚えろと表現していたと、今ごろになってやっと分かってきた。

俺が、短艇隊の次席将校として勤まるのも、工藤教官のおかげだと感謝している」

見えざる敵

「中攻一機。右五十度、高角（水平線から目標物までの仰角を、海軍用語でこういう）四十度、左に向かいます」

艇首（バウ）の見張員が、緊張した声で報告した。艇底に寝ていた者も、つぎつぎに起き上がってきた。ルソン島南東部のタクロバン航空基地から、東方海面の哨戒任務についた中攻が、基地に向け帰投中と思われる。

艇員たちはかわるがわる艇座の上に立ち上がって、航空機に届けと声を限りに叫ぶ者もあれば、上衣もちぎれよと振る者もあった。短艇隊が哨戒機を認めたのは、これで三回目である。これまでの二回は、相手が何の反応も示さなかったので、今度こそはと、みんなの意気ごみがうかがえる。

とはいっても、定員を大幅に上回っているので、同時に立ち上がれば、カッターはたちまち転覆する。そこは海軍軍人の集団である。艇指揮が制止しなくても、各人各人が見計らって、座っているべきか、立ち上がってもよいかと判断していた。若い艇員たちも、カッター暮らしをつづけているあいだに、すっかり船乗りになってきたと感慨ふかかった。

しかし、みんなの狂気乱舞をあざ笑うかのように、今日もまた、中攻はなんの反応も示さず、西の彼方に消えた。期待が大きかっただけに、その失望、落胆もひどかった。みんなのがっかりした態度を見ながら、私はひとり静かに回想した。

思えば昨年の今ごろ、私は第六艦隊暗号長として旗艦「香取」に勤務していた。毎日、百通以上の暗号電報を読んでいたが、その中に左記の敵側情報があった。

アメリカは「生き残る（サバイバル）」を徹底的に研究している。サバイバルとはもともと、軍隊における携帯食糧の名称だった。アメリカは、開戦後、あらゆる状況で生き残ることに、「サバイバル」の名称をあたえ、学問的にも経験的にも研究討議を重ねている。その一例として、アメリカの航空機搭乗員は、ゴムボートで漂流しているとき、次のような所持品を持っているとのことだった。

「海図（地図）、磁石、食糧、医薬品、魚釣り用具、鏡、懐中電灯、信号拳銃」

当隊には、この種の物は何一つなかった。鏡で太陽光線を反射させたら、航空機が当隊を認めたかも分からないのにと、残念でならなかった。

＊

指揮官の中には、上級司令部をけなしたり、部下を叱ったりして、自分の威厳を示そうとする人もいた。が、先任将校は、救助艦が来ないと司令部をけなすこともなかったし、カッターの進み方が少ないと部下を叱ることもなかった。救助艦が来ないことも、カッターが進まないことも、それは自分にあたえられた条件と受けとめていた。そしてその条件の下で、自分は何をなすべきかと対処していた。

先任将校のこのような取り組み方は、まず幕僚に影響をあたえた。それまでの幕僚は、あの要具があれば、これこれのことができるのにと、いわゆる愚痴をこぼしていた。しかし、その後は、先任将校を見習って、現在の手持ち品でどんなことができるか、と考えるようになった。さらには兵員たちにも、人頼みの気分から次第に、自分たちの力で運命を切り開こうとの意気ごみに変わっていった。最初のころは、

「救助艦はいつくるだろうか」「助かるだろうか」などの言葉が多かった。しかし、救助艦は来ないし、せっかく近くを飛んだ航空機は当隊を見つけてくれなかった。そのうち、「行方不明では、死んでも死にきれない。自分たちの力でフィリピンに行くんだ」と、たのもしい言葉を耳にするようになった。

「神はみずから助くる者を助く」の格言を裏書きするように、初日、二日目は時化たが、その後は時化はなくなった。

目に見える敵に対して、敵愾心を起こさせることはたやすい。特別な教育訓練を行なわなくても、目の前に敵が現われると、人間だれしも、本能的に敵愾心がわいてくる。

しかし、フィリピン行きという、敵の現われない作業に闘志を起こさせることは、なまやさしいことではなかった。しかもこの作業は、酷暑の海上で絶食しながら、十日以上もカッターを漕ぎつづけるという、人間生存の極限に近い状態で行なわなければならなかった。幸い、先任将校が率先垂範したので、困難を克服して生き抜くぞとの雰囲気が、艦隊総員の間に醸成されてきた。

先任将校は、この日の出発に当たり、次のように訓示した。

「部隊が遭難すると、陸上だろうと海上だろうと、戦力でも自然に対する抵抗力でも、日増しに低下するのが、世間の常識である。当隊はこの常識を破って、逆にだんだん強くなってきた。

遭難当初は、時化でカッターが転覆するのではないかと心配していた。現在はシーアンカーを装備したので、艇員は寝そべりながら、熱帯性低気圧の通過するのを待っておればよい。水樽は、最初、水が洩って役に立たなかった。現在は水樽も役目を果たすので、真水の貯蔵もできるようになった。もっとも喜ばしいことは、みんながダブルで漕ぐことに馴れたことである。最初は計画の半分も進まなかった。現在は計画の一日三十マイルを、はるかに上回っている。

フィリピンまでの間に、途中目標がないから、みんなに、灯台とか島を確認させることはできない。しかし、当隊は、星座と地球との相対運動を利用して、確実に、西へ西へと進んでいる。これまで飛んできた哨戒機は、発動機（エンジン）の二つある中型機だった。明日あたりから、単発の小型機が飛んでくるぞ。それだけ、陸岸に接近したわけである」

翌日、先任将校の予測通り、小型機が飛んできた。この小型機も、やはり反応を示さなかったが、隊員は、これまでのような失望、落胆はしていなかった。そして隊員は、陸地に近づいていることを確信するとともに、先任将校への信頼を深めた。

指揮権確立の提案

九分隊長「通信長、左の薬指に白い紐を巻いてありますが、なにかおまじないですか」

通信長「これか、ちょっとした曰く因縁があってねえ」との前触れで、私は胸のポケットから一枚の写真を取りだした。

九分隊長「通信長は独り者と言っていらっしゃったが、立派な男の赤ちゃんがあるじゃないですか」

通信長「おい九番、早まるな。この赤ちゃんの名前は高木南海男（なみお）という。パラオの第三十根拠地隊司令官伊藤賢三中将のお孫さんに当たる。俺は以前、伊藤司令官の部下として仕えていた。そこでパラオの岸壁で、司令官にご挨拶をした。そしたら司令官から、マニラの大使館にいる娘婿に会ってくれと言われた。

マニラで入渠したとき、俺は大使館に高木広一書記官を訪ねた。そのとき、この写真を司令官に渡して下さいと頼まれた。パラオにいつ行くか分からないし、接岸時間は短い。いざというときに忘れないよう、おまじないとして白い紐を巻いたわけさ。

本艦沈没でパラオに行けなくなったので、罪亡ぼしに写真とお別れしているところさ」

航海士「通信長、写真の下のお守りにも、何かいわれがありそうですね」

通信長「おおありさ。乗艦『那珂』が撃沈された時、俺は胸ポケットに、成田山（千葉県）のお守り札ふだを持っていた。胸を打ったわけでもないのに、そのお守り札が真ん中から二つに割れていた。

君は関西生まれで知らないだろうが、関東では成田山のことを、身代わり不動と言っている。持ち主が災難に出会ったとき、お札ふだが持ち主の身代わりになって、真ん中から二つに割れる、というわけさ。偶然かも分からないが、俺が気づいたときには、その通りになっていた。

横須賀市大滝町の小料理屋「魚豊（うおとよ）」の女将（おかみ）、お春さんから、お礼詣りを勧められたが、時間の都合で行けなかった。それでお春さんから、この新しいお守り札をもらって、『名取』に着任した。今度も胸を打たなかったのに、このように二つに割れている。迷信と言ってしまえばそれまでだが、不思議なこともあるものと思っているわけだ」

九分隊長「通信長、この短艇行を成功させて、今度こそ成田山にお礼詣りにいらっしゃいよ」

通信長「おい、九番、内地に帰らなきゃならんのは、貴様のほうじゃないか。この三月に、結婚したばかりの奥さんが、貴様の帰りを待っているぞ！」

＊

本艦沈没で兵員が呆然（ぼうぜん）としている間に、士官はそれぞれ何かをなしとげた。先任将校は、総員の反対を押し切って、フィリピン行きの一大決心をした。通信長がシーアンカーを作ったので、時化（しけ）も怖がらずにすむようになった。九分隊長は帆を作って、風向き次第では漕がずにフィリピンへ行ける、夢を与えてくれた。航海士は何一つの要具も持たずに、星座を見つめて針路を見つけた。

「名取」航海士星野秋朗少尉。
星座を見て針路を見つけた。

士官がそれぞれ、何かをなしとげたことは、兵員の士官に対する新しい信頼感をもたらした。

本艦では、士官は後部で生活し、兵員は前部、中部の居住区で生活していた。そこで士官と兵員とが、一緒に雑談することはまずなかった。だから正直のところ、士官と兵員との間に親近感は薄かった。

だが、カッターの中では、士官も兵員も同じ生活状態だったから、両者の間に新しい親近感が生まれてきた。そして、この親近感は、すでにできあがっている兵員の士官に対する信頼感と相まって、ここに理想的な連帯意識が生まれているはずだった。

そんなある日、小野二水が先任将校に話しかけた。

「航海長、救助艦はいつ来るんですか」

「戦況が悪くなった。マニラ海軍司令部では、救助艦を差し向ける余裕はあるまい。救助艦はまず来ないぞ」

小野二水の悲しそうな顔を見つめながら、私はひとり思いをめぐらした。

本艦で、若い水兵が指揮官である艦長に、直接話しかけることはなかった。艦長は艦長室で一人で生活していたし、艦橋における配置も定まっていた。また艦長は、いつもきちんとした服装で、毅然たる態度をしていた。だから若い兵員が、艦長に気軽に話しかけられる雰囲気ではなかった。

小林大尉は、この短艇隊の指揮官である。指揮官に対しては、航海長と言うより、先任将校と呼びかけるのが適切である。

しかし、カッターには指揮官の特別室はないし、兵員と同じように汚れた服を着ている。このような状況で、軍隊経験の浅い小野二水に、先任将校と呼ぶべきだと要求するのは酷だろう。彼が先任将校に持った親近感が、逸脱して仲間意識になったとしても、そこにはやむをえない一面もある。

だからといって、指揮統率の見地からむずかしい局面を迎えるに当たって、ケジメの問題を放置してはおけない。

私がケジメという言葉を体験したのは、兵学校の新入生で、短艇巡航に出かけたときだった。

兵学校の校庭の北側に校門らしいものはあったが、これは裏門にすぎなかった。そして、南側海岸線にある一つの桟橋を表桟橋と称し、これが表門とされていた。その沖合五百メートル、海岸線に平行して二つの赤い浮標(ブイ)が千メートル間隔においてあり、兵学校の占有海面を示した。この二つのブイを結ぶ線を、生徒たちは赤道(せきどう)と呼んでいたが、赤道通過には特別の意味合いがあった。

兵学校の校内生活では、上級生と下級生との間に厳然たる区別があって、「一年違えば、犬猫同様」と言われていた。

ところが、短艇巡航で、赤道を通過するに当たって、上級生が、

「赤道通過、あとは無礼講」と言えば、上級生も下級生もなくなるので、その後はあたかも一家団欒のように、楽しい雰囲気になった。

あの上級生とは、昨夜の巡航で打ち解けたからと、兵学校に帰って馴れ馴れしく話しかけると、途端に殴られた。ケジメをつけろと言うわけである。なぐられると気まずくなって、つぎの巡航でもその上級生には、なんとなく話しかけにくい。しかし、赤道通過を何回かやっている間に、ケジメをつけることが、体験的に分かってきた。そのためには、約半年の期間が必要だった。

小野二水は、私が新入生のときよりも年齢が二歳ほど若い。ケジメをつけろと言っても、簡単には理解できまい。叱りつけることはたやすいが、一度叱りつけると、せっかくできている親近感を失う恐れもある。親近感を失わずに、仲間意識だけ取り除くことはできないだろうか。そのためには、士官が兵員に模範を示す必要があると思った。そこで私は、九分隊長と航海士に、次のように話した。

「当隊では、飲食物はないし、休養も睡眠も十分とれない。しかも、橈漕という重労働が半月間もつづき、人間生存の極限状態に近づいている。それでも艇隊員総員が先任将校の命令に絶対服従する雰囲気をつくり上げておかなければならない。

指揮官という観念を艇隊員に徹底させるために、小林大尉に向かっては先任将校と呼ぶことに定める。航海長とか、小林大尉と呼んではならない。また先任将校が、絶対権力者と総員に認識させる手段として、君たち二人も先任将校に直接話しかけないようにしろ。用件があれば、俺が仲介をする」

　二人は神妙にうなずいた。

　私のこの提案は、一メートルしか離れていない先任将校の耳に当然入ったはずである。私はそれを意識して、このような発言をした。この提案で、もっとも苦しい立場に追いこまれたのは祭り上げられた先任将校だった。

　先任将校はこの瞬間から、個人的な雑談を封じられた格好となった。このままでは、先任将校は息を抜く場所もないし、その相手もなくなってしまう。そこで私は、毎日、夜間橈漕をはじめるまでの三十分間、先任将校と艇尾で雑談することにした。対話の内容を聞かれたり、顔色を見られないようにと、艇員たちに背中を向けて話し合っていた。

　この新しい提案から二、三日もすると、艇員たちが先任将校に直接話しかけることはなくなった。極限状態に近づくにしたがって、誰しも気分はいらだってくるし、感情はたかぶってくる。そのような状態に入る前に、このような措置をしておいたことは、指揮権確立の見地から大いに役立ったと思っている。

三番艇艇長の機知

先任将校は、カッター三隻が離れ離れになれば、とても陸岸に到達することはできない、と考えていた。そこで星座の分かる者、すなわち先任将校、通信長、九分隊長、航海士の四名を司令艇（一番艇）に集めた。だから二、三番艇は、一番艇の後について行かなければ、針路も分からない仕組みになっていた。

夜間は一番艇を先頭に、二、三番艇の順に舫索（もやいづな）を結んで橈漕していたので、夜間にカッター同士が競争する場面はなかった。昼間は舫索を解き、一番艇を中央にして右側に二番艇、左側に三番艇を視界限度に展開させ、西と思われる方角に向けて帆走で競争をしていた。

僚艇との間隔を大きくするため、各艇とも帆柱（マスト）には軍艦旗を掲げていた。帆柱に軍艦旗を掲げることは、味方の艦艇、航空機から発見される機会をふやす目的もあった。

「通信長、競争すると、三番艇がいつも一番になる。三番艇はなかなか士気旺盛だ」

「先任将校、三番艇はきっと、若い水兵が多いと思います」と、私はこんな風に負け惜しみを言っていた。

あとで分かったことだが、三番艇では士気を高めるため、次のようなクイズをやっていたとのことである。

「今日の競争で、何番艇が一番になるか」

「当隊は何日に陸岸に着くか」

クイズに当たった者には、接岸後に、艇指揮の久保保久中尉から、賞品をあたえる約束だったと言う。一番艇では、持たない品物を賞品として約束するなど、思いもよらないことだった。久保中尉の機知と統率力に、改めて感心させられた。〈注、「荒海からの生還」〈ドウガル・ロバートソン著、河合伸訳　朝日新聞社刊〉に、つぎの記事がある。著者の一家五人と便乗者二人で航海中、シャチの襲撃により、ヨットはガラパゴス諸島〈南太平洋〉で沈没した。ただちに救命艇に乗り換えて帆走し、三十八日目に付近航海中の漁船に救助された。幼い子供たちが怖がるので、夫人は〈二十の扉〉などのクイズをして、子供たちの恐怖心をそらしたという〉

また、三番艇の取水工場の話にはさらに驚かされた。三番艇には、久保中尉の従兵田口一水が同中尉の雨衣一着を持ちこんでいた。そして、高林兵曹長と小林兵曹で取水班を編成していた。黒いスコール雲を見つけては、取水班は乾パン箱のブリキ板を伸ばして作った水受けと雨衣を用意して、スコールを水筒に取水していた。

3番艇指揮官久保保久中尉。機知と統率力は抜群だった。

夕立は馬の背で分ける、と言われるが、南洋のスコールだって同じで、その恩恵を受ける艇と受けない艇も出てくる。

一番艇が恩恵を受けなかったとき、水筒三個分の水を分けてやりますと、三番艇から自発的に申し入れがあった。一番艇としては、カッターにとって命から二番目に大切な水を頂くのは恐縮と辞退した。

「三番艇には、取水工場があります。遠慮されるにはおよびません」と聞いたときには、有難くも思ったが、実際、驚きもした。

それにしても、人間生存の極限に近い状態で、都会育ちと田舎者とのあいだには、飲み食いの話にしても差違のあることを、二人の水兵の会話から発見した。都会育ちの小野二水の話は、水を飲みたいとか、餅を食べたいとか、一般論にすぎない。それに引きかえ、田舎者の安井二水は、鎮守の森の岩清水を飲みたいとか、振分峠の餅を食べたいとか、固有名詞をつけて話していた。

さて、カッターで暮らすことに馴れてきたのか、六、七日もすると、誰も救助艦のことを口にしなくなった。

それでも毎朝、東の空が白んで水平線が見えるようになると、だれでもまず四周を見回していた。そして目の合った者同士、朝の挨拶代わりに目礼を交わしていた。まず四周を見回したのは、救助艦を捜す仕種である。だからだれでも、私を含めて、建て前として口にしないだけで、本音ではやはり救助艦を待ち望んでいた。

七時に太陽が出て半時間もすると、カッターの上の私たちは、暑さのために喘いでいた。当番が洋上テントの上から、海水のしぶきをふりかける。気化の潜熱で涼しいはずだと、われと我が身に言い聞かせる。

自然の厳しさは、洋上テントの小細工をあざ笑い、学問の理屈を踏みにじる。とても眠れそうにない。

だが、眠っておかないと疲れるので、無理にも目を閉じていた。それにしても、渇き切った口の中は、嫌な味のねばっこいつばきで、不快さはいっそうつのるばかりだった。

＊

一番艇にて一水阿部力、三番艇にて一水倉田重雄、疲労のために戦死した。二名とも、三日間、筏で漂流していたが、ついに疲労回復しなかった。

日没後、しめやかに水葬した。昨日につづいて、この日も二名が戦死したので、隊内に、沈鬱な気分が流れた。

この日の指揮官参集で、先任将校は言った。

「当隊は明朝接岸する予定。各人服装を正し、機銃による警戒を怠るな。接岸したら、島名を聞いておけ」

急に思いがけない言葉が飛び出したので、私は航海士と顔を見合わせて、お互いにおやっという顔をした。

これまでの航走距離から判断して、明日、接岸することはとうてい考えられない。先任将校は航海のベテランだから、そのあたりは十分に承知しているはずである。

先任将校は、隊内の沈み切った気分を一掃するために意識してこのような発言に踏み切ったわけであろう。

そう言えば、私はこれまでの毎日、先任将校と航海士の二人から別々に、前日の航走距離の推定数字を聞いていた。それはいつも、先任将校の数字が上回っていた。私は口には出さなかったが、心の中では航海士の数字が正しいと思っていた。

この日の先任将校の発言で、私は次のことに思い当たった。

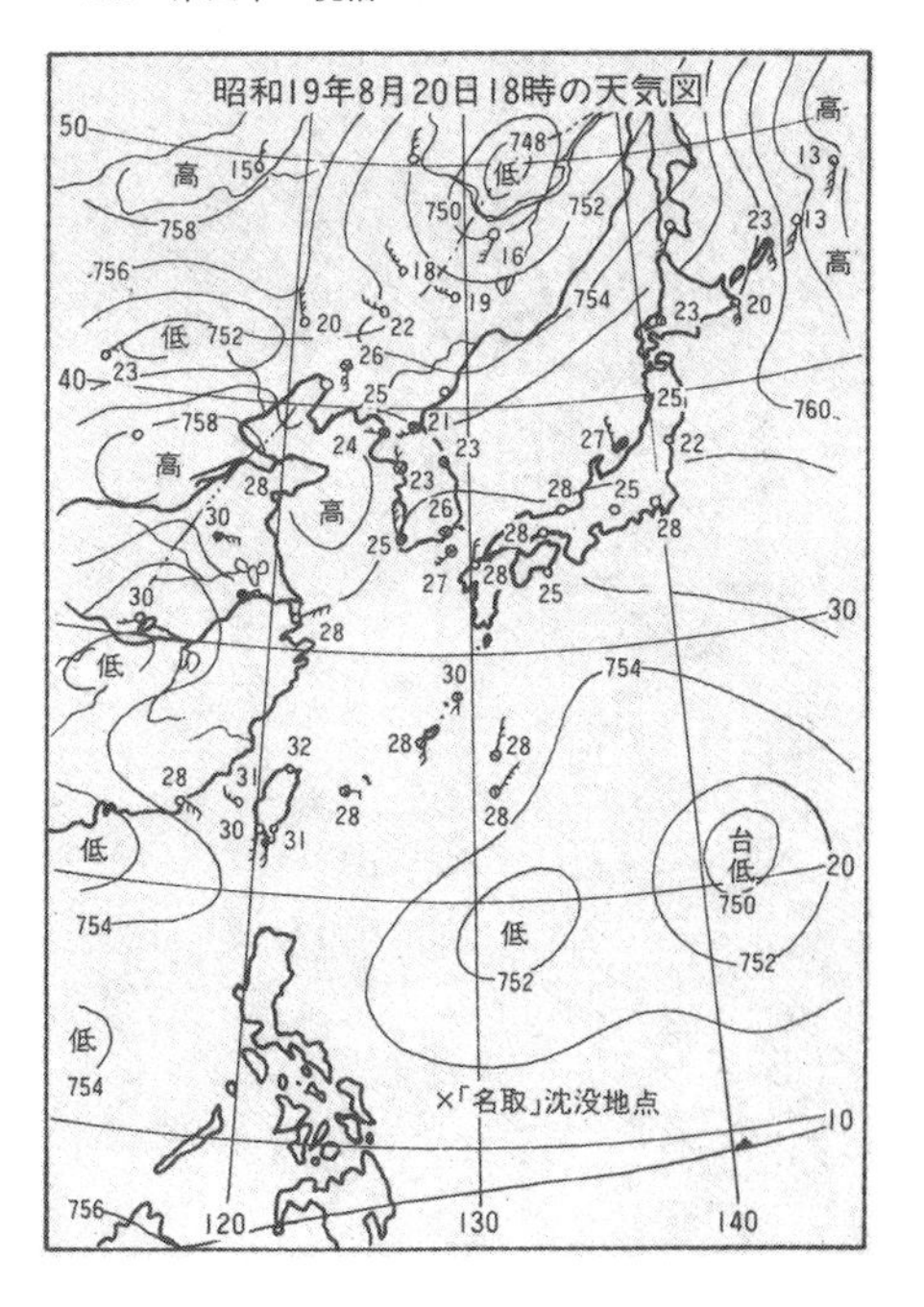

航海士は、私に生の数字を伝えていた。これに反して先任将校は、陸地に近づいての対敵行動とか、隊内の士気振興などを配慮しての数字を伝えていた。

第五章　暗雲

ネイビー・ブルー

八月二十七日——

日本は第二次大戦で、「八紘一宇」という言葉を合言葉にして国民の戦意高揚を図った。この言葉は、ある老学者が蔵書の片隅から見つけ出したもので、一般国民には馴染みがうすく、何のことやらさっぱり分からなかった。二、三度説明を聞いても、ぴんとくるものがなかった。大多数の国民は、もっと分かりやすい言葉がありそうなものだと思っていた。それに引きかえ、アメリカでは、

「リメンバー・パールハーバー」をキャッチフレーズにした。「パールハーバーを思い出せ」――こんな言葉なら、学者ならずとも、子供だって分かる。そしてこの言葉は、アメリカ国民の戦意高揚に大いに役立ったと聞いている。

この短艇行でも、フィリピンに向けて出発するに当たり、隊員の意志を統一するなにかが欲しかった。ポリネシア民族の集団移動にくらべて、当隊が劣っていることは、隊員の意志を統一する手段、すなわち信仰、禁忌、合言葉などを持たないことだった。信仰や禁忌が、短時日の間に、おいそれとできる道理はない。だから当隊としては、適当な合言葉を見つけて、隊員の意志統一を図ることが差し当たりの急務であることは分かっていた。

しかし、どんな言葉が適当かそれが分からなかった。猫と鼠の寓話でいうならば、猫の首に鈴をつければよいことは分かっていたが、だれがどうして猫の首に鈴をつけるかが分からなかった。

この日の午後、私は洋上テントの下でうとうととしながら、兵員たちの雑談を聞くともなく聞いていた。小野二水と安井二水の二人が行方不明にはなりたくないと話し合っている。この二人は、一昨日も昨日も、このことを話題にしていた。

このようすから判断すると、艇内では行方不明にはなりたくないとの話で、持ち切りのようである。

この短艇行は、人間が生きるか死ぬかのせっぱ詰まった一面もあるが、考えようでは単調な反面もある。とにかく、来る日も来る日も、見えるのはネイビー・ブルーの海面だけである。このような状況で、三日間も同じ話題がつづくことは、行方不明にはなりたくないという言葉が、短艇隊に浸透したわけだろう。

「行方不明になるな」――これを合言葉として、隊員の意志統一ができたようである。先任将校が合言葉をつくるつもりで発言したわけではなかろうが、これでどうやら、猫の首に鈴をつけることができたように思われる。

*

いつ接岸できるか見込みは立たない。見えるのは、いつも紺碧の海ばかりである。その海面を眺めながら、この日の私は、小説『海神丸』（野上弥生子著）を思い出した。子供のとき、付近の文学青年から海の話を聞いていた私は、海にまつわるこの小説に興味を持ったわけだが、いま一つのエピソードがある。

兵学校の英語教官東田千秋教授は、英語教育に一つの見識を持っていた。英文和訳よりも、和文英訳の方が、より実践的であるという主義だった。そして、小説『海神丸』をテキストして、新入生の私たちに、和文英訳を教えていた。

この小説のあらましはこうだった。四人乗りの機帆船が、正月前の一稼ぎにと海産物を積んで、十二月下旬、大分県の港から隣県の宮崎県に向かった。船は西北からの強い季節風に吹き流され、陸地の見えない太平洋で漂流することになった。船長とその親類筋に当たる少年とが一組となり、雇人の二人が一組となって対立する。

日本の船乗りの間には、ひどい時化では帆柱を切り倒して転覆をまぬがれる風習があった。海神丸もこの古式にのっとって帆柱を切り倒したので、その後は帆走能力を失ってしまった。食料は少なくなるし、接岸の見込みはたたないので、両組の対立はますます激しくなった。そのあげく、少年が、雇人の二人組に殺されるという、痛ましい話だった。

先任将校は、全員が生きることだけを考えて指揮をしている。だから小説を、そのまま九分隊長と航海士に伝えるわけにはゆかなかった。そこで私は、つぎのように切りかえて話をした。

「当隊は、食べ物も飲み水もなく、毎日十時間の橈漕をつづけている。指導部が割れるようでは、成功しない。先任将校の方針、処置を陰で批判するようなことは、してはならんぞ」

それにしても海神丸では、船の食糧のほかに積荷としての食糧も持っていた。しかし、船頭（船長）が天文学、航海術の知識を持たなかったため、迷信や呪いに振り回され、針路さえ定まらなかった。あれでは、雇人たちが不安な気持になっても致し方ない。

当隊は食糧こそ持たないが、遭難当初から、学理に基づく針路を定め、毎日、西を見定めて行動をつづけている。願わくば、接岸できるまで、隊員の体力がつづいてほしい。それにもまして、その間に反乱が起きないように……。

律儀な夜光虫

本艦で航海していると鴎（かもめ）やあほうどり（アルバトロス）を見かけたし、海豚（いるか）や飛魚にでくわすことも多かった。カッターで八、九日、暮らしてみたが、ネイビー・ブルーの海面ばかりで、鳥も魚もさっぱり見つからない。たまには白い水鳥を見つけることがある。

そのとき、まず考えることは、明日も水鳥がついてくるだろうかと言うことである。そして次には、できれば陸地を教えてくれないかなあーと、身勝手な願いごとをする。

昔の船乗りが、鳥を積んでいき、陸が見えなくなると鳥を飛ばせていた故事を思い出した。

本艦健在のときには、私は、水鳥に見向きもしなかった。落ち目になって陸地を示してくれとは身勝手だが、それが現在の私のいつわらざる心境である。いつか本艦で時化の中を航海していたとき、たくさんの鳥が空中線で翼を休めたことがあった。渡りの途中で、突然、嵐にまきこまれたための出来事だっただろう。

私が育った佐賀平野には、雀や烏(からす)のように、一年中ずーっと日本に留まっている、留鳥もいるにはいたが、どちらかと言えば、渡り鳥が多かった。渡り鳥には、秋にやって来て冬を日本で過ごす冬鳥と、春先にやって来て夏を過ごす夏鳥とがいた。佐賀で見かける冬鳥には鴨(かも)と雁(がん)がいたし、夏鳥には燕(つばめ)がいた。

燕は春を知らせるだけでなく、縁起のよい鳥とされていた。燕が軒さきに巣をつくると、大人たちは福の神がやって来たように喜んでいた。子供が巣をのぞこうとすると、福の神の逃げるのを恐れた大人たちが、目の色を変えて子供をたしなめた。他の地方でも、燕をきっと縁起のよい鳥にしているだろう。

なんにも見えないこの洋上で、数日にわたって燕の移動を見かけるならば、私たちにとって大きな励みにもなろうし、大変、心強く感ずるに違いない。ここフィリピン群島の東方海面は、燕の大移動経路に当たっているはずだが、燕の移動時機にはまだ二ヵ月ほどはや過ぎる。

　おやっ、珍しく白い鳥が見える。せめて今日一日でもつき合ってくれと祈ったが、ちょっとこちらを見ただけで間もなく飛び立った。その飛び去った方向に、陸地があるだろうか。昨日の鳥と今日の鳥とが飛び去った方向と、太陽とのなす角度には関連性はないだろうか。いろいろ考えられるだけのことをあれこれ考えてみたが、芳しい解答は見当たらなかった。

　本艦で航海していると、白い航跡が、昼となく夜となく、かならず艦尾についてきた。航跡こそは、私たち船乗りにとって、もっとも信頼できる忠実な従者と心得ていた。また、海豚（いるか）や飛魚がときには歓迎に現われて、みごとな編隊航行や軽快な飛行を披露していた。

　ところが、カッター生活をはじめてみると、もっとも信頼していた航跡が真先に姿を消した。海豚や飛魚も、私たちを見限ったのか、さっぱり姿を見せない。

　そのような薄情者ぞろいの中で、夜光虫だけは、相変わらずカッターの艇尾に淡い光を投げかけている。人間落ち目になると、人の情けが身にしみると言われているが、夜光虫の律儀さはとても嬉しかった。

＊

陸岸に近づいた徴候が、具体的にどのような形で現われてくるかと、幕僚の間で検討してみた。九分隊長は、海岸近くには椰子の葉っぱとか木切れとか、何か浮流物があるはずだと発言した。私はとんびか鴎（かもめ）などの鳥、それに沿岸の小魚が姿を見せるだろうと言った。これらの徴候は、船乗りが当然予想しうることだった。

ところが、海の王者・太平洋は、もったいぶっているのか、私たちに陸の素顔を見せようとしなかった。浮流物も見つからなかったし、鳥や魚も姿を見せなかった。

私は、海岸近くには、海風と陸風があることを思い出した。

海水は陸地に比べると、温まりにくい反面、冷めにくい性質もある。だから、同じように太陽熱を受けても、陸と海では温まり方も冷め方も違う。昼間は陸地が早く余計に温まるから、陸地は蒸発が多くなり、海上から陸上に向かって海風が吹く。夜間は海が冷めにくいので、海上は陸地より蒸発が多くなり、陸地から海上に向かって陸風が吹くことになる。この海風と陸風とが転換するときに、いわゆる朝凪（なぎ）と夕凪となる。

通信長「航海士、海岸近くでは、海風と陸風があるはずだ」

航海士「たとえ、海風と陸風の転換があっても、旗もなびかないような微風な風の変化なら、変化の確認はむずかしいんじゃないですか」
九分隊長「航海士、漁師はこうして判断するぞ。指を海水に浸してから、空中にさらす。指の乾く方が風上というわけだ」
航海士「なるほど。指の乾きによる風向きの判定は理屈に叶っていますね。それはそれとして、ここで海風、陸風が果たして起こるかどうか、考えてみましょう。フィリピン群島は、七千以上の島から成り立っています。ルソン島、ミンダナオ島などの大きな島もありますが、ほとんどは、小さな島です。小さな島では陸地が狭いから、この現象は期待できません。ですから、この現象で陸岸に近づいた判断はできないと思います」
通信長「実際にはないのに在るように見える蜃気楼、水平線の上に上がって見える浮き島、島か山の上に笠のように現われる笠雲、そのような自然現象は見えないだろうか」
航海士「蜃気楼は富山県の魚津海岸で、笠雲は伊豆大島でよく見かけます。これらの現象は特定の場所で、ときたま現われています。それを、ここで期待するのは無理だと思います」

九分隊長「陸岸の磯波の音が聞こえることもあるし、陸地の臭いがすることもあるぞ」

航海士「音とか臭いは、逆風だと、まず期待できません。それらは脇役として働くことはあっても、主役を勤めることはありません」

通信長「航海士、当隊は陸地に、どうして近づくだろうか」

航海士「当方の眼高と目標物の標高で算定する視達距離がもっとも確実と思います。

（注、視達距離……K　$K = 2.078 (\sqrt{h} + \sqrt{H})$　h……海面上の眼高をメートルで表示。H……目標の標高をメートルで標示）

理論は理論として、具体的には次のようになると思います。はるか彼方に、小さい黒い点が見えはじめます。近づくにしたがって、その黒点は、やがて湯呑みを伏せたように見えてきます。その湯呑みが茶わんを伏せた格好になり、いよいよ近づけば、島の稜線が見えてくるでしょう」

航海士は、私たちのおかれた立場を念頭において、慎重に控え目に判断している。それはそれで結構だが、航海士の推論は、私たちに視力が残っていることを前提条件としている。

島が目の前にあるのに、視力がなくて視認できなければ、これほど悲惨なことはない。視力がある間に、なんとか陸地に辿り着きたいものである。

シージャック

「橈立て」の号令がかかったとき、土井一水があやまって橈を反対舷の方に倒した。「危ない」と、佐藤兵曹が叫んだので、付近の者はとっさに身をかわした。幸い事故はなかった。土井一水は、

「申しわけありません」と、しきりに謝っている。

佐藤兵曹が注意をあたえた。

「土井一水、射撃訓練では花形のオチョーチンだが、橈を持たせると駄目だなあ。海上作業では、もっと色気をつけろ」（注、善行章がなくて一等水兵になった者を、オチョーチンと称した。入隊して三年たつと、善行章一本がつく。だから善行章がなくて……とは、入隊以来三年以内に一等水兵になることで、お茶を引かずに〈進級資格があるのに進級しないこと〉進級する、優秀な水兵ということを意味する。提灯は、暗夜に人を導いていた。オチョーチンはその提灯からでた言葉で、提灯のように新兵に模範を示す人、という意味合いに使っていた）

色気という思いがけない言葉がでてきて、土井一水がぽかーんとしている。そこで佐藤兵曹は、次のように説明していた。

「娑婆で色気と言うと異性を対象にした言葉だが、海軍ではかならずしもそうではない。戦前の連合艦隊では、訓練、演習をしながら日本各地を回り、名所、旧跡を訪ねていた。

俺がはじめて艦隊勤務をした昭和の初期には、カッターに乗って上陸する機会も結構多かった。そんな場合、新兵でも艇首員として、爪竿を持ったり、舫索を扱ったりした。他艦の大勢の人たちが見ている前で、乗艦を代表して作業することになる。へっぴり腰だったり、舫結びにもたもたしていると、〈色気をつけろ〉と、古い下士官からどやされた。

お前たちは、海軍に入って間もなく開戦で、カッターに乗って上陸したことも、色気をつけろと叱られたことも、ないだろう。

海軍で〈色気をつけろ〉と言うことは、大体において見栄えをよくしろというような意味だが、それより意味合いが広い。見栄えのほかに途中の経過に気をつけることはもちろんのこと、仕事のやり方や心構えなども含んでいる。

付近の人に、不安な気持を起こさせるな、迷惑をかけるな、ということも含んでいる。海上で、ああしてこうして、そうしろなどと言えるものではない。そこで万感をこめて、〈色気をつけろ〉言うわけだよ」

本艦で下士官が兵に注意を与えるときには、制裁をともなう場合が多かった。だが、カッターの中では、叱るというより、兄が弟に教えてやる風情だった。カッターの中では、本艦では見られなかった新しい連帯意識ができたわけで、たのもしい限りである。

＊

この日、先任将校は幕僚に、敵潜水艦の伏在海面に近づいたので、作戦計画を研究しろと命じた。幕僚三名の打ち合わせは、おおよそ次のようなものだった。

敵潜が射撃してくる場合は、機銃で応射するが、こちらからは攻撃を仕掛けない。敵は情報を収集するため士官数名を捕まえにやってくることが予想される。その場合は無駄な抵抗をせずに、数名が連行される。

連行されたあと、通信長は潜水艦長に近づいて立ち、他の者は潜水艦長とその部下との間に立ちはだかる。通信長は頃合を見はからって、隠し持った短刀で潜水艦長を人質にする。そして潜水艦長を脅迫して、カッター三隻をフィリピンまで曳航させる。

　この研究を受けて、先任将校は指揮官参集で、次のように語った。

「フィリピン群島の近海には、相当数の敵潜水艦が伏在していると思われる。当隊の潜水艦作戦、次のとおり。潜水艦に向けて、機銃で射撃しても、効果は期待できない。だから、こちらからは仕掛けない。もし敵が射撃してきた場合、敵の艦体を狙わずに、艦橋の士官を目がけて射て。

　敵は情報収集のため、士官を捕まえにやってくることが考えられる。その場合、みんなは騒がずに静かにしておけ。敵は士官数名を連行するだろう。通信長は、いちおう連行されて、頃合を見はからい、隠し持った短刀で潜水艦長を脅迫しろ。そして、敵潜水艦の乗っ取りを計れ。あとはこっちのものだ」

　いわゆる「シージャック」だが、とてもそんなことは出来まいと、沈んでいる者が多かった。しかし、隊員の中には、

「敵潜を乗っ取れば、ルーズベルト給与だ。なんでも食べられるぞ。蛇の生殺しより、そっちがましだ」と叫ぶ者がいた。

　どたん場に追いこまれているわけだが、みんなの士気を奮いたたせようと、指揮官に呼応する下士官が、一人でもいたことは嬉しかった。

　このような計画ができたのも、結局は、機銃にしろ、短刀にしろ、こちらにささや

かながら武器があったからである。

＊

夕焼けの太陽が、今まさに水平線に姿を消そうとしている。気のせいだろうか、今日はとても大きく見える。この夕焼けを眺めながら、私は「赤い夕日の満州」を偲んだ。

昭和十五年八月、私は少尉候補生として練習艦隊（「香取」「鹿島」）に乗り組み、大連港に入港した。満鉄総裁は、歓迎レセプションで、次のように挨拶した。

「諸官の新京（現在の長春）旅行には、練習艦隊司令部より二等車の申し込みがあった。しかし、海軍に奉職する諸官が、二度と満州にやってくることはあるまい。そこで総裁の驕り（おごり）として、一等車を準備することにした。諸官は、満州旅行を十分楽しんでくるように……」

お陰で、その当時は世界でも有名な、満鉄の亜細亜（あじあ）号と称する特急の一等車で、赤い夕日の太陽を心ゆくまで観察することができた。

しかし、当時の日本は国運隆盛だったし、同盟関係にあるドイツは、破竹の勢いで欧州各国を破っていた。私たちは春秋に富んでいるし、隣国・満州国には、これから何回も旅行の機会はあるさと、私はあのとき、内心ではたかをくっていた。

あれからわずか四年、同期生(クラスメート)二百八十七名のうち、もう半数くらいは戦死している。これら戦死者たちにとって、あの満州旅行は、総裁の言葉どおり、確かに最後の旅行になった。私は、現在、生きてはいるが、太平洋上のカッターに乗っている。私だって満州旅行どころか、日本に着けるかどうかも分からない。

いけない、赤い夕日の太陽を見て、ちょっと感傷的になっている。こんなことでは、指揮官にはなれないぞと、私は夕日から目をそらした。

死はいつも念頭に

八月二十八日――

ここで、当隊の死亡者のことを振り返ってみた。最初に亡くなったのは、火傷(やけど)をした六名だった。魚雷が命中したときの火災で、それぞれ皮膚の半分近くを火傷していたので、たとえ医薬品があっても、治療の方法はなかった。つぎに亡くなったのは、長時間泳いでいて、疲労の激しかった人たちである。

医学とか生理学の知識のない私は、疲労で死んでゆく人たちを見まもりながら、物理学のフックの定律を思い出した。

「弾性の限界内では、歪みは外力に比例する。外力が弾性の限界を越えると、外力がなくなっても歪みは元にもどらない」

そして水葬をしながら、私はフックの定律の改訂版をつくった。

「疲労は労働に比例する。限界を越えた疲労をすると、労働を止めても、疲労はなくならない。そこには、死が待っている」

疲労による死亡者がでたことを参考にして、隊員たちに体力の限界に近い疲労をさせてはならないと思った。

*

遭難当初はだれでも、昼間だろうと、夜間だろうと、スコールを無条件で喜んでいた。だが、十日ほどたった今日では、昼間はともかく、夜間のスコールを喜ばない者がでてきた。

夜間のスコールで喉をうるおした後では、洩水(あか)の汲み出しで一騒動もちあがる。この騒動が一段落すると、濡れた衣服が体にまつわりついて、寒さのため体ががたがた震えてくる。男と男が抱き合って、相手の体温を確かめながら、寒さをしのぐはめとなる。この寒さを嫌がる者が、出てきたわけである。

しかし、スコールが今日やって来たからといって、明日もかならず来るとは限らない。だから後の寒さは覚悟の上で、夜のスコールに突っこんでいた。

先任将校は、艇尾での対談で、接岸できない場合の最後の手段として、どんなことを考えているかと私に質問した。

私としては、「名取」短艇隊のことを、薄い布切れに指をきった血で書いて、サイダーびんに入れて流すと答えた。しかし、先任将校は、次のように反論した。

「カッターの中に薄い布切れはないから、その方法は現実的でない。俺としては、カッターの艇尾座か艇座板に彫りこむことを考えている。刃物はないから、機銃をばらして、尖った部品で、つぎのように彫りこむ。

『〇年〇月〇日　軍艦名取短艇隊　カッター三隻　航海長小林英一大尉以下百八十五名』

三隻の中の一隻ぐらいは、北太平洋海流に流されて、日本軍のところに着くだろう。しかし、二人で、このような最後に関する打ち合わせをしたことは、だれにも気づかれないようにしろ」

この十日間ほど、最後とか死とかの言葉を、意識的に避けてきた。しかし、疲労による死者も出てきたし、隊員の疲労も顕著になってきたので、この段階において、「死」は指揮官にとって避けては通れない問題である。

　それでも、この日の指揮官参集では、先任将校は死について考えていることを、おくびにも出さなかった。私は心の中で叫んだ。

「神様。当隊はこれまで、神頼みとか迷信に走らず、こつこつ努力を積み重ねてきました。しかし、そろそろ限界です。あと二、三日すると、体力の限界がくるか、反乱が起こるような気がします。浮流物か、それとも鳥か魚、何でも結構です。とにかく、ここ一両日中に、何か変化を与えて下さい」

　艇指揮の当直をしていた九分隊長が、私のところにやってきて耳打ちした。

「通信長。五番を漕いでいる小島兵曹が弱っています。今夜は休めと言いましたが、仲間に申しわけないと漕いでいます。当直が終わったら、私は小島兵曹に代わって漕ぎます」

「九番。よいところに気がついた。ほかに弱っている者がおれば、俺も漕ぐぞ」

＊

　死ぬことを考えていなかったと言えば、うそになる。死はいつも念頭にあったが、先任将校が、死を忘れて使命達成に邁進していたので、私も死について思いめぐらさないことにした。しかしここで、先任将校が死を口にしたので、私も死について、また私個人について、改めて考えてみた。

中学の先生が言った、勉強して中央を目指せとの言葉は、私に遠心力をあたえ、私は故郷を後にした。故郷を離れて七年になるが、戦争がはじまったこともあって、故郷に帰ることも故郷を思い出すことも少なかった。太平洋に浮かぶカッターに取り残され、接岸できるだろうかと思うと、反動的に求心力が起こり、不思議と故里がしのばれた。

昭和の初期、佐賀平野の中央部で育つと、子供が海を見る機会はまずなかった。幸い私は中学一年生のとき、近所の米屋のおりのさんという若奥さんが、潮干狩りに連れていってくれた。十八歳の若さで嫁いできた若奥さんは、祖母と二人暮らしの私を、実の弟のように可愛がってくれた。

大坪米店は、米麦はもとより、肥料まで手広い商いをしていた。硫安や大豆の豆粕（まめかす）は、五十トンばかりの木船に積んで、大牟田港から運んできた。この木船は、六田川の満ち潮に乗ってやってきて、満潮時に急いで積み荷を陸揚げし、引き潮で帰っていった。大坪米店では、毎春、この木船を雇って潮干狩りに出かけていたが、若奥さんが私を誘ってくれた。

初めて見た海、それは有明海だったが、子供の私にとっては、とてつもなく大きな海だった。試してみたら、海の水は確かに塩辛かった。そしていつもは、遥か彼方にかすんで見える雲仙岳が、とても間近に、雄大に見えた。その広大な海が、見ている間に干潟となり、乗ってきた船は飾り物のように、泥の上にちょこんと居座っていた。見渡す限りの干潟では、大勢の人たちが貝掘りに打ち興じていた。むつごろうの奇妙な姿も、このときにはじめて見た。

やがて時間がたつと、いったん引いた潮が、ぴたぴたと音をたてながら満ちてくる。速く船に帰らないと危ないぞと、船頭さんが声をからして呼びよせた。

その干潟が海水でおおわれ、木船は、筑後川の河口の若津港まで移動した。有明海の潮が筑後川に流れこみ、支流の六田川に差しこむまで、二時間ほど、潮待ちしなければならなかった。

私はこのとき、有明海の潮流が、六田川の満ち引きに関係していることを、この目で見ることができた。私はバケツ一杯の水を、川路（かわじ）（水汲み場のこと）から私の家までの五十メートルを汲み上げるのに、とても疲れた。お天道（てんとう）さん（一般に太陽のことだが、方言で自然とか神の意味にも使った）はなんと力持ちだろうと、自然の雄大な営みを実感として味わった。しかし、有明海の潮流による水の動きは、せいぜい百マイル位のものだろう。

現在の私たちは、北赤道海流に背後から押されて、フィリピンに向かっている。この海流は、フィリピン群島にぶつかって北上し、日本では黒潮と呼ばれて、北太平洋を東に向かって流れている。アメリカ西岸にぶつかっては南下し、カリフォルニアあたりから赤道の北側を西に向かって進んでいる。

このように北太平洋を時計回りに環流する、この世界一の大規模な海流は、一周すると、おそらく一万七千マイルはあるだろう。有明海の潮流とは規模の違うこの大海流から、私たちは、寝ているときも休んでいるときも西に向かって押しやられている。有難いことである。

祖母と母と

六田では南の空に見えた天あまの川（銀河）が、ここフィリピンでは天頂近くにかかっている。八月の六田では、バンコ（涼み台）を家の外に持ち出して、隣近所の人たちが一緒になって、団扇（うちわ）片手に蚊を負いながら、夕涼みをしていた。文学青年の松

枝正人さんが、
「和泉（六田の南隣にある集落の名）の空に、二つの星がぴかーっと光っているだろう。あれが、彦星と織り姫だよ」の前置きで、七夕の伝説を話してくれた。七夕には願いごとがかなうとの言い伝えがあり、子供は朝の暗いうちに起きて、芋の葉の露で墨をすり、短冊や色紙に願いごとを書いて、笹竹に吊るしていた。七夕がすむと、各家ごとに盆をひかえての墓掃除をしていた。八月は学校が休みだったが、田舎の行事は結構たくさんあった。

今日は二十八日だから、七夕も盆も、とっくに過ぎている。六田では今ごろ、「さなぼり」（田植えを終わった祝いごと）が行なわれているだろうと思った。私の田舎では、春三月ごろ、農家から非農家に「ふつ餅」（よもぎ餅）を配る風習があった。これは土地の仕来たりとして、麦刈りや田植えなどの農繁期には、加勢（手伝い）に来て下さいとの意味合いがあった。

水田の一番草（田植えをしてから、一回目の除草）から二番草の間に、加勢にきてくれた人たちを招いて、農家の手料理でご馳走をした。この行事を、「さなぼり」と称していた。

友人の大川鼎君の家に呼ばれてゆくと、ご馳走もさることながら、子供が七人もいた。いつも祖母と二人で食事をしている私にとっては、大勢で食事をすることは、とても珍しかったし、楽しくもあった。

「さなぼり」が終わると、やがて「さんやさん」である。六田には、道路沿いに「恵比須（えびす）」さんの石像があった。九月二十三日は、この恵比須さんのお祭りの日で、「さんやさん」と称していた。これは集落の祭りになっていたばかりでなく、近所、近辺から青年が集まってきて、素人相撲が盛大に行なわれていた。これらの行事が、つぎつぎに懐かしく思い出された。

　祖母は私を、五歳から十八歳まで、この六田で育ててくれた。そして、私を丈夫に育てるため、あれこれ気をつかっていた。子供がお腹（なか）を冷やすと丈夫に育たないからと、アイスキャンデーや氷水は、けっして食べさせなかった。お金が惜しくて言ってるわけではないと、氷水よりも高価なバナナを買ってくれた。回虫駆除のためにと、月に一回は韮（にら）の味噌汁を吸わせた。

　体の調子が悪いときの素人療法にも、祖母は一家言を持っていた。私が風邪気味のときには、「ぎゃーけのついたないば（風邪をひいたならば）医者より薬より、ねござい（ねなさい）」といって、あったかいうどんを食べさせ、湯たんぽを抱かせて寝かした。おなかをこわすと、一食抜かせて、医者や薬にたよらずに自力回復につとめさせていた。

祖母のそのような心遣いがあったればこそ、私は人一倍、丈夫に育つことができた。そして、この短艇隊で、曲がりなりにも次席将校として働いている。

思い返すと、その祖母と最後に別れたのは、昭和十六年二月だった。私の乗艦「陸奥」が佐世保に入港したので、列車で三時間の六田に祖母を訪ねた。自分で育てた初孫が、思いがけないときに帰ってきたので、祖母はとても喜んだ。あまり喜びすぎて、祖母はその場にぱったりと倒れた。医者の診断では、脳溢血で絶対安静とのことだった。

少尉候補生の私は、外泊を許されないので、私は付近の人たちに祖母の看病を頼んで帰艦した。予定の艦隊訓練を終わり、乗艦が母港に入港して、母からの手紙を受け取った。その手紙によると、祖母は倒れてから間もなく亡くなっていた。私が祖母の死を知ったのは、亡くなってから、すでに三ヵ月も過ぎていたころだった。やがて開戦となったので、私はまだ祖母の墓参りをしていない。私は独りつぶやいた。

「おばあさん。艦が三度も沈められたし、そのほかにも何回か危ない目にあいました。おばあさんが守って下さったんですね。怪我もしませんでした。現在カッターに乗って、太平洋の真ん中にいるけど、辰巳の雷は音ばかりなど、おばあさんの教えが役に立っていますよ。もし日本に帰れたら、今度こそお墓参りに行きます」

＊

開戦以来、いつも前線で働いている私が、たまに東京の母のところに帰るのは、乗艦が撃沈されて転勤発令までの少暇をあたえられたときである。そのときの母は、私を歌舞伎か大相撲に連れて行こうとした。いつ戦死するか分からないので、東京でしか見られない本場物を、田舎で育った私に一度は見せてやりたかったのだろう。

母の気持はわかりすぎるほどわかったが、私には私なりの思惑もあった。気がかりなことがあれば、ふたたび戻ってくる、との言い伝えがある。そのような興業を見ていなければ、私は戦死せずに、ふたたび内地に帰れるような気がして、母の奨(すす)めを断った。母は私には、ぜんざいとか汁粉などの甘い物を用意したが、酒の味を覚えていた私は、これらの甘い物にはまったく食欲を感じなかった。

振り返ってみると、これまでの私は、母を嘆かせることばかりだった。今度もし日本に帰れたら、今度は母の言葉どおり、歌舞伎にも大相撲にも行こう、そしてぜんざいも汁粉も食べようと思った。

魂が帰る

軍艦「那珂」が敵艦載機から同時に雷撃と爆撃とを受けたとき、艦体がものすごい衝撃(ショック)を受け、私は瞬間やられたと思った。その瞬間、時間にすれば何千分の一秒ぐらいだろうが、故郷のこと、家族のことが、走馬灯のように脳裏を駆けめぐった。

私は幼いころ、付近の文学青年から、「虫の知らせ」とか「魂が帰る」などの心霊的な話を、しばしば聞いていた。その当時の私は、まさかそんなことはあるまいと思っていた。

石井実少佐の遺族を訪問したとき、弟の一馬さんは次のような話をした。真夏のある夜、夢うつつの間に、前線に出征しているはずの兄貴が、突然、帰ってきて、たんすの引きだしをあけていた。尋ねてみると、襦袢(じゆばん)が濡れたので取りかえているとのことだった。

石河(いしこ)秀夫少佐の母親の話は、もっと切実だった。息子が駆逐艦乗りとして出征していた当時、息子の期友(クラス)の飛行機乗りのみなさんは、まだ霞ヶ浦航空隊で、訓練中でした。そこで日曜日には、東京の私どもの家に、大勢で遊びにいらっしゃいました。ある日、夢の中で、大勢のお友だちは応接室で談笑していらっしゃるのに、息子一人だけは道路の向こう側に立っていました。秀夫さん、こちらにおいで、と声をかけたら、途中に、水がたくさんあって、どうしても渡れません、との返事でした。そこで、目が覚めました、とのことだった。

戦死公報が着いてから逆算してみると、石井少佐は弟さんの、石河少佐はお母さんの、それぞれ夢枕に立ったその日に、戦死していたという話だった。二人ともソロモン群島の海域で駆逐艦が轟沈の状態で撃沈された。その瞬間、本人には走馬灯が駆け巡っただろうし、家族には「虫の知らせ」として魂が帰ったと思われる。

「名取」に魚雷が命中したとき、私はそれほどのショックを感じたわけではなかった。そのときの私には、走馬灯が走らなかったから、家族も、虫の知らせは感じていまい。このままでは、私は家族に「虫の知らせ」のないまま死ぬことになる。いやいや、かならずしもそうとは限るまい。これから敵機もしくは敵艦が現われて、ハッとすると、「虫の知らせ」になるだろう。どうせ死ぬなら、せめて「虫の知らせ」のある状態で死にたいものだがと、そんなとりとめのない考えが頭に浮かんできた。

*

南の空に、南十字星が輝いている。南十字星は、日本内地では見えないからだろうか、私たち日本人にはとてもロマンチックに受けとめられ、歌に文章にもてはやされている。

実際に見上げる南十字星は、四つの星が菱形に見えるだけで、北半球の豪華な星座を見てきた私たちには、なんだか貧相に見える。それでも私は中学生のときに、感激をもって南十字星の話を聞いたことがある。

私が卒業した佐賀県三養基(みやき)中学校には、軍人志望者を集めて、陸軍と海軍の同志会がつくられていた。同志会会員は、休暇で帰省した陸軍士官学校生徒や、海軍兵学校生徒の先輩から、受験の要領などを教えてもらうことができた。また、この会合では、饅頭(まんじゅう)をいただくので、それも魅力で、私は海軍同志会に入った。

私が中学に入った当時、中学先輩の兵学校生徒はいなかった。そこで海軍同志会には、佐賀中学校出身の年田静雄さん、納富健次郎さんが、応援にやってきていた。お二人の好意は有難かった。三中からは入れないだろうかとの不安も起こった。幸い、堤清さん、谷川清澄さんが相ついで合格したので、私たちも努力しだいでは合格できるような気がしてきた。

堤さん、谷川さんが、海軍兵学校生徒として海軍同志会にやってきたとき、次のよ

昭和17年１月11日、ボルネオ島で攻略作戦中の軽巡「那珂」
——著者は、沈没のさい過去の事が脳裏を駆けめぐった。

うな話をした。
「兵学校に合格するには、もちろん勉強しなければならない。しかし、むりに勉強していると、近視になり、身体検査ではねられる。近視を防ぐには、勉強の合間に、遠方の山を見たり、夜空の星をながめたりすることだ。兵学校では、星空のことを教わるが、本日はこれから南十字星の話をしよう。

南十字星は、船乗りが、天の南極を知る星、とされている。南十字星のアルファ星、ベータ星、ガンマ星、さらにはデルタ星の四つの星が、美しい菱形の四角形をかたちづくっている。ガンマ星とアルファ星とを結ぶ延長線上には、正しい南極がある。また、この二つの星を結ぶ線の傾きぐあいから、時刻を知ることもできる。十六世紀の世界的大航海家マゼランいらい、南十字星は南半球の航海者にとって、天の十字架としてあがめられてきた。君たちも勉強して、兵学校に合格しろ。太平洋の洋上で、いっしょに南十字星を見ようではないか……」

佐賀平野の真ん中で育ち、海をめったに見たこともない私たち中学生にとって、南十字星の話は大きな刺激となったばかりでなく、それは海のロマンを感じさせた。

そして昭和十二年には三中から兵学校に、広尾彰、平山成人、東郷義明、それに私と四名が合格した。東郷は陸士に進んだので、残る三名が兵学校に進んだ。三中開校以来の十年間に、板谷茂、豊増清八、板谷隆一さん、そして堤清さん、谷川清澄さんと、わずか五名しか合格しなかったのに比べると、隔世の感があった。

昭和十二年四月、兵学校に入校したら、私が配置された第二十二分隊の三年生に、幸いにも谷川清澄生徒がいた。兵学校では上級生が下級生をなぐるそうだが、そんな場合には、谷川生徒が身を挺してかばってくれるだろうと思うと、とても心強かった。

入校して十日もたち、いよいよ四年生の鉄拳制裁がはじまったが、谷川生徒は少しも防波堤の役目をしてくれなかった。やはり三年生から四年生には、意見しにくいだろうと、これはあきらめなければならなかった。

そのころ、分隊の四年生が一週間の乗艦実習に出かけたので、鬼のいぬ間の洗濯と、私たち一年生は大いに羽根をのばすことにした。ところが、最初の晩、谷川生徒は一年生を集めて、

「一号生徒（最上級生）が留守だと、貴様たちはとたんにたるんどる。貴様たちのそのくさった根性をたたき直してやる」と、お達しをして、私たちをぶんなぐった。私に兵学校にこいとすすめておきながら、入校して間もない私をなぐったので、送り狼よりもたちの悪い迎え狼じゃないかと、私は憤りを感じ、谷川生徒を恨んだ。

私はその後の海軍生活で、けじめをつけるとか公私の別について体験的に分かってきた。そして私を殴った、あの場合の谷川生徒の立場も理解できるようになった。一時的にせよ、恨んで申しわけありません、と謝りたいが、このまま太平洋で果てるなら、謝る機会もない。そんなことを考えながら、私はあらためて、南十字星を見上げた。

艦長の慧眼

依然として、この日二十八日も島は見えないので、夜になって風に逆らって漕ぐことになった。漁師班の小浦機関兵曹が意見具申してきた。

「私は海軍に入る前、漁師として海で、何回か漂流しました。人間の力なんか、自然に対してはまったく無力です。だから漁師は、風に向かって漕ぐようなことはしません。私も、そんなことは一回もしませんでした」

　無理もない。十日近くも漕いできたのに、島の見えないことはもちろんのこと、その前触れとしての浮流物も流れてこないし、陸岸近くの魚も鳥も、まったく姿を見せない。天体の地球に対する相対運動を利用して、当隊は確かに西に進んでいる、西にはフィリピン群島があると、いまさら理屈を言っても納得はすまい。

　この事態になっては、そのものずばりの現象でなければ、小浦兵曹を説得することはできない。だが、その現象が見当たらない、どうしたものかと案じていたとき、同じ漁師班の山本銀治兵曹が立ち上がって、艇員たちに向かって檄（げき）をとばした。

「小浦兵曹の言葉にも一理ある。しかし、俺たちは、先任将校の言葉を信頼して、ここ十日ばかりカッターを漕いできた。何にも見えないが、陸地に近づいているだろう。あと一歩というところで漕ぐのを止めれば、いままでの苦労が水の泡になってしまう。とにかく、あと二、三日漕いでみようじゃないか」

　そうだそうだ、という声があった。大勢としては漕ごうという雰囲気になったが、反対意見も強いことが分かった。やれやれ反乱を回避できたとの安堵感と、いつ反乱が起こるだろうかとの不安が、相半ばしてすっきりしなかった。それはそれとして、隊員の体力があと何日もつだろうか。

手持ちの乾パンを三十日間に食い延ばすためには、食事は朝晩二回とし、各人一回に一枚しか食べられない計算となった。一枚三グラムの乾パンを、一日に合計二枚しか食べられなかった。乾パンは一袋に二十枚入っていたから、一袋を二十人で分けていたが、この袋の片隅に小さな砂糖粒が二粒入っていた。この砂糖粒を二十人で回しなめするわけにもいかないので、一応、回収して私が保管しておいた。

スコールが長くつづいた後とか、疲労の激しいときには、この砂糖粒を水筒の水に解かし、砂糖水にして回し飲みした。この砂糖水は、カッター生活にアクセントをつけたし、大きな励みにもなった。

この日の指揮官参集で先任将校は次のように語った。

「砂糖水は、とても有難かった。考えてみると、砂糖水が飲めたのも、久保田艦長のお蔭である。艦長は本艦沈没の直前、カッターには乾パンと水筒とを積んでゆけと指示された。久保田艦長は、自分は、艦と運命をともにする覚悟を決められた上で、部下をどうして生き延びさせるかと考えておられた。俺たちは、艦長のこのお気持を忘れてはならない。

艦長は、艦長の戦訓所見をマニラ海軍指令部に伝えよと、俺に最後の命令を下しておられる。俺たちは、なんとしてもフィリピンに辿り着かなければならない」

海軍の陸戦訓練では、いつも糧嚢(りょうのう)に弁当を入れ、水筒に水をつめて出かけていた。だから陸戦に出かけるときには、水筒が頭に浮かぶ。カッターに乗るときは、いつも水樽に水をつめて出かけていたので、カッターと水筒とは、なかなか考えが結びつかない。あの危急の際に、カッターに水筒を積んで行けと指示された、久保田艦長の慧眼(けいがん)に改めて感謝した。

＊

中、少尉時代、甲板士官として勤務していた私は、格別の関心を払うわけではないが、下士官と兵との間柄に気がつく。本艦における新兵は、それこそ、休む暇もないほど忙しかった。まず配属された分隊で、戦闘配置の職務を覚えなければならない。

警戒航行では、総員配備、二直配備、三直配備の当直勤務に就く。警戒停泊では、当直勤務ばかりでなく、航海中にできない兵器、船体の整備作業もある。

日課のうえでは休憩時間になっていても、いろいろな役割（食卓番、厠(かわや)番、風呂(バス)係、取次、従兵など）がある。兵員室は、居住区、食堂、寝室を兼ねているので、一日の間には、何回も食卓を立てたり倒したり、ハンモックを吊るしたりはずしたりで、文字どおり目の回る忙しさである。

それらの作業が十分にできないと、下士官、または一等水兵から気合いを入れられ、ときには制裁を受ける。自分の失敗でなぐられるのは諦めがつくとして、海軍では同年兵の失敗でも、連帯責任ということで一緒になぐられる。だから本艦における新兵は、いつもおどおどして落ち着きがなかった。

カッターの新兵は十七、八歳で、橈（かいこ）を漕ぐのは辛かろうが、それがすめば隊務もないし、下士官、一等水兵から制裁を受けることもない。だからカッターの新兵は、本艦のときよりも、かえってのんびりしている一面もあった。

それでもカッター漕ぎは、若い小野二水と安井二水には、よほどこたえるのだろう。この日は、参ったという顔つきをしていた。馴れないダブル漕ぎで、体の疲れよりも心労が大変なのだろう。尻の皮がむけて、きっと痛んでいるに違いない。

斉藤二曹が、この二人に声をかけた。

「疲れたか。いい風が吹くと、九分隊長が、帆走（セーリング）をして下さる。それまでの辛抱だ。頑張れ」

本艦では、いきなりぶんなぐるところを、逆に励ましてやっている。カッターの中で、新しい連帯感が生まれたわけで、たいへん結構なことである。九分隊長は、隊員になんとか夢をあたえたいと言っていたが、隊員の間に帆走が話題になっているから、言葉どおり夢をあたえている。漕がなくても滑るように進む帆走は、確かに有難い。

しかし、九分隊長がやって見せた帆走は、走るだろうか、走らないだろうかの試走だったから、どちらの方向に進んでもかまわなかった。だから曇っていて、方角が分からなくても試走できた。これから、帆走でフィリピンに向かうとなれば、方角が分からなければ走ることはできない。

風は出てきたが、二日も三日も曇っていて、方角が分からないのでは困る。できれば陸地が見えるまでは、曇ってもらいたくない。それまでは、風がなくても差し支えないと、自分一人で身勝手な想いをめぐらした。

それにしても、帆走に適した風が吹いたのは、遭難の日とその翌日だけである。私たちはこれまであの風は付近にあった熱帯低気圧の影響と思い込んでいた。だが、その後、十日近くそのような風が吹かない。

私たちの遭難場所は北緯十二度で、そこは北東貿易風地帯だった。そこから当隊は真西に向けて漕いでいる。だから緯度が変わらなければ、やはり北東貿易風が吹いているはずである。その後、十日近くも風が吹かないのは、北東貿易風地帯をはずれて、赤道無風地帯に入っているのではないだろうか。それが事実とすると、だいぶん南に流されていることになる。

カッター暮らしをはじめたころ、果たして陸岸に着くだろうかとの質問があったので、私は次のように答えておいた。

「『名取』が撃沈されたのは、フィリピン群島の東三百マイルの地点だった。北極星は北に輝いている。その北極星を右に見て進んでいるから、西に向かっているわけだ。フィリピン群島は、南北千八百キロに七千余りの島が散らばっている。磁石はなくても、このように西に向かって進んでいるとフィリピンのどこかに、かならずたどり着くことができる」

＊

最初に飛んできた味方機は、発動機二つの中型機だった。その後、発動機一つの小型機を見かけるようになってきた。小型機の偵察圏内に入ってきたのは、当隊がそれだけ陸地に近づいた証拠であると、そう激励してきた。この間、いろいろの問題にぶつかったが、それまではとにかく、なんとか切り抜けてきた。

ところが、十一日目の午後（二十九日）、これでいよいよ最後かと思われる一大事件にぶつかった。それは私が、カッターの底に横になって、まどろんでいるときのことだった。私の隣に寝ていた安井二水が、同年兵の小野二水に小声で話していた。私は聞くともなく、二人の話を聞いていた。

　兵学校の陸戦教官・月岡虎重少佐は、陸戦では戦術の駆け引きを勉強することもさることながら、隊員の雑談を聞いてその心情を推察するようにと言った。雑談のなかに、隊員の本音がひそんでいるし、雑談の多い、少ないで、疲労の程度が分かるというのことだった。カッターでも、同様だろうと、私は横になりながら、雑談をそれとなく聞くことにしていた。

　安井二水は言った。

「飲まず食わずで、毎日十時間カッターを漕いでいる。これまで十一日間漕ぎつづけて、今日まではどうにか命があった。こんな無茶なことが、そういつまでもつづく道理はない。あと二、三日もしたら、私たちの体はバラバラに壊れるのではなかろうか」

　私は、困ったことになったと思った。これまでの質問や疑問は、陸岸に着けるだろうかといった、航海術に関するものだった。航海は兵学校出の私にとって、専門に関することだから、自信をもって答えることができた。

　しかし、今日の話題は健康に関する問題である。この二、三日、夜のスコールの寒さが、体にひどくこたえるようになってきた。それだけ、私たちの体力が弱ったからだろう。安井二水が心配するのも、無理はない。

一般的にこう言われている。「肉体的苦痛は伝染しないが、精神的苦痛は伝染する」と。

その、謂れはこうである。傷の痛みに同情しても、その傷の痛みが同情者に伝染することはない。ところが、驚きとか恐れといった精神的苦痛は、そのままの形で、いや、時にはもっと拡大されて、付近の人に伝染することを意味している。

たとえば、だれかが何かにおびえて、「キャッー」と叫んで走りだす。その近くの人たちは、何におびえたかを確かめてから走りだす。しかし、十人も走りだすと、その情景を見た人たちは、原因も確かめずに走りだす。カッターの中では、いつ接岸できるかも分からないし、日中は暑苦しいし、夜間のスコールでは、体が寒さのためにふるえてくる。狭いところで、大勢の者が肌を触れ合っているので、パニックのもっとも起こりやすい状態にある。

安井二水の心配を早く断ち切らなければ、パニックの引き金になりかねない。なんとかしなければと気は焦るが、具体策はなかなか見つからない。私が上半身を起こして、何気なく両手を組んで、腕を曲げたり伸ばしたりしているとき、ひょっと、爪の白い三日月を見つけた。私はとっさに、これだっと思った。

「安井二水、指の爪を見せてみろ」と叫んだ。彼は上半身を起こして、私の方に手を差し出した。

「安井二水。お前の爪に、白い三日月がある。通信長の爪にも、このように白い三日月がある。俺はおばあさんから、爪に白い三日月があるのは、健康の証拠だと聞いている。俺たちの体はまだまだ大丈夫だぞ」

「通信長。爪の三日月の話なら、私はおじいさんから聞きました」

安井二水のほっとした顔を見て、私はやれやれと一安心した。

＊

私はもともと、劣等感の強い性格だった。田舎者、総領の甚六、おばあさん育ちは三文安い――それらのどの言葉も私の劣等感をかきたてていた。だが、今カッターの中で、生死の境に直面した、見栄もはったりもない、大勢の人たちを間近に見ていて、私の人生観は変わってきた。

飲み食いの話にしても、都会育ちは、餅を食べたいとか水を飲みたいとかの、一般論にすぎなかった。それにくらべると田舎者は、目を輝かし息をはずませて熱っぽく話していた。故里に帰ったら、鎮守の森の水を飲みたいとか、峠茶屋の餅を食べたいとか、特定の物を希望していた。それだけ田舎者は、都会育ちにくらべると、思い出多い生活を持っていたことに気がついた。

人間だれでも、自分の境遇の悪い面ばかりを見て、善い面を、見のがしがちである。私もそうだったと反省して、私は自分自身に言い聞かせた。

「お前は田舎者である。だからお前は、自然界に生きる生活能力を持っているぞ。そのためお前は、漁師班をつくることもできたじゃないか。お前は、おばあさん育ちである。だからお前は、辰巳の雷の諺も、爪の三日月の話も知っていたじゃないか。生死の境に直面して、故里を懐かしみ、誇りに思っているお前は、幸福者だぞ」

魔法のひょうたん

要具を持たない天文航海を、一般にポリネシア民族の航海という。そのポリネシア民族にしても、唯一の天文航海用具「魔法のひょうたん」を持っていた。

当隊には、その「ひょうたん」さえなかった。

航海士は今日もまた、代用品の手の指を使い、北極星(ポラリス)の高度を測って緯度を測定した。

「通信長。緯度は変わっていません、昨日と同じです」

「よーし、了解」

＊

先任将校はここ二、三日、昼間、カッターの舷外に舫索をたらして、何かしきりにためしている。何をしているのか、質問してみた。

「先任将校、何していらっしゃいますか」

「北赤道海流が、フィリピン群島にぶつかる地点に近づいてきた。その海域では、海面と海中とでは、海流の方向と流速とが違うのではないかと思う。それを確かめているわけだ」

本艦健在のとき、航海士官は、天象、海象を予測して航海計画を立てた。航海実施にあたっては針路、速力、風向、風速など数十のデータを駆使し、二十個ほどの機器を使って本艦の地球上における艦位を測定していた。

その測定位置が予定位置と違うと、針路を変えたり速力を調節していた。このため航海士官は、几帳面な、しかも緻密な性格の者が任命されていた。

カッターにおける先任将校（航海長）が使えるものは、数千年前のポリネシア民族と同様に、十メートルあまりの舫索一本だけである。

しかし私は、航海要具を持たない先任将校を、魔法の杖を失った魔法使いと思っているわけではない。

先任将校は、航海術を専門的に研修し、すでに十年近い海上経験を持っている。そして、当隊の航海は、学問的理論に裏づけられているし、先任将校も航海士も、自信をもって当たっている。この理論は、夜間における天体の地球に対する相対運動に立脚している。有難いことには、夜空の天体は、毎晩、義理堅くきちんと出てきている。使用艇は頑丈なカッターだし、淦水も少ない。隊員も毎日、何の不平不満も言わずに、苛酷な重労働に堪えている。

私はここで、母校・三養基中学校の岡村政一先生が言った、次の言葉を、ひとり口ずさんだ。

「簡より繁に入るは易く、繁より簡に入るは難し」

簡単な生活から繁雑な生活に入るのはやさしいが、その逆は難しいとの意味である。先任将校と航海士は、この難しいことを克服して、現在でも立派な航海をつづけている。この二人は、何とたのもしい航海士官だろう。途中目標があれば、二人が有能な航海士官であると、隊員たちに向かって立証できる。しかし、残念ながら、ここでは、途中目標は何一つ見当たらない。

もしここで反乱が起これば、これまでの苦心は、すべて水の泡である。反乱だけは、なんとかして食い止めなければならない。それは次席将校であるお前の責任だぞと、私は私自身に向かって言い聞かせた。

＊

この日の指揮官参集で先任将校は次の命令を出した。

「当隊はここ一両日中に、フィリピン群島に接岸する。各艇は、すみやかに、十名の椰子の実採集隊員を選出せよ。身体強健で、服装のととのっている者を選べ。できれば運動神経のすぐれた者が望ましい。機銃一梃を携行せよ。通信長は、採集隊の指揮官となれ」

体が丈夫で服装が整っていて、しかも運動神経のすぐれている者となると、なかなか見つからなかった。立派な服を着ている者が、体が丈夫で運動神経のすぐれている者に、衣服の交換を申し出る、微笑ましい光景もあった。また、それでもゴム靴が揃わない者に向かって、これを使って下さいと、自発的に申し出る者もあった。

カッターの中では、本艦の所属分隊が違うので、これまで口もきいたことのない者同士が乗り合わせている。が、ここ数日のカッター暮らしで、新しい連帯意識ができていた。それでも、この二、三日、隊員の雑談が極端にへってきた。体は弱ってきたし、陸地のきざしはまったく見当たらない。隊員はだれでも、将来への不安を、いっそう強くしていた。そのような状況の中で、採集隊員の人選は明るい話題をもたらした。

私は心の中で、この採集隊の目算を立ててみた。この三年間の私は、ソロモン群島とか、内南洋（マリアナ、マーシャル、カロリン諸島）の警備に従事していた。その体験によって、南洋の珊瑚礁と椰子の実とについて考えてみた。

珊瑚礁にのし上げても、銃弾を一発うけても、カッターが使えなくなるだろう。鳥目になっているから夜間の行動はできない。昼間に陸岸を目指すにしても、人里離れた地点を捜して、爪竿で水深を測りながら、静かに近寄らなければならない。採集隊が上陸したならば、被弾を回避するために、カッターはひとまず沖合に出しておこう。

椰子の林は、どこでも海岸線にあった。椰子は、幹の太さ直径十五センチ、高さ二十メートルばかりの樹上に実をつけていた。一本の樹に二十個あまり、年に四回ほど実をつけた。実の中の液は、かすかな甘みと生臭さはあるが、喉の渇きをいやすには良い飲み物である。椰子の実の殻を割ると、白い果肉（コプラ）がある。コプラは甘くておいしい食べ物で、いかの刺身のような味がする。私たちはコプラを、「山いか」と称して、珍重していた。

しかし、椰子の幹は、直立していて途中に枝もないので、健康な日本人でも登ることはできなかった。まして十日あまりも食事をとっていない当隊隊員には、とても登れない。また当隊には、椰子の実を買いとる金銭もないし、物々交換に提供する物品もない。強奪すれば原住民の反感を買い、ゲリラの攻撃を受ける恐れもある。

食糧を目指すならば、理屈の上ではバナナ、パパイアでもかまわない。しかし、これらの果物は、人家の近くに植えてあるし、やはり原住民とのトラブルを起こしかねない。

椰子の実採集を目指すと、予想される収穫に比べて、あまりにも危険が多すぎる。採集隊出発に当たっては、先任将校の意向をいま一度、確かめるにしても、この命令はおそらく短艇隊に話題をもたらす手段だろう。それにしても先任将校は、潜水艦作戦につづいて椰子の実採集隊と、よくぞ新しい話題を見つけ出したものである。

先任将校、乱心か

「右二十度、島が見えます。距離不明」

　見張員の興奮した声がひびく。ここ三、四日、毎日十時すぎにこのような報告がある。そして午後四時、さっきの島が消えてなくなった、との報告がつづく。もちろん、見張員は毎日交代しているから、同じ者が同じあやまちをくり返しているわけではない。

　太陽が東の空に上って間もなく、西方の水平線あたりに、島か雲かはっきりしないが、陽炎（かげろう）みたいな物が揺れている。十時ごろになって、太陽が上から照りつけるようになると、この揺れ動いている物が動かなくなる。一時間あまりも見つめていて動かないので、見張員は島が見えたと報告する。

　最初の一両日は、物珍しさも手伝って、私も島らしいものの品定めに、お付き合いをしていた。なるほど、前方はるかに薄黒く見える島らしいものを、一時間あまり見つめていても、まったく動かない。洋上で少しも動かない黒い物を見て、島だと判断するのは無理からぬ話である。そして午後四時ごろ、太陽が西の空に傾いて、その島らしいものの背後から照らすようになると、まるで魔法使いが現われたかのように、その島らしいものが、急に雲散霧消する。後には、落胆と疲労が残るだけである。

昼間は島騒ぎに巻き込まれ、夜は夜で橈漕すると、体がくたくたに疲れる。

そこでこの日は、島が見えたとの報告を聞き流して、私は艇底で寝転んでいた。眠っていたわけではないが、夜に備えて無理に目をつぶっていた。

「通信長。通信長」と、遠慮がちに私を揺り起こす者がいる。ものうく目を開けて見たら、石川兵曹だった。

「通信長、今日の島は本物です」と、真剣な眼差しで私をのぞきこんでいる。報告なら聞き流しておけるが、話しかけられると、そうもいかない。疲れた体にむちうって起き上がり、島らしいものを見てみた。昨日とちっとも変わらない。

先任将校は、あれは島ではない、とのサインをふくめて、首を左右に振って私を見つめている。しかし、石川兵曹の真剣な顔つきを見ては、一喝して撃退するわけにはゆかなかった。

「石川兵曹、俺が見ると、昨日とちっとも変わらんぞ。あれは島じゃない」

「私は二時間以上も見つめていますが、ちっとも動きません。あの島は本物です。いまから漕げば、日没までには接岸できます。食事もせずに、毎日漕ぎつづける。こんなことがいつまでもできるとは限りません。通信長、今日中に漕ぎ着きましょう」

「石川兵曹、当隊は計画を立てて作戦行動をしている。昼間は、こうして休んでいる。先任将校との昨夜の打ち合わせでは、島らしいものを見つけたら漕ごう、という話は出なかった。とにかく、今日は漕がないぞ」

石川兵曹は不承不承に引き下がった。彼が執拗に食い下がったのは、命がけで進言しているからである。彼の態度を一概に非難すべきではない。彼の熱意は買わなければならない。彼としては、このままでは、体力がいつまでつづくか分からないとの心配から、あのような進言をしてきた。それはそれとして、この島らしいものは夕方にはやはり消えてなくなった。

眠っておかなければならない昼間、島騒ぎに巻きこまれた無念さはあったが、この日の私には一つの救いがあった。私は二、三日前、九分隊長と航海士に、先任将校には直接話しかけるなと言った。それが艇員の間に浸透して、石川兵曹は次席将校の通信長に話しかけたのではあるまいか。それならば、この極限状態で軍規を維持する見地から、大変よろこばしいことである。

洋上の小舟に乗って、陸岸を目指している者にとって「島が見えた」という言葉は最大の喜びのはずである。しかし、来る日も来る日も、この言葉にだまされつづけていると、狼少年の話ではないが、「島が見えた」との言葉を、額面どおり素直に信じられなくなった。

そのような失望、落胆をくりかえしていたある日の午後、淡い虹が見えた。「虹がでた」の叫び声に、寝ていた者もとび起きた。なるほど、きれいな虹が見える。少年時代、友だちと虹を眺めた楽しい思い出も蘇る。

洋上で姿を現わさなかった虹が、ここで姿を現わしたのは、陸地が近い証拠ではなかろうか。そのような楽しい空想もでたが、この虹は神の悪戯か出来心だったのだろう。その後、二度と虹を見つけることはなかった。

私がうとうととまどろんでいたとき、あたりが急に騒がしくなった。快い眠りをさまたげられ、ものうく薄目をあけたとき、

「ちょうちょうだ」と、甲高い声がとんだ。まさか、と耳を疑いながらも、私は上半身を起こしてみた。目の前二メートル足らずのところを、白い小さな蝶が飛んでいた。それは、私が幼いころ、佐賀平野で追い回していたもんしろ蝶のような蝶だった。

平常は無信心な私も、このときばかりは、神様が蝶を遣わして下さったと思った。反乱の起こる前に、体力がつづいている間に、短艇隊によくぞ話題をあたえて下さったと、このときばかりは神様に感謝した。

かよわい蝶が、洋上はるか何百キロも飛んでくることは考えられない。せいぜい五キロか十キロだろう。だとすると、三時間か四時間も漕げば、接岸できるような気がしてきた。だれもが浮き浮きして、白い歯がこぼれている。（注、蝶が風とか気流にのって、数百キロ飛ぶことは、しばしば見受けられる。このため、フィリピンの蝶が、台風にのって、九州の南方地域で発見されることもある）

「通信長、漕ぎましょう」との掛け声が、あちらこちらで起こった。それは何人かが扇動（アジツテ）いるのではなく、総員の声と受けとめた。

「よーし漕ぐぞ、みんな起きろ」とうながして、先任将校に向かい、

「先任将校、漕ぎます」と一応、届けて、橈漕を開始した。一かき一かき、隊員一同、心をこめ、力を合わせて漕いだ。みんなの意気は、暑さも疲れも吹き飛ばした。十日も飲まず食わずで、しかも休養もとれなかった者のどこにこんな力が潜んでいたかと思わせる力強さで、カッターはぐんぐん進んだ。

私は兵学校の遠漕よろしく、予備（スペアー）の舵柄を気合い棒にして、「一（いーち）、二（にーい）」と拍子をとりながら、励ました。

カッターを漕ぐ者は、目標を背にしているので目標は見えない。だが、この日ばかりは、隊員は何の不安もなく力の限り漕いでいた。太陽は西に傾いて、いよいよ魔の

午後四時となった。悲しいことに目指す島らしいものは、やはりこの日も消えてなくなった。

「櫂上げ。櫂収め。休憩」

一同、おやっという顔をしながら振り返ってみた。あるはずの島らしいものは、なんにも見えなかった。みんな、朽木のようにばたーんと倒れて、言葉もなかった。肉体的に疲れたことよりも精神的な落胆が大きかった。

いまさらぐちをこぼしても、はじまらない。私も横になった。どのくらいの時間、眠ったであろうか、いずれにしても、まだ疲れは残っていた。だれかが、しきりに私をゆり起こしている。先任将校が、呼んでおられるとのことだった。やおら上半身を起こしたとき、

「通信長、なにをぐずぐずしているか。時間だ、漕ぎはじめろ」との先任将校の罵声がとんできた。寝起きのぼんやりした頭では、この言葉を理解できなかった。行動を起こさない私に、先任将校はさらに催促の言葉を投げつけた。

洋上では、先任将校と次席将校の私と、考え方がおおむね一致していた。だが、陸地を目前にしてのこの二、三日、いくつかのことに考え方が違ってきた。大事を前にして、私はこれまで懸命に自分を抑えてきたが、このときばかりは我慢できなかった。

「先任将校、ごらん下さい。みんな、死んだように眠っています。今夜だけは、ゆっくり休ませて下さい。本日の予定距離は、昼間すでに漕ぎました」

「昼間は、君たちが勝手に漕いだ。当隊は作戦行動中である。夜間十時間漕ぐことは、予定の行動である。予定どおり行動を開始せよ」

「分かりました。すぐ橈漕を開始します」

「オイッ。みんな起きろ。フィリピンに向けて漕ぐぞ。艇座に就け」

「橈備え。用意……前へ」

　みんなは一言半句の不平も言わずに、漕ぎはじめた。もちろん、昼間の力強さはなかったが、それでも一応、整然としたオールさばきだった。嫌々ながら漕いでいるなら、橈はこんなにそろわない。さすがは軍隊である、それも軍艦「名取」の生き残りばかりである。同じ軍隊でも、寄せ集めの部隊なら、こうもゆくまい。

　黙々と漕いでいる艇員を見つめながら、私は心の中で叫んだ。

「もし俺が先任将校なら、君たちにこんな苦労はさせない。今夜だけはゆっくり休ませてやる。俺は一応、今夜だけは休ませて下さいと、意見具申をしてみた。だが、残念ながら、先任将校から却下された。これ以上の抗議をすると、俺は抗命罪（部下が上官の命に従わず、反抗することをいう。敵前における抗命罪は死刑を課された）に問われる。許せ」

　それにしても、この日の先任将校の態度は腑に落ちなかった。平常、部下思いの先任将校が、今夜に限って、どうして無理難題をぶっかけるのだろうか。私が昼間、「漕ぎます」と届けたとき、意にそわないならば、先任将校はその場で拒否できたはずである。

　その場は黙認して五時間も漕がせ、いまさらまた、夜間十時間漕がせるのか。先任将校は、俺たちをペテンにかけている。

　先任将校はかねてから、私たち幕僚に口癖のように言っていた。

「見えすいた小細工はするな。そんなことしたら、兵員の信頼を失うぞ。兵員の信頼を失っては、この短艇行は成功しないぞ」

　口では立派なことを言っておきながら、小細工をした先任将校のこの夜の態度は腹にすえかねた。それはそれとして、この晩、反乱が起こるような気がしてきた。私はひそかに、九分隊長に耳打ちした。

「今夜、反乱が起こるような気がする。俺は非番のとき兵員の中に入って漕ぐ。貴様も、非番のときには漕いでくれ」

　指揮官として、先任将校が、焦られる気持は理解できる。しかし、焦る気持を抑えるのも責務の一端のはずである。かねて部下思いの先任将校が、ここに来て突然、部下に難行苦行を強要している。先任将校、乱心か。

第六章　生還

島の稜線

明けて二十九日となった。昨日は昼間五時間も漕いだのに、夜は夜で十時間も漕ぎつづける羽目となった。夜間の行動を終わった四時ごろには、みんな精も根も尽き果てて死んだように横になった。夜明け直前の薄明かりの中で、だれかが叫んだ。

「椰子の葉っぱだっ」

待ちに待った浮流物が、やっと姿を現わしたらしい。疲れてはいたが、起き上がって海面を見てみた。なるほど、椰子の葉だ。その緑色は、十日あまり青色（ネイビー

・ブルー）の海面だけを見つめてきた私たちにとって、とても鮮やかだった。なんの変哲もない椰子の葉っぱを、これは神様の使いだと、感謝の気持で眺めた。
昨日、ちょうちょうを見つけたとき、私たちは陸が近いと有頂天になった。しかし、冷静に考えてみると、ちょうちょうが飛んできたのは、風とか気流の偶然があったかも分からない。椰子の葉っぱはちょうちょうに比べると、うんと必然性を持っている。ちょうちょうは二度と飛んでこないかも分からないが、椰子の葉っぱなら今後も期待できる。椰子の葉は波に身をまかせているが、その揺れ方は、リズムもテンポも沖合とは違う。

いずれにしても陸は近い。みんな疲れきっているが、今朝、椰子の葉っぱを見たことで、明日一日ぐらいは漕ぎつづける気持になっただろう。その気持が変わらないうちに、何か次の変化を見つけなければならない。

「アッ。何か黒い物が」

突然、恐れをこめた叫び声がとんだ。なるほど、左前方はるか彼方に、何か黒い物が海面に横たわっている。

遭難地点の付近では、自分たちの力だけで接岸できるかどうか見当はつかなかった。救助してもらいたいとの願望もあって、何でもよいから、何かが見つからないかと思っていた。あれから十日あまり、フィリピンに向け全力をあげて漕いできた。陸地を確認したわけではないが、陸地の徴候はいくつか出てきた。自分たちの力だけで接岸できる見込みも、どうやらついてきた。

こうなると、何かを見つけた喜びよりも、それがこちらに危害を加えるものではないかとの警戒心がさきに働く。できることなら、何にも出会わずに、自分たちだけの力で接岸したいと言うのが、現在の心境である。

洋上で黒い物と言えば、これまではスコールだった。スコールが視界内に入ってくるときには、短冊みたいなスリムな物が、空から海面まで垂れ下がっていた。現在見えるあの黒い物は、まるで衝立(ついたて)みたいに海面に横たわっている。あれは何か分からないが、これまでの経験から、スコールでないことだけは確かである。

いずれにしても、あの衝立がその正体を現わすには、東の空が白むまで、いましばらく待たなければならなかった。不安をからませての憶測は、たくましい想像力をかもしだす。あの衝立は島じゃないかと、とんでもないことをうそぶく者も出てきた。

島という言葉に、これまで嫌というほど騙(だま)されつづけてきた私たちは、島だと素直に喜ぶ感情よりも、島ではあるまいとの警戒心がまず働いた。

やがて夜も明けてきた。横たわっていた黒い物は、まぎれもない島だった。驚いたことには、横長に見えたのは島の稜線だった。幕僚が予想した島への接近は、はるか彼方にまず小さな黒点が見えてくる。その黒点が湯呑みとなり、湯呑みがやがて茶わんになるはずであった。島の稜線が見えだすのは、さらにその後の話である。ところが、実際には、ビデオテープの巻き戻しのように、いきなり島の稜線が現われている。

気持の整理ができていないのに、先任将校が、いきなり、「ヒナツワン水道だ」とつぶやいたときには、私はたまげてしまった。

先任将校は、これまで「名取」航海長として、水道を通るたびに地形を見つめていたから、島の稜線を見ただけで、ヒナツワン水道だと確認できた。

ここがヒナツワン水道なら、サマール島を目指していた当隊は、数百マイル南方に流されたことになる。私はそのとき、北からのうねりに対する配慮が足りなかったから、南の方に流されていたという反省よりも、ここが水道なら潮流があるはずだと思いなおした。

この短艇行で、私は当初、海流には関心を持っていたが、潮流のことはまったく念頭になかった。一定の場所を一定の方向に流れる、海の中の川にも相当するものが海流である。地球の自転による海流は、大洋の西縁部に強い。このあたりでは、東から西に向かって流れる北赤道海流がある。この北赤道海流は、フィリピン群島に当たってから北上し、日本近海で黒潮と呼ばれ、アメリカ大陸に向かって東進し、結局は北太平洋を時計回りに回っている。

潮汐とは、月や太陽など天体の引力作用により、海面が一日に二回、周期的に昇降をする現象である。潮汐により海水が水平方向に流れるのが潮流である。満ち潮と引き潮では、流れの方向はまったく逆である。海水が、水平方向に移動するのは、海流と潮流である。ある地点で、海流は常にある一定方向に流れているが、潮流は日に二回、逆の方向に流れている。

フィリピン群島は七千余りの大小の島から成り立っている。島と島との間には、太平洋側に開口した海峡、水道もいくつかある。船乗りなら、この海峡、水道に潮流のあることは、当然考えておかなければならなかった。しかし、海流の先入観にとらわれていた私は、潮流のことはまったく考えていなかった。

ここで私は、昨日のことを回想してみた。午前中、ちょうちょうを見つけて、橈漕を開始した。最初は、もの凄いスピードで進んでいた。その日の午後、力まかせに漕いでいたが、そのわりには、あまり進まなかったらしい。陸地には、とうとう近づかなかった。

その晩、先任将校から強要されて、疲れた体にむちうって嫌々ながら漕いでいた。

それでも夜中にだいぶ陸地に近づいていて、今朝はこうして島の稜線を見ている。ということは、昨日の午後は向かい潮だったから、力まかせに漕いでも、あまり進まなかった。だが、その代わり、夜間は嫌々漕いでいたが、追い潮だったから、意外に進んだに違いない。

カッターでは潮汐表を持たないから、先任将校が転流時刻など承知しているはずはない。先任将校が、昨夜、橈漕を命じたのは、艇員は体力の限界で、これ以上の日延べはできないとの判断だったのだろう。いずれにしても先任将校の決断があったればこそ、当隊は今朝このように海岸に接近することができた。

そのとき私は、兵学校の統率学教官・猪口力平中佐の言葉を思い出した。

「諸君は、まだ実兵を指揮した経験がない。だから諸君は、理想的な指揮官とは、理解力に富んだ円満な常識家と思っているだろう。しかし、指揮官は、ときには、物わかりの悪い頑固者でなければならない」

いまにして思えば、昨夜の先任将校は、物わかりの悪い頑固者になっていた。

＊

これまで日中は、毎日、各艇とも帆柱（マスト）を立てて、視界限度に展開して帆走していた。

しかし、ここで帆柱を立てると、陸上の土匪(ゲリラ)に発見される恐れがあったから、帆柱は立てなかった。

　昨日は十五時間も漕いだので、この日の日中は、まるまる休むことにした。各艇は近接して、シーアンカーを入れて漂泊した。時化(しけ)てもいないのにシーアンカーを使ったのは、潮流で沖合に押しもどされないことを願ってのことだった。

＊

　二番艇で二分隊の石村一水、三番艇で高橋七郎二曹が戦死したので、日没後、しめやかに水葬をした。二名とも、筏の疲労がどうしても回復しなかった。高橋兵曹はカッターに引き上げられたとき、疲労がはげしく、

「上海(シャンハイ)陸戦隊に転勤の途中です」などと、うわごとを言っていた。同じ配置の小林兵曹が、自分の上衣を脱いで着せ、親身になって介抱していると、かねてより三番艇の艇指揮から報告を受けていた。

　ここまで一緒に苦労してきたのに、接岸を目前にして戦死者が出るのは、何ともいたましい。どうせ命はないにしても、せめて接岸した後であれば、末期(まつご)の水だけでも十分にあたえられただろうに。それにしても、三番艇の山田一水は、重油を多量に飲

んでいるとの報告だったが、接岸まで大丈夫だろうか。

逸る気持を押さえて

この日の指揮官参集で先任将校は次のように語った。

「俺たちは十日以上も栄養をとっていないから、夜盲症にかかっている。夜間、陸岸に接近することは、極力避けなければならない。本日も例の通り日没直後に発進すると、夜中にフィリピンの土匪（ゲリラ）と接近する恐れがある。

みんなが一時（いっとき）でも早く上陸したいと思っていることは先任将校も十分に承知している。しかし、人間の仕事は最後の仕上げが大切である。昔から、百里を行く者は九十里を半ばとする、と言われている。ここは慎重に進まなければならない。本日の発進時機は、おって令する」

こうして当隊員は、逸（はや）る気持を押さえてしばらく待機することになった。発進をうながす声が、あちらこちらで起こったが、先任将校は所信を変えなかった。

先任将校が重い腰を上げ、発進を始めることにしたときは、夜もだいぶ更けていた。カシオペア座は北極星の周りを、日没時の位置から反時計回りに六十度回っていたので、日暮れから四時間は経過していた。だから正子（しょうね）（夜中の十二時）近かったろう。

洋上では、先任将校も幕僚も、その判断はさして違わなかった。陸岸近くなって、先任将校の慎重な態度は、幕僚の思慮をはるかに上回っていた。遭難地点を発進するとき、陸岸に近づけば夜光虫が派手に活躍します、と九分隊長は予言していた。その言葉どおり、夜光虫の動きが派手である。

明かりもない真っ暗闇で十日あまりも暮らしてきたので、月齢十四の月明かりは、私たちにとっては明るすぎた。私たちはこれから隠密行動をしなければならない。陸地では、土匪の目が光っている。

月よ、心して照れ。夜光虫よ、心して動け。思えばこの十日間、目標も見ないまま、当てずっぽうに機械的に漕いできた。今夜は違う、目の前には、まぎれもない島がある。橈を持つ手に思わず力がはいる。艇員の間から、思わず白い歯がこぼれていた。

*

短艇隊が希望の船出をして、三十分ほどもたった頃、ダッ、ダッ、ダッ……と、腹にこたえる爆発音が聞こえてきた。華やいだ気分はふっ飛んだ。潜水艦のディーゼル音らしい。

私はさっそく、

「潜水艦戦用意。発動」と下令した。

各艇いっせいに舫索を解いた。作戦計画通りに、一番艇はそのまま直進した。二番艇は右に、三番艇は左に並んで、相手に向かって突き進んだ。先任将校が叫んだ。

「通信長。あの爆音は、ディーゼルじゃない。焼玉じゃないか」

緊張の中にも、耳をすます。

ポン、ポン、ポン……。なるほど、爆発音が軽快である。それは濁音ではなく、正しく半濁音である。半濁音なら焼玉である。焼玉なら日本の船に間違いない。

「潜水艦戦、要具収め。橈収め」

「助けてくれーと、みんな大声で叫べ」

おやっ、さっきの船が、向きを変えて、遠ざかろうとする。逃げられては大変と、一同、命がけで大声をあげた。日本語を聞いたからだろう、焼玉船が引き返してきた。やれやれ一安心と、一同やっと胸をなでおろした。後で聞いたことだが、焼玉船としては、急に目の前で白波が三ヵ所で起こったので、敵の魚雷艇から攻撃を受けると思ったとのことだった。

この焼玉船は、陸軍の監視哨交代要員を乗せていた。交渉の結果、カッター三隻をスリガオ（ミンダナオ島北東部の町名）まで曳航してくれることになった。

陸軍船は曳航の経験が少ないだろうと、先任将校と次席将校の私が、曳航指導のため陸軍船に移乗した。（注、曳航上の注意事項＝①曳航索をスクリューにからませないこと。②波の波長とにらみ合わせて、曳航索の長さを定めること。③変針、変速の場合、被曳航船のことを考え、小刻みに小幅に転舵と変速すること。④行き合い船に曳航中であることを早めに知らせること）

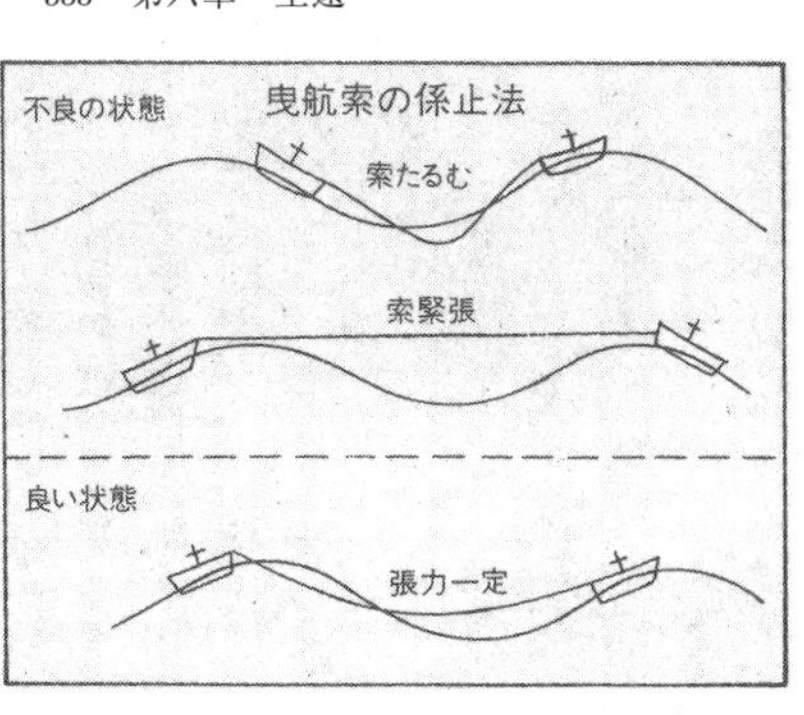

先任将校は陸軍船の船長の横に、私はスクリュー付近に位置した。陸軍船は、機械の前進と停止を、慎重にくり返し、徐々に行脚（ゆきあし）をつけた。この間、私は、曳航索を爪竿で持ち上げて、スクリューにからませないようにしていた。

ようやく曳航状態となった。船首の白波の状況から六ノットは出ているだろう。十日あまり三ノットで漕いでいた私たちには、目の回るような速力に感じられた。左二十度の陸地で急に火の手がぱあーっと上がった。私は思わず身がまえた。

陸軍船の船員の話によると、沿岸を航海していると、ときおり見かける状況である、土匪が沖合の敵潜に狼煙（のろし）を上げているとのことだった。せっかくここまでたどり着いたのに、陸地を目の前にして、ここでやられてはたまらない。陸軍船よ、早くヒナツワン水道に入ってくれと祈った。

人間とは、真に身勝手なものである。曳航され、助かったと思ったとき、六ノットの陸軍船が、とてもたのもしかった。やられるかも分からないと思ったとき、六ノットの速力がなんとももどかしかった。

やっとのことで、水道に入った。どうやら安全圏にやってきたと思うと、急に喉の渇きを感じた。水槽の場所は、船乗りの常識から見当がついた。だれ知るまいと水槽の天蓋（ふた）をはずして、ひしゃくで一口飲んだ。

「通信長。貴様、先憂後楽（部下より先に憂え、部下より後に楽しむこと。統率の手法を説明する言葉として使われていた）を忘れたか。兵学校出身者として恥ずかしくないか。それで指揮官と言えるか」

海軍の先任将校が、いきなり次席将校を大声で叱りつけたので、陸軍船の乗員は、あっけにとられた。が、叱りつけられた私に、弁明の余地はまったくなかった。私は深々と首をたれるだけだった。

それにしても、先任将校の人格は立派なものだった。翌朝、接岸して、全隊員が水を飲むのを見届けてから、先任将校ははじめて水を飲んでいた。

先任将校がこのように、高潔な人格の持ち主だったからこそ、人間生存の極限状態で、よくぞ反乱が起こらなかったと、あらためて考えさせられた。

陸軍艇では忙しそうに炊事をしているので、陸軍兵はこれから夜食をするのかと思っていた。しばらくすると陸軍兵が、小林大尉と私にお粥を差し出した。先任将校は、陸軍艇の艇長に厚くお礼を述べ、まずカッターの艇員たちに食べさせたいとのことで、このお粥をカッターに曳航のまま綱送りした。

十人乗りの陸軍艇に、百八十人の居候が急に押しかけたわけだから、カッターの艇員一人当たりの量はたいしたことはなかった。たとえ雀の涙の量であっても、カッターの艇員たちは、この晩のお粥の味を、おそらく一生忘れることはあるまい。

舫索はとかれた

やがて東の空が白んできて、三十日の朝を迎えた。今日はもう首を回してあたりを見定める必要はなかった。漂流中に迎えた陽光は、遠慮会釈もなく私たちの肌を焼いていた。同じ陽光でも、六ノットで走る陸軍船の上では、心地よい温ぬくもりを感じただけだった。

洋上では、鳥も魚もあまり見かけなかったが、ようやく接岸を目の前にして、とんびも姿を見せたし、飛魚も陽光を背にして飛んだ。

この十日あまり、見えるものは青一色だったが、それは私たちにとって秋霜苛烈な自然条件を意味していた。一夜明けた今朝は緑一色だが、それは私たちに春風駘蕩な人間社会を約束している。

接岸もやがてと思うと、胸はおどる。曳航されているカッターの上で、浮かれているみんなのようすが、陸軍船の上からも手にとるように分かる。ここで事故を起こしては、九仞(きゅうじん)の功を一簣(いっき)に欠くことになりかねない。

先任将校は、接岸をひかえて短艇隊を見ていたが、私に次の命令をした。

「通信長、各艇に、手旗信号を送れ。間もなく舫索(もやいづな)をとき、接岸体制に入る。服装を正し軍規を厳正にし、以て有終の美を飾れ」

各艇より了解の信号が届いた。各艇とも、お互いに向き合って服装を直している。飲まず食わずの苦労をしてきたわりには、きびきびとした動作をしているので、見苦しい接岸はしないだろうと一安心した。三本の軍艦旗が、ひときわ誇らしげにはためいていた。

「通信長、各艇へ信号。『名取』短艇隊の編制を解く。各艇はそれぞれ桟橋に横付けせよ」

「舫索とけ」

舫索はとかれた。各艇は淡い航跡を残して、目指す桟橋へ……。

＊

先任将校と私は、陸軍船の乗員に厚くお礼をのべて上陸した。十三日間も歩いていないので、膝ががくがくして確かな足取りができなかった。

こんな体では、シージャックも椰子の実採りも無理な話だといったことを語り合い、二人は顔を見合わせて笑った。

先任将校は、その間にも各艇を見つめていたが、各艇ともみごとな達着をした。やれやれと、肩の重荷をおろした感じだった。

漁師班の渡辺兵曹が、先任将校の所に歩み寄った。

「先任将校、遭難現場では、失礼なことを申し上げました。こうして、ふたたび陸地を踏めるのも、先任将校のお陰です。有難うございました」

「渡辺兵曹、出発に当たって十分話し合ったから、どんなに苦しくてもやりとげるとの、固い決心ができた。そして、みんなが力を合わせたから、成功したぞ」

「先任将校と一緒なら、ハワイでもどこでも行きます」

最後の短い言葉の中に、先任将校への信頼と感謝の気持がこめられていた。

カッターは桟橋に横付けし、舫索をとった。この十三日間、夜となく昼となく働きつづけた橈も、今は用ずみとなって艇内に収めた。

助かったという安堵感から、隊員の顔から張りつめていた緊張が急にゆるんでゆく。これまで歩いていないことと気のゆるみが重なって、カッターから桟橋に上がれない者がいる。陸軍兵が、親切に引き上げてくれた。ほとんどの者は、ふらふらしながらも歩いて宿舎に向かった。中には数名、陸軍兵の肩にもたれかかって歩いていた。これを見つけて、山本銀治兵曹がどなった。

「肩にもたれて歩くとは、何事だっ。軍人らしく、しゃんとしろ。ひとりで歩け」

多くの者が、ハッとして我に返った。これまで私たちの心の片隅に、自分たちは苦労してきたから、このくらいならいいだろう、との甘えがあった。山本兵曹の一喝で、甘ったれ気分は、ふっとんだ。肩にすがっていた者も、ひとりで歩きはじめた。

＊

桟橋でカッターを見まもっていた私に、見知らぬ海軍士官が話しかけてきた。

「第三十一魚雷艇隊の派遣隊指揮官外川(とがわ)軍医中尉です。海軍の短艇隊が桟橋に着く旨、陸軍司令部より連絡を受け、出迎えに参りました。当隊は、小官以下二十名ですが、スリガオにはほかに海軍部隊はいません。ご要望は遠慮なくおっしゃって下さい。当隊でできるだけの協力はします。貴隊に軍医官は、いらっしゃいますか。いらっしゃらなければ、小官に軍医長を命じて下さい」

わざわざ出迎えて自発的に医療の申し出をしたので、私は深く感激した。先任将校にはかって外川中尉の申し出を受け入れることにした。もちろん小林先任将校に軍医官の人事権はないが、短艇隊には、差し迫った医療が必要だった。

外山清彦軍医中尉。短艇隊員を親身になって気づかった。

外川部隊には無線機はなく、二キロ先の陸軍司令部まで、私が自転車で出かけることになった。私は自転車に乗ろうとして、ぱたーっと倒れた。カッターの中で十日あまり座りっぱなしだったので、手足が思い通り動かなかった。近くの人たちが危ないから中止するようにと言ったが、私は再度、挑戦した。一度進みはじめると、なんのことはなかった。中学五年間、二キロの道を毎日、自転車で通った経験がここで役に立った。

陸軍司令部は、小高い台地の上にあった。外川中尉が電話連絡していたので、すぐ幕僚室の日高友一中佐のところに案内された。

「松永海軍大尉です。軍艦『名取』短艇隊カッター三隻は、昨夜ヒナツワン水道にて陸軍船の曳航を受け、今朝スリガオに接岸できました。先任将校小林大尉は、隊員百八十五名の宿泊準備をしているので、次席将校松永大尉がお礼言上に参りました」

「お疲れのところ、わざわざのご挨拶、ご苦労様です。何かご要望があったら、遠慮なくおっしゃって下さい」

「有難うございます。まずマニラ海軍司令部あて、状況報告の電報を打っていただきたい。次に当隊員の百八十五名分の被服、毛布、それに半月分の食糧を拝借いたしたい。後日、海軍より返品いたします」

「ご要望に応じます。ところで、お差し支えない範囲で短艇隊のようすなど話して下さいませんか」

日高参謀は、如才なく私に椅子をすすめた。

「指揮系統はありませんが、状況申達は立ったままやります。不動の姿勢はとれないので、脚を開いたままで、ご容赦願いたい」の前おきで、幕僚十名あまりを前にして、私は大体、次のような話をした。

　軍艦「名取」は、六月以来、マニラ――パラオ間の緊急輸送に従事していた。四回目の往路、敵潜水艦の雷撃を受けて撃沈された。場所はサマール島の東方三百マイルだから、東京と姫路の距離に当たる。艦長・久保田智大佐は、艦と運命をともにされた。乗員六百名のうち、二百名がカッター三隻に分乗して洋上に取り残された。

　中攻一機が飛んで来て、カッター三隻を確認して通信筒を落としたので、総員、救助艦の来着を待つつもりだった。しかし、先任将校は当隊が救助艦に発見される確率は小さいと、総員の反対を押し切って、当隊独力でフィリピンに向かうと決意した。昼間は帆走をし、夜間は十時間、橈漕することになった。磁石も時計もなかったので、星座を見つめて西への針路を定めた。十三日間、一日乾パン二枚を食べ、スコールを飲んでいた。
　二、三の質問があって、日高参謀は次のように締めくくった。
「それは、ご苦労でした。陸軍の斥候(せっこう)が道に迷って、十日以上すぎて帰隊することがあります。隊門に入った途端、ばたーっと倒れます。松永大尉は立ったままで話をしましたが、兵学校でよほど、鍛えられたわけですね」

「陸軍に笑われないようにと、小官は緊張しています。小官が海軍部隊に行けば、やはりひっくり返ったと思います」

「正直におっしゃったが、人間はだれでもそんなものでしょう。当隊は間もなく、討伐に出かけるので、糧食も被服も不要になります。さっきおっしゃった要望品は、無償で進呈します。返品には及びません。ほかにも欲しい物があったら、どうぞ遠慮なく申し出て下さい」

「日高参謀、日本の陸軍と海軍は、仲が悪いと世間で言われています。私はどのような扱いを受けるかと、心配してここへ参りました。ご親切、身にしみて有難く感謝します」

「中央における縄張り争いはいざ知らず、前線では乏しきを分かち合う戦友意識ですよ。私はフィリピンに来るまで、ソロモン群島で転戦していました。その間、とても海軍にはお世話になりました。松永大尉、遠慮される必要はありません」

「有難うございます。昨夜来、陸軍部隊に何かとお世話になりました。関係部隊には、貴司令部よりよろしくお伝え下さい」

司令部を出て、自転車で桟橋まで帰った。短艇隊員の宿舎は、桟橋近くの椰子の実を収納する倉庫だった。陸軍から贈られた被服、食糧は、すでに宿舎に届けられていた。今夜は久し振りに腹一杯食べられると、隊員一同は夕食を楽しみにしていた。

待ちに待った、夕食の時間がやってきた。短艇部隊に配られた夕食は、湯呑みにうすーい重湯を、申しわけみたいに、ほんのちょっぴり入れてあるだけだった。副食物は何一つなかった。魚雷艇隊の隊員は、ご飯もおかずも、たらふく食べている。あまりの仕打ちに腹をすえかねた私は、

「外川中尉を呼んでこい」と、どなった。臨時軍医長はすっとんできた。

「外川中尉。食糧は貴様の要請で、俺が陸軍から大量にもらってきた。ところが、魚雷艇隊の連中は、ご馳走をたらふく食べているのに、短艇隊員は、うすーい重湯だけ。この差別は、ひどすぎるぞ」

「松永大尉、今朝、小官が、短艇隊の軍医長を願い出たことを、覚えておられますか」

「覚えとる」

「それでは、冷静に考えていただきます。短艇隊員は、自覚症状がないだけで、総員、重病人です。十日以上も食事をしていないみなさんに、いきなり普通食をあたえたら、

明朝、総員死んでしまいます。『名取』短艇隊員の健康管理は、軍医長の小官に、ご一任していただきたいと思います」

「よーし、帰れ」

上官らしい口をきいたものの、条理を尽くした外川中尉の言葉に、私は正直のところ受け答えできなかった。私は振り上げた拳(こぶし)のやり場に困った感じで、短艇隊員に総員集合を命じた。

「この十三日間、俺たちは、食べることだけを考えていた。今夜の夕食が、うすーい重湯だけだったので、がっかりもしたろう、腹も立ったろう。俺も、ついかあーっとなって、さっき外川軍医中尉を呼びつけた。しかし、これは、俺の間違いだったと気がついた。

俺は十三歳のときに腸チブスにかかったことがある。当時は腸チブスに薬はなかったので、半月ばかり絶食するのが、ただ一つの療法だった。この絶食期間に、死ぬ者はいなかった。腸チブスで死ぬのは、治りがけに急に食べた者ばかりである。

俺たちは絶食療法をするつもりはなかったが、十三日間も食事をしなかったので、結果的には絶食療法と同じ状態である。

『名取』の軍医官は全員戦死したので、ここにおられる外川軍医中尉に、当隊の軍医長を、お願いすることにした。当隊隊員の健康管理には、外川軍医長が全責任をもって当たっておられる。

当隊隊員は、軍医長のお許しがなければ、いっさい飲み食いをしてはならない」

その後は、軍医長と短艇隊隊員との間に、トラブルは起こらなかった。

外川軍医中尉の診察によると、十名の者が衰弱はげしく、入院を必要とした。ここには海軍病院はないので、陸軍病院に交渉したところ、快く引き受けてくれた。

この日の午後、先任将校は、艇隊員一同を宿舎に集め次の訓示をした。

「久保田艦長は、従容として艦と運命をともにされた。俺たちが九死に一生を得て上陸できたのも、艦長の御霊が守って下さったからである。困難を乗り越えて、貴重な体験をしてきた。みんなは、いよいよ七生報国の念を固め、体力を回復して、一日も早く戦列に加わらんことを望む」

掌経理長坂口平一兵曹長は、かねて知り合いの管兵曹長との再会を喜んでいたが、文字どおり地獄に仏の気持だっただろう。

短艇隊帰投す

八月三十一日――

昨日、接岸するにはしたが、なんとなく落ち着かなかった。半月ぶりに、手足を伸ばして寛(くつろ)いだ気分で一晩寝たので、疲れもだいぶとれてきた。助かったという気分が、今日になってやっと実感としてわいてきた。やれやれと思っていたとき、昨日、陸軍病院に入院させた一名が、戦死したとの悲しい知らせがあった。

二番艇には艇指揮村野長次大尉のほか、主計長今井大六大尉、庶務主任白石敬次郎中尉、掌経理長坂口平一兵曹長、畠山敏衛など六十名あまりが乗っていた。坂口兵曹長と畠山兵曹の対話はとくに印象深かった。その要旨は、次のとおりだった。

「先任将校小林大尉は、フィリピンに向けて橈帆走をはじめるとき、一週間すれば小型機の哨戒圏に入り、十日すぎには接岸の予定と言った。その言葉どおり、一週間目に小型機を発見したとき、先任将校はうそを言わない人だと思った。この人の下では、どんな苦労をしてもかまわない。この指揮官に、命を預けようと決心した」

以上は二人の会話だが、恐らく艇隊員百八十名の真情だろう。それにしても、短艇隊に小林大尉がいなければ、軍令承行令の立場から、私が先任将校を勤めることになる。しかし、私では、正直のところ、小型機を引き合いに出す機知は持たなかった。小林大尉が先任将校だったことは、短艇隊員百八十名にとって幸運だったと、私は改めて思った。

＊

九月一日――

体力をだいぶ回復してきた。簡単な日課を定め、隊員が清掃、食卓番などの軽作業をすることにした。十一時三十分、艇隊員集合。短艇行における善行者を左記のとおり表彰した。

一番艇＝七名。二番艇＝四名。三番艇＝六名。

今井大六大尉。みごとな統率によって生還しえたという。

昭和十八年六月以降、我が方は戦勢とみに不利となり乗艦沈没の悲運にあう者が多くなった。通信長の私は、「古鷹」「那珂」につづいて「名取」が三回目である。

庶務主任白石敬次郎中尉は、昭和十九年一月、駆逐艦「天津風」が東支那海で撃沈されたときには、二週間漂流していて救助された。一年の間に二回撃沈され、二回とも二週間の漂流をしたことは、運がいいと言うのだろうか、それとも悪いのだろうか。

航海士星野秋朗少尉（現姓、浜田）は、軽巡「球磨(くま)」がペナン沖（マレー半島西岸中部）で、敵潜水艦に撃沈されたときには、五時間ほど泳いでいて救助された。

二分隊長久保保久中尉は、武田水兵長の遭難経験について、次のように語った。

二分隊長と伝令の武田水兵長は、「名取」沈没のとき、ほとんど最後に海水に入った。第一内火艇に泳ぎついたが、すでに超満員で乗れなかった。そこで二人は、第一カッターに向かって二十分ほど泳いだ。二分隊長はカッターに乗ったが、武田水兵長は丸太につかまったままだった。いくら呼んでも乗り移らなかった。

「私はこれで結構です」といって、筏に向かって離れていった。武田水兵長は、あの時化(しけ)の中で、わざわざ分隊長をカッターまで送ってきたわけである。

武田水兵長の同年兵中村水兵長は、武田水兵長がカッターに乗らなかったエピソードを次のように話した。

軍艦「天龍」が撃沈されたとき、武田水兵長はカッターにはい上がっていた。ところが、そのカッターが転覆して、生き残ったのは、カッター乗員のごく一部の人たちだけだった。武田水兵長は、その数少ない生き残りの一人で、そんなことから、カッターに乗らなかった、とのことだった。

＊

主計長、二分隊長、電機長が車座になって、苦しかった短艇隊の回顧談をしていた。電機長村岡二郎少尉は、一番艇のようすについて語った。

兵員には、現役兵、服役延期兵、応召兵、それに、師徴、特年兵など、相当の種類があった。職種は水兵（砲術、水雷、航海、通信）、機関兵（機械、罐、電機、補機、工作）、衛生兵、主計兵とあり、本艦では分隊毎に分かれて対立することもあった。

予備学生出身の所沢久雄少尉は、自ら苦労をかってでた。

兵員の階級は、一等下士から三等水兵まで六段階あって、他の分隊の階級の違う人と会話する機会は、まずなかった。だが、カッターの中では、そのような兵種、職種、階級の垣根がとれて、全員が一体となって、漕いでいた。電機長のこの意見に対して、主計長も二分隊長も異論はなかった。

二分隊長は、三番艇の特長について、次のように語った。

三番艇の特長を一口で言えば予備学生の活躍である。二分隊長は、館山砲術学校教官として、予備学生出身の少尉を教育したことがある。そしてこれらの学生に対して、これまでかならずしも良い印象ばかりではなかった。ところが、三番艇には、パラオに赴任するため「名取」に便乗していた、第三期予備学生出身の所沢久雄少尉が乗っている。士官面をしてカッター漕ぎを嫌うようだと、「名取」の生き残りから爪つま弾はじきされると案じていた。

ところが、所沢少尉は、階級とかお客さん気分を捨てて、「名取」の兵員にとけこみ、いつも苦労を買って出た。そのうちにへばるだろうと見ていたが、学生時代にスポーツ選手でもしていたのか、最後まで、頑張り通した。三番艇は最初から最後まで、三隻の中でもっとも士気旺盛だったが、それは所沢少尉の奮闘によるところが大きかった。

主計長は、二番艇のことに触れ、次のように締めくくった。

士官にも三校出（兵学校、機関学校、経理学校）、高等商船出（東京、神戸）、大学出（永久服役、短期現役、予備学生）、特務士官などがあるが、短艇隊の中では、そのような区別はなくなった。二番艇でも、名前は分からないが、「名取」の生き残りにとけこんで活躍した予備学生出身の便乗少尉がいた。

本艦健在のときには、士官同士、下士官兵同士、あるいは士官と下士官兵との間に、しっくりいかないこともあった。しかし、カッターの中では、あらゆる垣根を取り払って、渾然一体となった。だからこそ、短艇隊は成功した。

指揮と服従と

陸岸に着いてからの会話で、二番艇か三番艇かどちらかのカッターでは、陸岸に辿り着くまでの間に、軍艦旗を魚網の代用品として魚をすくっていたことを知った。神聖な軍艦旗で魚をすくうとは言語道断である。軍規風紀を取り締まる立場の士官として、遅ればせながら糾弾しようかと、私は、一応、思ってみた。しかし私は、ここでいま一歩、深く踏みこんで考えてみた。

指揮官は、隊員に十分な食糧をあたえ、軍隊としての戦力を保持する責務をもっている。私は短艇隊の次席将校として、隊員に十分な食糧をあたえ、短艇隊の戦力を保持したと言えるだろうか。責務を果たさずに、取り締まりだけを断行するのは、いささか身勝手すぎるような気がしてきた。弾丸（たま）の下をくぐったことのない参謀連中は、建て前に固執して、断罪を主張するだろう。前線指揮官が、建て前にこだわっていては、角をためて牛を殺すことにもなりかねない。

もちろん、平時においては、軍規が他のあらゆる条件に優先する。しかし、戦時においては、戦力を保持することが、軍規を守ることよりも、優先するのではなかろうか。

ほとんど飲まず食わずで、毎日十時間、カッターを漕ぎつづけている。十日以上もこの難行、苦行をつづけていて、陸岸の兆しはまったく見当たらない。狭いカッターに定員をはるかに上回る六十五名が乗っているので、手足を伸ばして休養もできない。天幕もないので、昼間はかんかん照りでいたぶられ、夜、スコールがくれば寒さのため体が震えてくる。このような状況で、最後の最後の手段として、軍艦旗を魚網の代用品にしたことは、緊急避難と言えないだろうか。

そのような理屈は別としても、私としては次のように

「何々の品物を使えば魚網の代用になったじゃないか。何々があるのに、なぜ軍艦旗を使ったか」と、代用品を示して叱ろうと思った。そして、私は、あれこれ魚網の代用品を他に捜してみたが、カッターの中に、そのような品物は見つからなかった。

*

今井大六主計長と私は、短艇隊成功について、次のような会話をした。

私は、日本海育ちの気質について感想を述べた。フィリピンに向けて橈漕をはじめたその晩、隊員がダブル漕ぎに馴れていなかったので、カッターはいくらも進まなかった。そこで私は、橈漕時間を延長してでも、予定距離三十マイルを確保しようと進言した。しかし、先任将校は、私の進言を斥(しりぞ)けた。私のような九州出身者（佐賀県）は、短時間に馬力を出すことには向いているが、じっくり腰を据えて長期間の苦難に耐えることには、不向きである。

先任将校は新潟県出身だし、ほとんどの隊員は、青森から島根までの日本海側の各県出身者であった。指揮官は待つ雅量を持っていたし、隊員は長期の苦難に耐える資質を持っていた。日本海育ちの気質が、短艇隊成功の一因と思う。

主計長は、指揮統率について語った。航海長小林英一大尉とは、本艦沈没まで、同年輩の同僚として付き合ってきて、格別えらい人とは思っていなかった。その航海長が、一度、先任将校というか指揮官になるや、やり直しのきかないあの難しい局面で、総員の反対を押し切って、フィリピン行きを断行した。

隊員一同も、当初は橈漕に反対していたが、断行と決定すると、行き掛かりを捨てみんなが真剣に漕いだ。みごとな指揮統率と、立派な服従とが相まって、短艇隊の成功があったと思う。

スリガオを後に

みずから責任を買ってでただけに、外川軍医長は、医療に居住問題に、頭の下がる世話をしてくれた。報われることもないのに……。こんなこともあった。若い外川中尉が朝早く起きて外出したので、君は若いのに朝が早いと誉めてやった。その返事はこうだった。

「繊維の強い配給野菜をやれば、短艇隊員の半数は死亡すると思いました。ここでは、日本人が現地人と勝手に取り引きすることは、禁止されています。そこで、事情を述べて憲兵分隊長に相談してみました。そしたら、憲兵分隊長が、一緒に買い出しに行ってくれることになりました。そんなことで、早朝出かけたわけです」

お陰で隊員の健康回復は、予想外に速くて、一週間後には総員そろって、マニラ行きの駆潜艇に便乗することになった。

　昨年のいまごろ、私は第六艦隊暗号長として、旗艦「香取」で勤務していた。そのとき、私は、次のような暗号電報を読んだことがある。

　昭和十八年二月、ソロモン群島の天王山と目されたガダルカナル島から、日本軍は撤退をすることとなった。餓死寸前の将兵が、駆逐艦でガ島からブインまたはラバウルに引き揚げてきた。九死に一生を得たと喜んだのも束の間、これらの将兵が、まもなく大勢、死んでしまった。長いあいだ絶食状態がつづいたのに、いきなり普通食を食べたからである。私たちもいきなり普通食を食べたら、やはり大勢の者が死んだだろう。

　幸い私たちには、外川軍医中尉がいた。そして、魚雷艇隊隊員は、弱り切っていた私たちに、親身もおよばない看護をしてくれた。

　その命の恩人の魚雷艇隊隊員と、いよいよ別れる日が近づいてきた。当時の戦況では、いつどこにいても、つねに死と隣り合わせだった。お互いに口にこそ出さなかったが、再会できるとは思っていなかった。

　別れの日を前にして、魚雷艇隊隊員と短艇隊隊員と合同で、演芸会、バレーボール大会、さらにはお別れパーティーも開いてくれた。そのパーティーには、食べる物も、飲み物もなかった。しかし、そこには、真心があった。サイダーの空きびんにさしてあった一本のブーゲンビリアが、その真心を問わず語りに伝えていた。

＊

スリガオを出発する前日の午後、私はスリガオ町を散歩して、将校クラブに立ち寄ってみた。もともと陸軍の将校クラブだが、海軍士官でも差し支えないとのことだった。輸送の跡絶えた前線基地のクラブには、さしたる飲食物はなかった。ただ一つ、大きなびんの中に、椿の花を思わせる真っ赤な椰子酒がおいてあった。あのどぎつい色を見ては、飲んでみようとは思わなかった。私はソファーに身を沈めて、しばらく休むことにした。一人の陸軍少尉が、さっきから熱心にピアノを弾いている。曲が『青きドナウ』に変わったとき、私は、期友の影浦定俊を思い浮かべた。そして、その少尉に、声をかけてみた。

「松永海軍大尉です。私は佐賀の田舎で育って、音楽はまるっきり分かりませんでした。兵学校のクラスメート影浦が、酒保においてあるピアノで、『青きドナウ』を弾いて、私に西洋音楽を教えてくれました。貴官の演奏を聴きながら、影浦のことを思い出しました。影浦はお姉さんの練習を横で見ていて、ピアノを覚えたと言っていました。男性でピアノを弾ける人は、とても少ないわけですが、貴官はピアノをどうして覚えられましたか」

「私は、師範学校を出て、小学校で音楽を教えていました。じつは近日中に、ミンダナオ島の中央部に向かって土匪の掃討作戦に出かけます。生還は期し難いと、覚悟を決めています。本日は私にとって、最後の休日です、心行くまで、ピアノを弾こうと思っています。拙い演奏ですが、貴官が友人を思い出されるようすがとなりましたこと、小官にとって望外の喜びです」

「戦闘場面で敵と撃ち合うことよりも、その撃ち合いに出かけるまでの時間を、どう過ごすか、それが難しい問題ですね。私のような、無趣味で修養のできていない者は、酒を飲んで紛らわそうとします。酔っている間はいいんですが、酔いがさめるとかえって淋しいものです。貴官が出撃までの一時を、音楽三昧で過ごしておられますこと、敬服しています。貴官のご武運を、陰ながら祈っています」

　忘れ難い美しい話を拾って、私は宿舎に帰った。

　最後の晩を、外川中尉と二人で、椰子林になっている海岸を散歩することにした。月齢十八日の月が、とてもさわやかだった。私は今日の午後、スリガオで美しい思い出を拾ったことを話した。

「それはよろしうございました。陸軍にも、立派な人がいらっしゃいます。ここには師団司令部があり、最高は師団長の中将閣下です。海軍の最高は中尉の私です。それでも私は、陸軍から、当地の海軍代表として処遇され感激しています」

「外川中尉、不思議なご縁でした。お陰で、百八十名の命が助かりました。明日お別れすれば、二度と会えるかどうか分かりません。そこで今宵一夜は、軍隊とか世間を離れて、外川と松永とで、人間と人間とのお付き合いをしようではありませんか」

「願ってもないことです。そうしていただければ、私も腹をわってお話できます」

「ところで外川さん、私たちがここに着いた晩、あなたたちはご馳走を食べて、私たちにはうすーい重湯しか食べさせませんでした。あの晩、あなたの返答次第では、私はあなたを短刀で突き殺そうと思っていました」

「あなたの形相から、私はそれを感づきました。だからあのとき、私はあなたに近寄りませんでした。それにしても、松永さんが腸チブスの体験者だったことは、おたがいに好都合でした。もしそんな人がいなければ、トラブルはもっと深刻だったはずです」

「外川さん、私はその晩、寝ながら考えました。あなたが短艇隊の軍医長にして下さいと申し出たのは、私たちを説得するための伏線だったと気がつきました。年下の軍医中尉が、年上の海軍大尉に伏線をたくらむことは、大げさに言えば、命がけだったでしょう。今生の思い出に、そのあたりの経緯（いきさつ）を話して下さいませんか」

「餓鬼のようになっていらっしゃるみなさんを、尋常手段ではとても説得できないと思いました。そこで私は、伏線をつくることにしました。お気にさわったら、お許し下さい。じつは海軍軍医学校で入隊教育を受けた際、笹川濤平（とうへい）指導官が、次のような設問を行ないました。

『君たちは若いながら技術者である。技術者は技術者としての、誇りと識見を持っていなければならない。君たちが、尊敬できる指揮官に仕える場合は問題はない。もし万一、指揮官がわけの分からないことを言った場合、君たちはどう対処するか、このことを、平常から肚（はら）をすえておけ。今日、明日中に回答しろというわけではないが、実施部隊に出て行くまでに解決しておけ』

そのような教育を受けていたので、私は思い切って伏線を作ろうと決心しました」

「外川さん、いい話を聞きました。日本海軍では、兵科将校が軍令承行令を楯にとって威張りくさった一面がありました。普通の兵科将校なら、兵科将校の命令には絶対服従しろと教えるところです。（注、軍令承行令は、海軍の指揮権継承に関することを規定したものである。艦艇、航空隊、防備隊、整備隊、潜水艦基地隊、陸戦隊、海兵団などの戦闘部隊で適用された。工廠、軍需部、病院、学校などの非戦闘部隊では

適用されなかった）

笹川指導官は、逆の教育をなさったわけですね。笹川指導官が型破りの教育をなさった。外川さんが、その教育によって伏線を作られた。この二つの偶然が重なったお陰で、私たち百八十名の命が助かりました。いい話を聞いて感激です」（注、笹川指導官の言った『指揮官がわけの分からないことを言った場合』の言葉は、軍医学生たちに大きな影響をあたえた。それは単に海軍生活だけでなく、その人たちの一生を通じての指針となった。そこでこの学生たちは、戦後『濤平さん』という、笹川指導官追慕録を刊行している）

「松永さん、私は私で、貴重な体験をしました。じつは短艇隊を桟橋に迎えるとき、総員、艇内にひっくり返っていて、息も絶えだえだろうと想像していました。十日以上も飲まず食わずで苦労してきて、ある安全圏に辿り着いた途端、ばったり倒れるのが医学常識です。ところが、案に相違して、短艇隊員は、軍規厳正で、全員が組織として行動していました。先任将校小林大尉を中心にして、部隊として組織的に行動していたから、みんなに生気があると思いました。

高等学校（旧制）から大学へと、自由主義的な教育を受けてきた私は、軍規は人間の自由を奪う悪いものと、あたまからきめつけていました。しかし、『名取』短艇隊員の整然たる行動を見て、私は軍規に対する認識を改めました。軍規は悪いものとは限らない、良い面もあることを知りました」

「私が陸軍司令部に交渉に行ったとき、日高参謀が言いました。斥候が十日以上、苦労して帰ってくると、隊門を入ると、ばたーっと倒れるのが常識である。だのに松永大尉は、立ったまま状況説明をした。あの場合、私にどうしてそのようなことができたのか、私自身説明できませんでした」

「松永さんは、あの日、一人で、陸軍司令部に行かれたが、『名取』短艇隊の次席将校としての意識があったでしょう。その意識があったればこそ、常識を超越した行為ができたと思います。人間は個人的には弱くても、組織の人としては強く生きられるわけです」

「外川さん、それもいい話ですね。あなたと私は、どちらが日本内地に、帰れるか分かりません。どちらが内地に帰っても、おりを見て相手の家族を訪ねることにしましょう。私は佐賀県生まれで、海軍兵学校第六十八期生徒松永市郎です。兵学校出身者に尋ねられると、時間はかかっても、松永の家族がどこに住んでいるか分かると思います」

「私は東京都出身です。東京帝国大学医学部の、昭和十八年卒業者外川清彦です。東大医学部に、そのように尋ねて下されば分かります」

私たちはお互いに信頼をこめて、固い握手をした。

＊

翌朝、「名取」短艇隊隊員は、マニラに向かう駆潜艇に乗り込んだ。小艇二隻に、二百人近い大勢が乗ったので、文字どおり鈴なりとなった。魚雷艇隊員および陸軍の人たちの、心のこもった見送りを受けながら、思い出多いスリガオを後にした。間もなく行き合い船に出会ったが、それはマニラからパラオに向け行動をともにした第三号輸送艦だった。同艦はいまなお健在で、新たな任務についていると思われる。先任将校は、同艦あて信号を送った。

「発『名取』航海長小林大尉。『名取』は被雷地点で沈没、久保田艦長は艦と運命をともにされた。『名取』短艇隊、カッター三隻百八十名は、橈漕、帆走をもって先日スリガオに到着した。本艇に便乗し移動中。貴艦のご武運をお祈りす」

同艦から返信があった。

「『名取』乗員のご多幸とご健康を祈る」

万感胸に迫るものがあり、お互いに手を振り合って別れた。

ヒナツワン水道、セブ島、マニラを結ぶこの航路は、軍艦「名取」がつい一ヵ月前に通ったばかりである。付近の陸上部隊が、以前にも増してあわただしく行動しているのは、アメリカの反攻が迫ってきた証拠だろう。現在では敵潜が、この海域にも伏在しているはずである。

しかし、目標が小さくて、魚雷がもったいないと思ったのだろう。途中で攻撃を受けることはなかった。

駆潜艇がセブに寄港したとき、私は警備隊司令部を訪ねてみようかとも思った。原田覚少将は、セブ警備隊司令官として、すでに着任しておられるはずである。司令官は父と兵学校の同クラスで、中尉時代には逗子で一緒に下宿していたとのことだった。そんなことから、去る三月、私は司令官から、横須賀の大滝町にある小料理店「魚豊」で夕食をご馳走になった。ご挨拶に出かけたい気持もあったが、戦況しだいでは、駆潜艇が急に出港するかも分からないので、挨拶に出かけることは取り止めにした。

マニラ湾に着いてみると、一月前にくらべ、在泊艦船がとても少ない。その反面、赤腹を出した無惨な艦船がふえている。

「名取」短艇隊がマニラに到着した旨を、海軍省に打電したところ、大尉以上の主なる士官は、すみやかに、空路、帰国をするようにとの指令を受けた。マニラ司令部で打ち合わせたら、明早朝、大艇一機が東港（台湾）経由で横浜に向かうので、この便を利用するようにとのことだった。

マニラ桟橋の近くにある第三十一根拠地隊司令部で、私は偶然にも、期友小舞宇一大尉に出会った。そこで私は、第三号輸送艦がミンダナオ島南方海面で、すでに撃沈されていることを知った。戦局逼迫（ひっぱく）したこの海域で、同艦が縦横無尽の大活躍をしたことを偲びながら、浜本艦長以下の乗員が、ぶじであってほしいと、陰ながら祈った。

大使館の高木広一書記官に、赤ちゃんの写真を届けられなくなったと、連絡したものかどうか、一応は考えてみた。だが、連絡すれば、「名取」が撃沈されたことがばれてしまう。個人的には義理を欠いても、防諜のためにはやむを得ないと連絡せずに日本へ帰ることにした。

その晩は、マニラ湾を望むマニラホテルに泊まった。このホテルは、日没の景観を誇るマニラ第一等のホテルで、在任中のマッカーサー元帥が愛用していたと聞いている。しかし、太平洋上のカッターで見たあの日没に比べると、スケールといい、迫力といい、とても及ばなかった。

翌早朝、私たちのグループわずか六名のために、迎えの乗用車が四台もやって来た。どの乗用車にも武装兵が乗っていて、故障車がでれば放置するつもりで、四台準備したとのことだった。この警戒ぶりを見て、カッターで陸岸に近づくとき、先任将校が土匪との接触を避けたのは、きわめて適切な処置だったと思った。

車はキャビテ軍港を目指して、マニラ湾の東岸を南方にひた走りに走る。飛行艇は出発直前の試運転をすませて、私たちの到着を待っていた。早朝の空襲を避けるためだろう、東の空の白むのも待たずに、乗機はキャビテ軍港を飛び立った。

エピローグ

　戦後の生活苦から開放されたとき、まっ先に私の頭に浮かんできたのは、「名取」の遭難現場で見失った内火艇とゴムボートが、その後どうなっただろうか、ということだった。そしてつぎに、「名取」の救難作業について調査してみた。

「名取」艦長は、敵潜水艦の魚形水雷が命中したので、八月十八日三時三十分に第一電を、そして五時三十分に第二電を発信した。

「雷撃を受く。一本命中、十八日二時四十分。北緯十二度五分、東経百二十九度二十六分。損害大」

「西方に向け、自力七ノットにて航行中」

　この電報に接したマニラ海軍司令部は、麾下(きか)の関係部隊に次のように指令した。

「『名取』による輸送を取り止む。第三号輸送艦護衛の下に、比島に回航すべし」

「第一五四航空隊マニラ残留部隊及びタクロバン派遣隊は、なるべく多数の飛行機をもって、『名取』を護衛すべし」

「一、『清霜』及び『竹』は、速やかに仮泊地を出港して『名取』部隊に会合。
二、会合後、『清霜』は三号輸送艦を指揮して、パラオに回航輸送に従事。
三、『竹』は、『名取』を護衛してマニラに回航。
四、『浦波』は直ちにセブを出港して『名取』隊に合同、これをサンベルナルジノ水道まで護衛すべし」
マニラ司令部としては、当時の可動全艦艇を出動させ「名取」の救難作業に当てることにした。だが、この指令に先立ち、「名取」艦長と第三号輸送艦艦長は、次のように取り決めをしていた。

「戦況から推察して、今回が恐らく最後のパラオ輸送になるだろう。輸送途中、どちらが被害を受けても、無傷の艦は被害艦とその乗員を見捨てて、パラオへの輸送を完遂しよう」

そこで第三号輸送艦は、この取り決めにしたがってパラオに向かった。

明けて十九日、第三〇一航空基地（レガスピ）の捜索機（中攻）は、「名取」漂流者を発見して電報を発信した。

「内火艇一隻、カッター四隻、筏多数を認む。レガスピの百度、三百五十マイル、十時三十五分」

しかし、この電報は、なぜかマニラ司令部と救助艦に伝達しなかった。この電報に基づいて司令部が命令を出し、救助艦が行動を起こすまでに、十一時間の空白があるが、このことは「名取」の救難作業にとって、返す返すも残念なことである。

「浦風」（第十九駆逐隊司令座乗）は十九日七時に、さらに「清霜」及び「竹」は九時に、それぞれ「名取」の遭難現場に到着した。これらの駆逐艦三隻は、同司令指揮の下に終日捜索に当たったが、なんらの手掛かりも得られなかったので、ひとまずセブに帰投することにした。

同日二十一時ごろ、飛行機の発見電報が遅ればせながら伝達されたので、セブに向かっていた駆逐艦三隻は、ただちに反転して遭難現場に向かい、マニラ司令部は次の命令を出した。

「第三〇一航空基地飛行機の発見せる『名取』漂流者を捜索救助すべし。レガスピ、タクロバン基地飛行隊は、二十日早朝より捜索及び対潜警戒に任ずべし」

引き返した駆逐艦三隻は、二十日七時、ふたたび「名取」の遭難現場に到着し、さっそく捜索を開始したが、この日は時化のため、捜索は困難をきわめた。また、この日の飛行機は何も発見しなかったので、「清霜」はついに捜索を断念し、第一目的であるパラオ輸送に向かった。

「鬼怒（きぬ）」及び「時雨（しぐれ）」は、パラオ輸送を終わりセブに帰投の途中で、二十日十四時二十分に遭難現場に到着し、すでに捜索行動中の「浦波」と「竹」に合同した。「鬼怒」艦長指揮の下に、四艦が共同捜索に当たったが、何らの手掛かりも得られず、燃料の残量も少なくなったので、午後十時に捜索を打ち切ってセブに引き揚げた。その後は飛行機による捜索だけをつづけていたが、やはり何の手掛かりもないので、二十三日以後は飛行機による捜索も打ち切った。

「名取」の遭難地点は、パラオからもセブからも四百マイル離れた太平洋の洋上で、その当時、付近には、敵の艦艇、飛行機がしきりに行動していて、二次被害の予想される海域だった。「鬼怒」及び駆逐艦四隻は、みずからの危険もかえりみずに二日間も捜索をつづけた。

航空隊は少ない保有機数をやりくりして、一週間にわたって連日、捜索に当たっていた。これら関係部隊の献身的な努力はあったが、結果的に見ると、「名取」の残存者を救助するにはいたらなかった。

ゴムボートは、見張士ほか四名が乗ったまま、「名取」が撃沈された十八日の夜半、時化の中で短艇隊の一番艇から分離した。翌十九日に一番艇へ収容される約束だったが、その日は一日中、時化がつづいていた。二十日は時化がおさまったので、短艇隊との合同を考えたが短艇隊を発見することはできなかった。

ゴムボートには、食糧も水もなかったので、その日からさっそく絶食状態となった。スコールを帽子に受けて飲んだが、容器がないので水の保存はできなかった。櫂もないので、海流に押し流されてフィリピンに辿り着くことを神に祈る以外に方法がなかった。一週間ほどして二人が発狂し、この二人は十日目に相ついで戦死した。

この間、鮫からゴムボートの片側を破られ、ゴム袋の空気が抜けてしまった。片側の空気だけで五名の体重を支えられるだろうか、鮫が再度、襲撃してくるのではなかろうか、と心配したが、幸いその後は何事も起こらなかった。

十二日目ごろから体力の消耗は激しくなり、一同、ぐったりして意識はもうろうとしてきた。見張士はついに昏睡状態におちいったが、十四日目の八月三十一日、浮上中のアメリカ潜水艦「スティングレー号」に発見され救助された。見張士以下の三名は、ポートダーウィン病院を経由して、「ブリスベーン収容所」に収容され、そこで終戦を迎えた。

内火艇に乗っていた某候補生は、当時の艇内事情について、次のように語った。

一日目＝カッターに曳航方を要請したが、指揮官艇からは、シーアンカーを投下しろとの指令があった。シーアンカーの要具がないので、強く風下に流され、午後にはカッター群を見失った。夕刻から、時化が激しくなった。

二日目＝小雨、海は時化ていた。午後、中攻一機、飛んできた。「我『名取』乗員なり」と手旗信号を送ったところ、中攻はこれを了解した。

三日目＝風雨は収まったが視界はやはり不良。午後、水上偵察機一機が飛んできて、内火艇を確認した。

四日目＝晴、うねりはあるが、風波はなくなった。楢村（ならむら）明聖少尉（二十一歳）は先任将校となり、「救助艦は期待できないので、独力でフィリピンに向かう」と決心した。内火艇のはめ板をはずして橈十四本を作った。北赤道海流に乗って西に進めば、十日あまりで接岸できると判断した。食糧は一人一日に乾パン一枚と定めたが、残量が少なくなってきたので、十日目以降は二日に一枚と割り当て量を改めた。

五日目＝晴、腹がへったことよりも、喉の乾きが苦しかった。付近に敵潜水艦がいるかも分からないので、声を出さないように、音を立てないようにと注意した。

六日目＝晴、飲み水がほしい。深海の海水は塩分が少ないと、汲み上げてみた。海面の海水と同じように、やはり塩辛かった。

七日目＝激しいスコールがきた。喉の乾きは止まったが、洩水(あか)の汲み出しに苦労した。

八日目＝晴、喉の乾きに耐えかね、自分の小便を飲む者がいた。明日は島が見えると、一同、張り切った。

八日目〜十七日目＝晴の日が多かった。二日に一回の割り合いでスコールがやってきた。希望的観測もあって雲を島と見違えては喜び、それが雲と分かっては悲しみ一喜一憂をくり返した。

十八日目＝晴、衰弱激しくなり、橈を漕げる者はほとんどいなくなった。中攻一機飛んできたが、当方には気づかなかった。これまで毎朝、宮城遥拝をつづけてきたが、正座できる者は半数くらいとなった。

二十日目＝晴、秋田一等機関兵は衰弱死。漂流後、初めての戦死者となる。十日目ごろから「横須賀の灯が見えた」などと、とんでもないことを口走ったり、急に海中に飛びこんだりする者がでた。その後、毎日一人か二人ずつの戦死者が出た。

二十一日目＝晴、福永達郎候補生戦死。小鳥が飛んできた。椰子の実、ほんだわら等の浮流物を発見し、だれもが陸岸は近いと喜んだ。浮流物についていた米粒ほどのかにを食べた。B24コンソリデーテッド一機が、上空を旋回した。当方を発見したらしい。

二十二日目＝晴、零式水上偵察機一機を見つけたが、飛行機は当方に気づかなかった。味方機は、アメリカ機に比べて見張りが悪いと腹が立った。

二十四日目＝二十時ごろ、赤十字の電灯飾をした病院船が、距離五千にて通過した。内火艇には灯火もないので、声を限りに呼んでみたが、当方に気づかなかった。上半身を起こしているのも辛くなったので、全員横になったまま。

二十六日目（九月十二日）＝曇、視界不良、早朝、グラマン四機の編隊に発見された。南方に戦艦、空母を基幹とする二十ないし三十隻の艦隊を見つけたが、北方にも同程度の艦隊がいた。やがて駆逐艦が救助にやってきた。内火艇には、当初五十三名が乗っていた。うち十二名が漂流中に戦死し、残る四十一名はアメリカのマッコイ・キャップ（ウイスコンシン州）で終戦を迎えた。

昭和十九年六月、アメリカの攻略部隊が、マリアナ諸島（サイパン、テニアン、グアム）に大挙して来襲したとき、日本は同海域への増援を断念した。そして、次の決戦場をフィリピン群島と予想し、シンガポール在泊の艦隊を、ボルネオ経由でフィリピンに進出させた。アメリカのマリアナ戡定（かんてい）作戦は、七月中に終結し、フィリピン攻防の戦機は、日増しに加わっていた。そこでアメリカとしては、八月には、フィリピン付近に潜水艦配備を強化し、マリアナを基地とする飛行機の偵察を実施していた。「名取」の内火艇もゴムボートも、これらの潜水艦と飛行機とに発見されたが、カッター三隻だけは不思議と発見されなかった。そして、内火艇の乗員が見つけた敵の大艦隊は、レイテ攻略部隊と思われる。「名取」のカッターがフィリピン東方海域を行動していたのは、このような時機である。

*

列国海軍の海難史をひもといてみると、一八一六年七月、フランス海軍のメデューズ号はアフリカ西海岸のブランコ岬（セネガル）の西方六十マイルにある岩礁に座礁した。退艦するまでに充分な時間もあったし、食糧を持ち出すこともできた。

しかし、艦長も、セネガルに赴任するため便乗していた新総督も、自分自身の避難を心掛けるだけで、適切な指揮統率を行なわなかった。このため筏に乗った士官と下士官兵とが二手に分かれ、刀を振りかざして相手を殺しあう乱闘となった。この乱闘と時化のため、婦女子の死傷者も数多くでた。そして「メデューズ号の惨劇」の汚名を後世に残している。

同じ座礁事件にしても、イギリス海軍のバークンヘッド号は、アングロサクソンの海の伝統を守ったと、ヴィクトリア女王はロンドンのチェルシー病院の柱廊に、遭難者の霊をなぐさめるため記念碑を建てている。

一八五二年二月、バークンヘッド号は、アイルランドから南アフリカに向け航行中、ダーバンの海岸から数マイル離れたデインジャー岬の岩礁に乗り上げた。この事故では乗員と陸軍兵に多数の犠牲者は出たが、婦人と子供には一名の死者もなかった。適切な指揮統率が行なわれ、その指示に従い、艦の乗員と便乗中の陸軍兵が、身を挺して勇敢、沈着に行動したためである。

その当時、イギリスの軍艦旗は七つの海の潮風にはためいていたし、陸海軍部隊は世界各地に配備されていて太陽の没するときはないといわれていた。そして、バークンヘッド号遭難の物語は、この大英帝国時代を偲ぶ一つの語り草にもなっている。

それはそれとして、太平洋を舞台にして、イギリス海軍、アメリカ海軍、そして日本海軍が、短艇（カッター、またはランチ）の橈帆走による長期航海を、史実として残していることは興味深い。

一七八九年四月、イギリス海軍のバウンティ号は、フィージー諸島付近を航海中に、副長以下が徒党をくんで反乱を起こした。このためプライ艦長とその一味十八名は、わずか二十三フィートのランチ（カッターよりはいくらか大きい舟）に乗せられて追放された。

航海要具として、羅針儀、六分儀、航海年表を積み、食糧としてビスケット六十七・五キロに豚肉九キロ、パン若干、水百二十七リットル、ラム酒五リットル、ワイン三本、それに船刀（カットラス）四本も積んでいた。プライ艦長は反乱者への復讐に執念を燃やし、多数のヨーロッパ艦船が入港するチモール島を目指すことにした。そして四十二日目、三千七百マイルを走破して同島に辿り着いた。

次に一八七〇年十月、アメリカ海軍のサギノー号は、難破船を捜して航海中、ミッドウェー島の西方九十キロのオーシャン島周りのサンゴ礁に座礁した。俗に言うミイラ採りがミイラになったわけである。乗組員九十三名は、ただちに生活必需品を艦外に持ち出したから、差し当たりの生活には事欠かなかった。

しかし、一般航路をはずれていたから、そのままでは救助艦がやってくるとは思われなかった。当時は無線通信の方法もなかったので、航海長タルボット大尉はみずから申し出て、直距離千八百キロ離れたハワイ諸島まで連絡に出かけることになった。

タルボット大尉以下五名がカッターに乗り、当時の風向を考えて幾らか迂回して、二千五百マイルを二十五日で航海する計画をたてた。航海要具として、経線儀、アネロイド式晴雨計（バロメーター）、六分儀、羅針盤（コンパス）、航海年表、海図、測程儀索二百三十五フィート、砂時計、甲板灯を積み、生活要具として二十五日分の食糧に千三百リットルの水と、灯油四ガロンを積みこんだ。

いざ航海をはじめてみると、思いがけない悪天候に悩まされたり、虫食いの腐った乾パンのため腹痛を起こしたりで、さんざんな目にあった。

艇員たちは、同僚を救いたい一念に燃えて航海をつづけたが、艇長タルボット大尉は、無理がたたって、接岸を前に、ついに一命を落とした。残る四名は、三十一日目にハワイ諸島に着くには着いたが、うち三名は間もなく死亡した。しかし、この尊い犠牲のお陰で、無人の孤島オーシャンに残っていた同僚は、やがて全員が救助された。

一九四四年（昭和十九年）八月、「名取」短艇隊は、小林英一大尉以下百九十五名がカッター三隻に分乗し、三百マイル離れたフィリピンを目指すことになった。航海要具は何一つ持たなかったし、食糧としては乾パン少々を持っているだけだった。

しかし、久保田智艦長の戦訓所見をマニラ司令部に伝え、また亡き戦友を巻きこんで行方不明にはなりたくないとの使命感に燃えて、十三日目にフィリピン群島に辿り着いた。

いずれの国の短艇も、少ない食糧で激しい労働に堪え医学常識を超える苦労をした

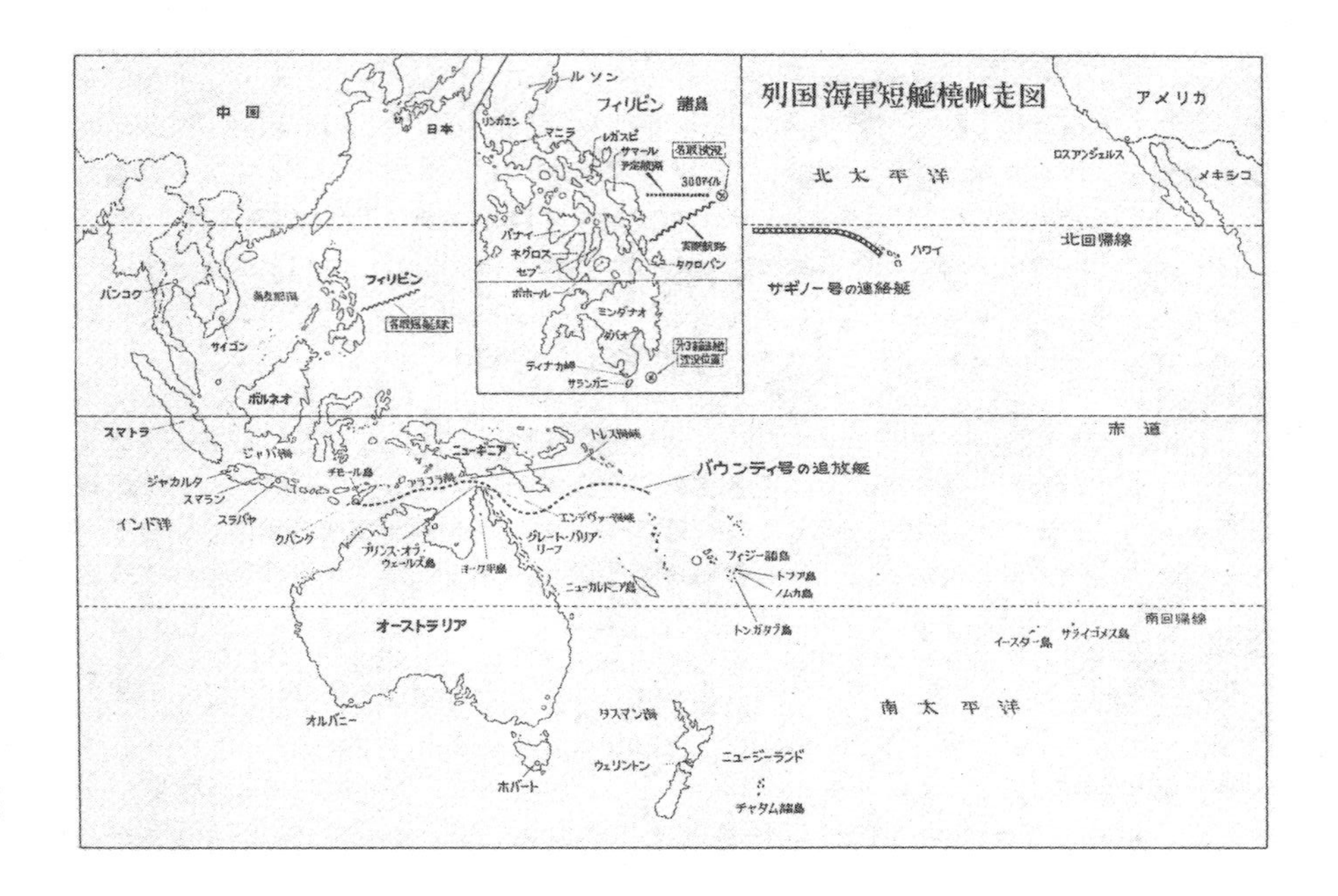

列国海軍短艇橈帆走図
中国
日本
アメリカ
ロスアンジェルス
メキシコ
北太平洋
北回帰線
ハワイ
サギノー号の連絡艇
赤道
南太平洋
南回帰線
ルソン
フィリピン　諸島
リンガエン
マニラ
レガスピ
サマール
予定航路
300マイル
実際航路
タクロバン
パナイ
ネグロス
セブ
ボホール
ミンダナオ
ダバオ
ティナカ岬
サランガニ
フィリピン
バンコク
サイゴン
ボルネオ
スマトラ
ジャバ海
ジャカルタ
スマラン
スラバヤ
インド洋
クパング
チモール島
アラフラ海
ニューギニア
トレス海峡
バウンティ号の追放艇
エンデヴァー海峡
グレート・バリア・リーフ
プリンス・オブ・ウェールズ島
ヨーク半島
ニューカルドニア島
フィジー諸島
トフア島
ノムカ島
トンガタブ島
オーストラリア
オルバニー
タスマン海
ホバート
ウェリントン
ニュージーランド
チャタム諸島
イースター島
サライゴメス島

が、人間が使命感に燃えて外力をうまく利用すれば、思いがけない長時間の航海ができることを実証した。そして、これらの体験から、付随的に次のようなことが考えられる。

海難の事情では、腐った食糧を食べた方がよいか、食べない方がよいかの問題にぶっつかることもあろう。腐ったものを食べたサギノー号に死者が多く、バウンティ号にも、「名取」にも、空腹のため死者が出なかった事実などを考え合わせ、腐った物は食べない方がよいように思われる。

次に渇きの問題だが、日本海軍では、自分の小便を飲めと言い伝えられていた。「名取」カッター隊で小便を飲んだ者はいなかったが、「名取」の内火艇では飲んだ者がいた。しかし、戦後、アメリカのサバイバル・テキストには、「人体は、生理的に人体に有害なもの、不要なものを排泄する機能をもっている。だからどんなに渇いても、小便を飲んではならない」と書いてある。だから小便を飲むことは、いいのか悪いのか、にわかに速断できないと思われる。

また、昔の海難記録の中には、渇きをいやすため、自分の指を傷めて血をすすった者があったと、常識をこえた悲劇を伝えている。いずれにしても、人間の最大の欲望だけに、渇きにどう対処するかは、深刻である。ここで、海水を飲むか飲まないかの問題が起こってくる。

イギリス、アメリカ、そして日本の短艇隊でも、海水を飲んだとの記録は見当たらない。世間では数日間の漂流実験か、わずか数回の実験をしただけで、海水を飲んでも差し支えないと、世間常識をやぶる意見を述べる者がいる。そのような異説を唱える者の中には、ほんの思いつきを発表したり、売名行為を目ざしたりの者がいるかも分からない。それにくらべると、世間の常識は、何百年、何千年の間に、おびただしい人の経験によってできあがり、定着したものだけが語り継がれている。だから私としては、世間の常識を破る意見には、惑わされない方が無難と思っている。

戦後の私は、長崎県佐世保市に住んでいる。ここには米海軍基地があり、米海軍軍人と交歓の機会も少なくない。アメリカのウ中佐は、開戦当初、キャビテ軍港（マニラ湾）警備の駆逐艦に勤務していた。日本海軍の来襲が伝えられたので、乗艦は東支那海に向け、急遽、出港した。運悪く乗艦は撃沈され、筏で漂流しているところを、日本海軍に救助されたとのことだった。

そこで「名取」短艇隊は、フィリピン東方海面三百マイルを、星座を見つめて方向を定め、日出（没）の時刻差で走行距離を測定しつつ、十三日目に接岸したことを話した。彼はワンダフルを連発し、日本海軍の航海に関する応用の才と、小林大尉の指揮統率に感嘆していた。そこには勝者の驕おごりもなく、敗者の卑屈さもなかった。一面識もなかった私たち二人は、十年の知己のように固い握手をした。

私はそのとき、「列国の海軍は、国家の要請で時に戦火をまじえることはあるが、平生は自然という共通の敵を持っている仲間である」という言葉を実感として味わった。そして私は、十二月の東支那海では北西（ノースウエスト）の季節風に悩まされただろうと、いたわった。彼は私に、八月のフィリピンの海域では暑さでいためつけられただろうと、なぐさめてくれた。

思い起こすと、バウンティ号の短艇も、サギノー号の短艇も、最初から長途の航海をする計画だった。このため、天文航法に必要な航海要具と十分な食糧を積み込んで出発した。しかも、平和時代の海面を、バ号では十八名、サ号では五名の少人数で航海している。

それに引きかえ、「名取」短艇隊は、遭難現場で救助艦を待つつもりで、航海要具は何一つ持たずに、食糧はほんの二、三日分の乾パンを持ちこんだだけだった。救助艦が期待できなくなったので、予定を変更してフィリピンに向け橈帆走することになった。しかも戦時中の海面を、カッター三隻で百九十五名の大部隊が、敵の厳重な警戒網をくぐって、行動しなければならなかった。だが、小林先任将校の英断と、隊員の協力と相まって、「名取」短艇隊はついに所期の目的を達成した。
「名取」短艇隊は、橈帆走の距離は短いし、日数も少ないが、バウンティ号およびサギノー号の短艇にくらべ、勝るとも劣らない偉業をなしとげたといっても言い過ぎではあるまい。

　そしてその後の私は、夜空のオリオン星座を見上げては、「名取」短艇隊を偲んで、「神は自ら助くる者を助く」の格言を、独り静かにかみしめながら、先任将校・小林英一大尉に心からなる感謝の念を捧げている。

＊主な参考文献は左記の通りです。記して御礼申し上げます。＊「航海術」茂在寅男＊「端艇と帆走」三谷末治＊「海」宇田道隆＊「海流の話」日高孝次＊「新訂海上気象学」斉藤錬一＊「星と星座の伝説」瀬川昌男＊「星座と伝説」小尾信弥＊「暗い波濤」阿川弘之＊「偉大なる航海者たち」P・H・パック／鈴木満男訳＊「われら船乗り」杉浦昭典＊「総帆あげて」土井全二郎＊「単独航海の記録」ヴェイ・イ・ヴォイトラ／木村式雄訳＊「実験漂流記」アラン・ボンバール／近藤等訳＊「漂流記」豊田穣＊「漂流」吉村昭＊「軍艦名取生還記」久保保久＊「荒海からの生還」ドウガル・ロバートソン／河合伸訳＊「ふたりの太平洋」H・ロス／野本謙作訳＊「海難」H・ボールドウィン／実松譲訳＊「リーダーシップの心理学」新村豊＊「リーダーシップの心理」西岡忠義／西側明和＊「入門群集心理学」安倍北夫＊「集団の心理」中村陽吉＊「帆船バウンティ号の反乱」B・ダニエルソン〔資料提供〕福井静夫＊名取会（会長・今井大六）

解説

時武里帆

『先任将校』を初めて読んだのは今から約三十年前。一九九四年の葉桜の季節だった。大学を卒業後、広島県安芸郡江田島町（現・江田島市）にある海上自衛隊幹部候補生学校に入校したばかりの私は、旧海軍兵学校の伝統を受け継ぐ訓練や座学・実習に翻弄される日々を送っていた。分刻みのスケジュールの慌ただしい江田島生活。読書の時間など持てる余裕はなかったのだが、思いがけず本を読む機会が訪れた。それも、なかば強制的に。

学校側から「次に挙げる図書を読み、どちらか一冊について所感文を提出せよ」という課題が出されたのである。課題図書として指定されていたのは『大海軍を想う』（伊藤正徳・著）と『先任将校〜軍艦名取短艇隊帰投せり〜』（松永市郎・著）の二冊。

さて、どうしたものか。両方とも読む余裕はなかったので、タイトルから惹かれるほうを選んで読むことにした。それが後者の『先任将校』だった。

大学で日本文学を専攻し、文学書や文芸小説などを数多く読んできた私にとって、本書はそれまであまりなじみのなかったタイプの実録本だった。こういう機会でもなければまず自発的に手に取ることはなかっただろう。当初は課題図書ゆえにしかたなくといった義務感から読み始めたのだが、読み進めるうちにしだいに引き込まれ、文字どおり寸暇を惜しんで読まずにはいられなくなった。当時の私をそこまで惹きつけた本書の内容とは……。

昭和十九年八月十八日、戦時下で輸送任務にあたっていた日本海軍の軍艦「名取」は敵潜水艦の攻撃を受けて、フィリピン群島沖約三百マイルの海域で沈没を余儀なくされた。艦と運命を共にする決意を固めた艦長からはいよいよ「総員退去」の命令が下され、乗組員たちは次々と海に飛び込む。当時「名取」通信長であった著者の松永市郎大尉は付近の第二カッターまで泳ぎ着き、後から泳ぎ着いてきた航海長の小林英一大尉に手旗信号の発信を命じられる。

「航海長小林大尉、第二カッターにあり。ただいまより、先任将校としての指揮をとる」

艦長戦死の際は副長が、副長も戦死の際は残る士官の中の最先任者が指揮を執る。軍艦の伝統にしたがい、当時弱冠二十七歳の航海長小林大尉が先任将校として名乗りを上げた瞬間である。以降、軍艦「名取」の生き残り百九十五名から成るカッター三隻の短艇隊は先任将校小林大尉の指揮の下、フィリピン群島へ向けて生還をかけた帆走・橈漕を開始する。しかし、それは海軍常識に真っ向から挑戦するような、無謀にちかい航海であった。カッター三隻の短艇隊には満足な食糧も真水もなく、そのうえ六分儀や羅針盤、海図といった航海要具すらなにひとつなかったのである。

翌日、彼らに小さな希望の兆しが訪れる。味方の中型攻撃機が洋上の彼らを発見し、味方の駆逐艦二隻が救助に向かいつつあるから安心されたしとの通信筒を落として去っていくのだ。小躍りして喜び、このまま救助を待とうという空気が生まれた。しかし、先任将校の下した決断は次のようなものだった。

「命令。軍艦『名取』短艇隊は、本夕十九時この地を出発し、橈漕、帆走をもって、フィリピン群島東方海岸に向かう。所要日数十五日間。食糧は三十日間に食い延ばせ。誓って成功を期す」

せっかくの喜びに水を差すような決断に、それは無茶だと異を唱える声が次々とあがった。さて、先任将校はどのように艇員たちを説得して自身の決断を貫いたのか。

これについては、ぜひご自身で本書を読んで確かめていただきたい。

戦時下の極めて特殊で厳しい条件下ではあるものの、短艇隊を指揮する先任将校の決断と行動は、組織の中のリーダーとはどうあるべきかというリーダーシップ論を我々に提示してくれる。

それにしても、一日わずか二枚の乾パンで食いつなぎ、スコールの水を集めて喉を潤し、夜間は橈漕、昼の炎天下は帆走という極限状態のなかで士気を保つのは容易なことではない。無謀な航海も何日か過ぎると、疲労が原因で戦死する者が出てくるなど、艇員たちの顔つきも険悪になってくる。先任将校がもっとも恐れたのは反乱であった。短艇隊の編成は先任将校以下、天文航法や星座の知識を持った士官たちをすべて一番艇に集め、ほかの二艇は一番艇の後をついて行かねばフィリピンに辿り着けないようにわざと仕向けてあった。だが、反乱が起きて指揮系統がバラバラになっては、皆で団結してフィリピンに辿りつき生還するなどとうてい不可能。次の言葉は次席将校である著者の松永大尉をたしなめた先任将校のものである。

「上官が命令するばかりで部下の気持ちを汲んでやらないとどこかで反乱が起きるぞ。これから先、兵員の純真な気持をそこなわないよう、十分注意しろ」

現代の会社組織などにおいても広く通用する戒めではないだろうか。ほかにも指揮権を握る先任将校のさまざまな配慮・工夫が描かれており、こうした実体験に基づく指揮・統率論には真の説得力がある。それに加え、航海要具を持たない短艇隊が夜空に浮かぶ星座をたよりに、これまでに得た航海術や気象海象の知識、頭に残る海図の記憶等を駆使して橈漕するさまは、本書最大の読みどころであろう。これはまさに日本海軍伝統の知恵と不撓不屈の精神が成し遂げた業であり、本書が、漂流して救助を待つという類の漂流記と一線を画するところである。

極限状態の続くなか、次席将校として常に冷静な観察眼で短艇隊の行動を記憶し、後に深い分析力をもって一冊の著書にまとめあげた著者の手腕は並々ではない。松永氏が過酷な航海を生き抜き、こうした記録を世に残しくれたことにつくづく感謝したい。

しかもこの航海記は単なる記録の域を超えて、小説並みに面白い読み物としても読めるのだ。いや、下手な小説よりよほど面白い。まさに事実は小説より奇なりとしかいいようのない起伏に富んだサバイバルストーリーのなかで、それぞれに味のある登場人物たちのキャラクターがいきいきと描かれている。

主役の先任将校は言わずもがな、先任将校の言外の意を正確に汲み取って補佐に徹する次席将校（著者）、持ち前の知識で航海参謀として活躍する航海士、そして、神戸高等商船学校出身で海育ちの九分隊長等々。とくに「九番」のあだ名で親しまれた九分隊長の山下収一大尉は江田島の幹部候補生学校時代、我々二課程学生（一般大出身の候補生）の間で人気だった。海軍兵学校出身の士官ではない彼が海兵出の士官たちにひけを取るどころか、海育ちゆえの知識と勘を買われて指揮官として重用されていくさまは、防大出身ではない自分たちにとって、どこか胸のすく思いを抱かせてくれた。候補生学校の自習時間に、仲間うちで「九番」の活躍について感想を述べ合ったのを覚えている。

さらに本書には、メインストーリーである航海記の合間にときおり興味深いサイドストーリーが挟まれている。九州佐賀で祖母に育てられた著者の生い立ちや幼少期における祖母の教え、海軍兵学校生徒時代の思い出、軍艦「那珂」が撃沈された際のエピソード（著者にとって母艦の沈没は『名取』が初めてではなかった）等々。ほかにもポリネシア民族の航海術に関する考察やカッターの外底についていた小さなカニをめぐるユーモラスな議論など、厳しい航海の中にも希望と楽しみを見つけようとする姿勢が描かれている。こうした話を盛り込んで読者を飽きさせないところも、著者の書き手としての懐の深さだろう。

以上、さまざまに述べてきたが、本書のクライマックスである軍艦名取短艇隊生還の場面はぜひご自身で深く味わっていただきたい。

　じつは私は現役海上自衛官時代、著者の松永市郎氏ご本人とお会いした経験がある。今は除籍となった練習艦「かとり」の艦上レセプションでのことだ。松永氏は物静かな印象の老紳士で、とても本書にある九死に一生のご経験をされた方には見えなかった。レセプション時も多くを語らず、にこやかに微笑みながら『先任将校』について、私の感想をじっと聞いてくださった。「今度、所感文を送らせてください！」とご連絡先をいただいたのだが、その後の実習や艦艇勤務の忙しさにまぎれ、とうとう送らずじまいとなってしまった。

　まさか三十年後にこうして解説を書かせていただくはこびになるとは夢にも思わなかった。あのとき送れなかった所感文のかわりに、このささやかな解説文が、今は故人となられた松永氏の元へ届くことを切に願うしだいである。

新装版　平成二十一年七月　光人社刊

NF文庫

先任将校　新装解説版

二〇二四年一月二十二日　第一刷発行

著　者　松永市郎

発行者　赤堀正卓

発行所　株式会社　潮書房光人新社

〒100-8077　東京都千代田区大手町一-七-二

電話／〇三-六二八一-九八九一代

印刷・製本　中央精版印刷株式会社

定価はカバーに表示してあります

乱丁・落丁のものはお取りかえ致します。本文は中性紙を使用

ISBN978-4-7698-3343-7　C0195

http://www.kojinsha.co.jp

NF文庫

刊行のことば

第二次世界大戦の戦火が熄んで五〇年――その間、小社は夥しい数の戦争の記録を渉猟し、発掘し、常に公正なる立場を貫いて書誌とし、大方の絶讃を博して今日に及ぶが、その源は、散華された世代への熱き思い入れであり、同時に、その記録を誌して平和の礎とし、後世に伝えんとするにある。

小社の出版物は、戦記、伝記、文学、エッセイ、写真集、その他、すでに一、〇〇〇点を越え、加えて戦後五〇年になんなんとするを契機として、「光人社NF（ノンフィクション）文庫」を創刊して、読者諸賢の熱烈要望におこたえする次第である。人生のバイブルとして、心弱きときの活性の糧として、散華の世代からの感動の肉声に、あなたもぜひ、耳を傾けて下さい。

＊潮書房光人新社が贈る勇気と感動を伝える人生のバイブル＊

NF文庫

満鉄と満洲事変
岡田和裕
部隊・兵器・弾薬の輸送、情報収集、通信・連絡、医療、食糧などの輸送から、内外の宣撫活動、慰問に至るまで、満鉄の真実。

新装解説版 決戦機 疾風 航空技術の戦い
碇　義朗
日本陸軍の二千馬力戦闘機・疾風――その誕生までの設計陣の足跡、誉発動機の開発秘話、戦場での奮戦を描く。解説／野原茂。

新装版 憲兵
大谷敬二郎
元・東部憲兵隊司令官の自伝的回想
権力悪の象徴として定着した憲兵の、本来の軍事警察の任務の在り方を、著者みずからの実体験にもとづいて描いた陸軍昭和史。

戦術における成功作戦の研究
三野正洋
潜水艦の群狼戦術、ベトナム戦争の地下トンネル、ステルス戦闘機の登場……さまざまな戦場で味方を勝利に導いた戦術・兵器。

太平洋戦争捕虜第一号
菅原　完
海軍少尉酒巻和男 真珠湾からの帰還
「軍神」になれなかった男。真珠湾攻撃で未帰還となった五隻の特殊潜航艇のうちただ一人生き残り捕虜となった士官の四年間。

新装解説版 秘めたる空戦
松本良男
幾瀬勝彬
三式戦「飛燕」の死闘
陸軍の名戦闘機「飛燕」を駆って南方の日米航空消耗戦を生き抜いたパイロットの奮戦。苛烈な空中戦をつづる。解説／野原茂。

＊潮書房光人新社が贈る勇気と感動を伝える人生のバイブル＊

NF文庫

新装版 海軍良識派の研究
工藤美知尋
日本海軍のリーダーたち。海軍良識派とは⁉「良識派」軍人の系譜をたどり、日本海軍の歴史と誤謬をあきらかにする人物伝。

第二次大戦 偵察機と哨戒機
大内建二
百式司令部偵察機、彩雲、モスキート、カタリナ……第二次世界大戦に登場した各国の偵察機・哨戒機を図面写真とともに紹介。

ノモンハン事件の128日
星 亮一
近代的ソ連戦車部隊に〝肉弾〟をもって対抗せざるを得なかった第一線の兵士たち——四ヵ月にわたる過酷なる戦いを検証する。

新装解説版 軍艦メカ開発物語 海軍技術かく戦えり
深田正雄
海軍技術中佐が描く兵器兵装の発達。戦後復興の基盤を成した技術力の源と海軍兵器発展のプロセスを捉える。解説／大内建二。

新装版 戦時用語の基礎知識
北村恒信
兵役、赤紙、撃ちてし止まん……時間の風化と経済優先の戦後に置き去りにされた忘れてはいけない〝昭和の一〇〇語〟を集大成。

米軍に暴かれた日本軍機の最高機密
野原 茂
連合軍に接収された日本機は、航空技術情報隊によって、いかに徹底調査されたのか。写真四一〇枚、図面一一〇枚と共に綴る。

＊潮書房光人新社が贈る勇気と感動を伝える人生のバイブル＊

NF文庫

大空のサムライ　正・続

坂井三郎

出撃すること二百余回——みごと己れ自身に勝ち抜いた日本のエース・坂井が描き上げた零戦と空戦に青春を賭けた強者の記録。

紫電改の六機　若き撃墜王と列機の生涯

碇　義朗

本土防空の尖兵となって散った若者たちを描いたベストセラー。新鋭機を駆って戦い抜いた三四三空の六人の空の男たちの物語。

私は魔境に生きた　終戦も知らずニューギニアの山奥で原始生活十年

島田覚夫

熱帯雨林の下、飢餓と悪疫、そして掃討戦を克服して生き残った四人の逞しき男たちのサバイバル生活を克明に描いた体験手記。

証言・ミッドウェー海戦　私は炎の海で戦い生還した！

橋本敏男
田辺彌八ほか

空母四隻喪失という信じられない戦いの渦中で、それぞれの司令官、艦長は、また搭乗員や一水兵はいかに行動し対処したのか。

『雪風ハ沈マズ』　強運駆逐艦 栄光の生涯

豊田　穣

直木賞作家が描く迫真の海戦記！　艦長と乗員が織りなす絶対の信頼と苦難に耐え抜いて勝ち続けた不沈艦の奇蹟の戦いを綴る。

沖縄　日米最後の戦闘

米国陸軍省 編
外間正四郎 訳

悲劇の戦場、90日間の戦いのすべて——米国陸軍省が内外の資料を網羅して築きあげた沖縄戦史の決定版。図版・写真多数収載。